THE AMUSEMENT PARK AND URBAN LITERATURE

遊園地と都市文学

アメリカン・メトロポリスのモダニティ

MODERNITY OF AMERICAN METROPOLISES

坪野圭介
KEISUKE TSUBONO

小鳥遊書房

はじめに——二〇世紀転換期の遊園地

大衆に訴えかける巨大な娯楽事業においては、陽気な精神が、景観や照明や建築や見世物が一般につくられる工程と同じように製造されているのである。

——フレデリック・トンプソン（ルナパーク経営者）、一九〇八年

「さあ、デイジー」トムはそう言って、デイジーをギャツビーの車の方に押し出した。「このサーカス馬車《ワゴン》に乗せていってやろうじゃないか」

——F・スコット・フィッツジェラルド『グレート・ギャツビー』、一九二五年

世界のエンターテインメント業のなかで、テーマパークは確固たる地位を築いている。コロナ禍前の二〇一九年、世界で上位一〇ヵ所のテーマパーク年間来園者の合計は約一億四七〇〇万人に上った。(1) そのうち上位四つを独占しているのがディズニー社のテーマパークである。そして、「テーマパーク化」や「ディズニー化」という言葉が示すように、テーマパークや遊園地は定番の娯楽施設として認識されているのみならず、私たちの社会そのものにも、システムや想像力を深く浸透させている。アラン・ブライマン（Alan Bryman）は、「現代社会はますますディズニー・テー

マパークの特徴を帯びてきている」と述べ[2]、商業施設のテーマ化、ハイブリッドな消費、パフォーマティヴな感情労働、監視と制御の進展といったかたちでグローバルな社会に生じている変化を「ディズニー化」と定義した。日々、土地や社会と本質的に無関係な「テーマ」に彩られたカフェやレストラン、ショッピングモールを利用する私たちは、もはや当たり前のようにテーマパーク的な世界を生きている。

ディズニー社が創業一〇〇周年を迎えた二〇二三年、遊園地・テーマパークに関する研究の蓄積を概観する『テーマパーク研究のキーコンセプト』（*Key Concepts in Theme Park Studies*）が出版され[3]、経済・経営・文化・社会・歴史などさまざまな学問分野がこの一大娯楽産業を熱心に検証してきた足跡があらためて明らかになった。同書によってもうひとつ明らかになったのは、その広範な研究のなかで、一九五五年のディズニーランド誕生以前のテーマパークの歴史化がきわめて不十分にしかおこなわれていないという事実だ。同書では、一九世紀末につくられたアメリカ合衆国のコニーアイランド（Coney Island）の遊園地がテーマパークの「起源」のひとつに位置づけられているものの、当時の社会に与えたインパクトに比してその扱いはきわめて小さい。入場料を取る囲い込み方式や、演劇や映画など複数のメディアを横断するアトラクション、デザインや色彩に統一されたテーマをもつ建築群など、当時のコニーアイランドはすでにテーマパークの主要な特徴を備えている。そして、コニーアイランドの成功を受けて二〇世紀転換期にアメリカ中に遊園地がつくられ、第一世界大戦後まで映画と並ぶ大衆文化の中心となり人びとを熱狂させた。こうした現象は、現代の「テーマパーク化」との連続性のなかで再検証する必要があるだろう。にもかかわらず、テーマパーク研究の対象はこれまで圧倒的にディズニーランド以降の時代に偏ってきた。

本書『遊園地と都市文学――アメリカン・メトロポリスのモダニティ』は、遊園地が最初に隆盛した世紀転換期について考えることで、この欠落の一部を補うことを意図している。といっても、本書の主眼は遊園地自体の歴史やその施設の詳細について論じることではない。遊園地について直接書かれた詩や小説を集めて分析しているわけでもない。本書が文学作品の検討を通して明らかにしようとしているのは、「ディズニー化」という概念がグローバルな現代社会の諸相を表すように、一九世紀末から二〇世紀初頭のアメリカ社会そのものにも「遊園地的」と呼びうる性質がさまざまに見出せるのではないかということだ。この時期のアメリカは劇的な都市化の波を経験している。一九〇〇年には人口三〇万人を超える都市が二桁に上った。電灯や路面電車や摩天楼など、最新のテクノロジーに溢れたメトロポリスに国内外から人びとが押し寄せた結果、シカゴやニューヨークをはじめとする大都市は、スペクタクルとアトラクションに群がる来園者で賑わう遊園地のような場所となった。世紀転換期に書かれた都市を舞台とした文学作品はみな、なんらかのかたちで「近代社会のありよう」を問うていたといえるが、各作家が小説や詩のなかに埋め込んだモダニティとは何かという問題は、遊園地とはどのような空間なのかという問題と直結している。遊園地の文化を下敷きにしながら作品を読み直してみることで、新興都市が備えた性質は幾分かクリアになるはずである。

それゆえ本書の各章は、都市を描く詩や小説を扱い、遊園地で人びとが味わう経験とのつながりに留意しながら、アメリカのモダニティについて考察している。二〇世紀初頭に、アメリカで流行していた娯楽について論じたローリン・リンド・ハート（Rollin Lynde Hartt）は、遊園地での経験の特徴を「自分自身が危険に立ち向かうヒーローになる」という身体感覚に求め、「文学」や「演劇」などの娯楽における表象との違いを説いている。ハートによれば、他の娯楽と遊園地とのあいだには「ロマンスからリアリズム、リアリズムからリアリティ」という段階的な変化があるという。(4)ただし、その変化は一九世紀末以降の文学自体に生じていた変化でもある。遊園地がセンセーショナルな体験を売りにしたのと同様、リアリズムを経たこの時期の文学もまたセンセーショナルな表現を追求していた。文学と遊園地の機構《メカニズム》は、ハートの想定よりもおそらく近似している。だからこそ、都市文学の仕組みをつぶさに検証することは、遊園地のような都市を生きる登場人物たちの「リアリティ」を経験しなおすことにつながるだろう。

都市と遊園地の重なり合う特徴を考えるために、文学作品を経由するのは迂遠に思えるかもしれない。けれども、遊園地という、現実のなかにある空想世界を正しく捉えるには、小説や詩という、空想を詰め込める別種の虚構を経由することが役立つのではないだろうか。本書でも扱う作家スティーヴン・クレイン（Stephen Crane）の作品分析を通じて、一八九〇年代のアメリカにおいて娯楽がいかに重要だったかを検証するビル・ブラウン（Bill Brown）は、「文学には、既存の歴史記述の分野ではある意味（表象不能ではないにせよ）認識できないものとして留まっている現象の残滓を、（かすかにであれ）保存しておける力がある」と述べている。[5] 本書もまた、文学作品の分析を通してこそ見えてくる、都市に充満した遊園地の想像力を析出し、それが二〇世紀転換期アメリカのモダニティを形成していたことを検証する。

目次

第一章　街灯とキャラクター

——T・S・エリオット「J・アルフレッド・プルーフロックの恋歌」

第二章　乗り物とプロット

——シオドア・ドライサー『シスター・キャリー』

第三章　集合住宅とオーディエンス
——スティーヴン・クレイン『街の女マギー』

第四章 高層ビルとスタイル

――カール・サンドバーグ「摩天楼」

第五章 遊園地とナラティヴ

――F・スコット・フィッツジェラルド『グレート・ギャツビー』

終章 遊園地のリズム
――W・E・B・デュボイス「プリンセス・スティール」

＊註は（1）（2）（3）…のように文中に示し、巻末にまとめてある。

序章

遊園地のモード

マリエッタ・ホリー

『サマンサ、コニーアイランドとサウザンド・アイランズへ行く』

『サマンサ』と遊園地の時代

一九世紀から二〇世紀の転換期、方言を多用したユーモア小説で人気を博したマリエッタ・ホリー（Marietta Holley）は、二〇冊を越す長編の大半において、ニューヨーク州の架空の村ジョーンズヴィルに暮らす中流階級の夫婦を物語の中心に据えた。信仰心に篤く、哲学談義を好む主人公サマンサ・スミス・アレン（Samantha Smith Allen）は、シリーズを通じて女性参政権や禁酒法など、当時の政治や社会問題に軽快に切り込んでいく。しかし、一九一一年に発表された『サマンサ、コニーアイランドとサウザンド・アイランズへ行く』（*Samantha at Coney Island and a Thousand Other Islands*, 以下『サマンサ』）では、政治・社会・宗教の話題は後景に退き、ニューヨーク市ブルックリンの南端に位置する巨大遊園地コニーアイランドをめぐるドタバタ劇がひたすら展開する。一見するとシリーズの持ち味である社会性をかなりの程度消し去ってしまっているように思えるこの作品の設定によって、逆説的に遊園地の存在こそが当時の社会における「問題」であることが浮かび上がってくる過程を確認しつつ、はじめに本書が論じようとしている射程を共有しておきたい。

物語のあらすじを簡単に説明しよう。村で教会の執事を務めるジョサイア・アレン（Josiah Allen）は、近所に住むセリーナス・ガウディ（Serenus Gowdey）からニューヨーク市ブルックリンのコニーアイランドがいかにすばらしい場所か聞いて以来、取り憑かれたかのごとく強烈な憧れを抱くようになり、毎日その魅力を力説しては妻サマンサを辟易させる。一方、同じく近所に暮らす長老ウィットフィールド・ミンクリー（Whitfield Minkley）は、アメリカ合衆国とカナダの国境に位置する群島サウザンド・アイランズの魅力をアレン夫妻に説く。サマンサは家のなかが対照的な「島」の話で埋め尽くされることに参ってしまう。しばらくして夫婦はサウザンド・アイランズに出かけ、非日常的なごたごたに遭遇しながらも気持ちのよいリゾートを満喫する。しかし、帰宅後もジョサイアのコニーアイランドへの渇望は収まらず、とうとうセリーナスとともに出かけたまま失踪してしまう。後を追ったサマンサは、コニーアイランドの三つの遊園地――スティープルチェイスパーク（Steeplechase Park, 1897-1964）、ルナパーク（Luna Park, 1903-1944）、ドリームランド（Dreamland, 1904-1911）――を順々に巡っては、さまざまなアトラクションや来園者たちに翻弄されながらも、最終的にジョサイアを見つけ出す。

世紀転換期アメリカの状況を考えるにあたって、とりわけアメリカの都市と遊園地を主題とする本書にとってこの小説がきわめて重要に思われるのは、第一に、政治や宗教の問題を差し置いても娯楽が当時の人びとの重要な関心事となっていたことが主題化されているからだ。コニーアイランドに魅了されたセリーナスは、「宗教もそっちのけ、親戚を批判するのもやめて、政治もほっぽりだし、牛も鶏も作物もまるで存在しないかのように」遊園地の話ばかりを延々くり返す。[1]サウザンド・アイランズで頭がいっぱいのウィットフィールドも、サマンサが政治・経済・社会などあらゆる分野の話題を持ち出したところで、島の話を決してやめようとしない。[2]ふたりの影響を強く受けるジョサイアを含めて、登場人物たちの興味がもっぱら娯楽に向けられているのは、この時期アメリカで娯楽が急速に組織化・大衆化・近代化していた事実と無関係ではありえない。クロード・フィッシャー（Claude S. Fischer）は一八九〇年から一九四〇年までを、余暇が増大するとともに、娯楽のための主要なテクノロジーが出現して中流階級に享受されるようになった時期と定義している。[3]一八九〇年代以降に出現したアメリカ各地の囲い込み式遊園地は、機械装置や照明・音響などの演出装置を生んだ科学技術の成果、都市と郊外をつなぐ鉄道や路面電車などの交通機関の発達、多くの遊園地の所有者であった鉄道会社の資本力の強化、都市型労働の普及に伴う余暇や賃金の増加など、複合的な条件が重なり合う地点に成立した最新の商業施設であり、かつ娯楽と大衆文化に対する国民の関心と需要の高まりを受けとめる存在でもあった。

セリーナスやジョサイアはしばしば遊園地に見られる科学技術のすばらしさを喧伝し、鉄道や自動車など高度に発達した交通網がニューヨークの田舎町からコニーアイランドまで登場人物たちを運ぶ。サマンサが目撃するコニーアイランドには、「金持ちも貧乏人も、サテンやサージやシフォンやキャラコに身を包んだ女性も、赤ん坊も男の子も女の子も」あらゆる人びとが集まっている。(4) 実際、遊園地は中産階級の人びとのみならず、それまで多くの娯楽から排除あるいは分離されていた労働者階級の人びとや女性や移民や黒人たちが、限定つきであれ混じり合う場所となっていった。ジョサイアたちの強迫観念的とさえ思える遊園地への執着の背後にさまざまな社会の変化が刻印されている点において、『サマンサ』はほかのシリーズ作品同様、当時の社会問題や人びとの関心のありかを鋭く切り取っているのである。

第二に注目すべきなのは、この小説がコニーアイランドという空間の特殊な位置づけを、サウザンド・アイランズとの対比を通して巧みに描き出していることだ。コニーアイランドはまずもって、約一・八平方キロメートルの自然の「島」だった――ただし、一八二〇年代に入り江が本島と繋がれて以降、実際には「半島」である。(5) 一八世紀から植民者たちが海水浴に訪れるようになり、一九世紀前半には宿泊施設の建設やフェリーの就航、食事を提供するテントの設置が進み、次第に海水浴場として栄えていく。ニューヨーク生まれの詩人ウォルト・ホイットマン(Walt Whitman)も、一八四七年の新聞記事にコニーアイランドで海水浴を楽しむ様子を「それから海水を浴びると、ああ、本当にすばらしい!〔……〕美しく清らかに煌めく海水よ!」と記している。(6) やがて次々とホテルやレストランが建ち並び、より多くの海水浴客を集めるようになったコニーアイランドは、人びとが日常生活を抜け出して自然を満喫するという、一九世紀中頃に確立したアメリカのリゾートのありかたを体現している。『サマンサ』はその事実を、サウザンド・アイランズという、いっそう典型的なリゾートと並べることで明確にしてみせる。しかし一方で、一八八〇年代以降には、コニーアイランドという名前は複数の遊園地施設を指す総称ともなっていった。そこで強調されるのは、自然とは真逆の人工性である。セリーナスからしつこく聞かされた遊園地の様子を、サマンサは次のように表現する――

まったく、セリーナスからイヤイヤ聞いたトボガンぞり、メリーゴーラウンド、ブランコ、無軌道列車、スケートリンク、潜水を楽しむ少女たち、ループ・ザ・ループ、バンプ・ザ・バンプ、月面旅行、ありとあらゆる低俗なショーなんかの話から考えるに、神さまが創られたものはなんにもないみたい。海と保育器に入った赤ん坊だけ。そのふたつのショーだって似ていやしないし、大きさもてんでばらばらだ。[7]

園内のあらゆるものが人工的であり、唯一残されたものと彼女が考える海と赤ん坊さえも、実際には自然のままの状態ではなくなっている。コニーアイランドの海水浴場は囲い込まれて二四時間強烈な照明に照らされていたし、「幼児保育器ビル」(Baby Incubator Building)には国中の未熟児が集められ、医療施設を謳いながらも一種の見世物となっていた。建物や機械で空間を埋め尽くすのみならず、自然も生命さえも人間が徹底的に管理しようとする思想がコニーアイランドには明らかに存在している。レム・コールハース(Rem Koolhaas)は、「リゾートとして――コントラストを提供する場として――コニーアイランドは変化を強いられる。自らを「自然」の完全なる対極に変えなければならず、新興のメトロポリスの人工性に自らの「超－自然」でもって対抗するほかないのだ」と述べている。[8]それゆえ、コニーアイランドは小説のなかで風光明媚なサウザンド・アイランズと完全な対照をなしてもいるのだ。そのように対比を通して強調される「島」の二重性――自然のリゾートであり、かつ人工の実験場である――は、「荒野」の「開拓」の延長線上に築かれていったアメリカの大都市そのものの姿を映し出しているともいえるだろう。

さらにもうひとつ重要なのは、小説のなかで際立つドタバタぶりが、遊園地の特徴のみならず世紀転換期の都市文化、あるいは身体運動のありかたを指し示す描写になっていることである。先にジョサイアたちの様子を強迫観念的と形容したが、理性よりも衝動がまさり、反復的な行動をとりつづけるセリーナスやジョサイアは、遊園地の外でも遊園地の行動規範に従っているかのようだ。どんな話題を投げかけても通じないちぐはぐさ、いつまでも遊園地の話をやめないしつこさ、家族を置いて遊園地に出かけてしまう突飛さなどが、小説のユーモラスなドタバタに結実しているのだが、こうした行動は、理性を放棄して機械に身体を操られることに快楽を覚えるアトラクションの魅力（あるいは危険）とつながっている。実際、セリーナスはサマンサの家でもコニーアイランドでの運動を再現しようとしていた――「彼はそこでの驚異や魅力を説明しながら幾度となく立ち上がり、キッチンの床を跳ねあがったり踏みつけたり、腕を振りまわしたり演技に耽ったりした」[9]。彼らは遊園地の外でも遊園地的に振る舞おうとしている。言い換えれば、『サマンサ』の舞台全体がまるで遊園地のようなドタバタに支配されているのである。セリーナスやジョサイアの言動に辟易しているサマンサも、終始彼らのドタバタに振りまわされ、最終的には自らコニーアイランドに赴いていく。そこではいくら道徳や宗教心について思案しても、目の前に展開する無数のアトラクションに抗いきれずに引き込まれてしまう――「けれどそれについて道徳的に考えていたところで、近くにいた人が月面旅行について話すのに耳を奪われた。〔……〕コニーアイランドのことをさんざん悪く言っておいて恥ずかしいけれど」[10]。

当時コニーアイランドを訪れた多くの知識人は、海辺や遊園地の豪華さや美しさに魅了されながらも理性や精神の欠如を指摘し、その問題をアメリカそのものの問題と捉えようとしていた。たとえば、キューバの詩人であり独立運動家であったホセ・マルティ（José Martí）は、一八八一年にコニーアイランドの印象を綴った文章のなかで、北米と南米を比較しながら「この大きな土地は精神を欠いている」と述べている[11]。ソースタイン・ヴェブレン（Thorstein Veblen）の『有閑階級の理論』（*The Theory of the Leisure Class*, 1899）に典型的に見られるように、スポーツやギャンブルなども含めた娯楽をアメリカ人の野蛮さの証と捉える議論も広まっていた。ローリン・リンド・ハートが、「〔コニーアイランドの〕さまざまな危険な罠から満足感を得ようとする情熱は、人びとを穴居人に――いやおそらくは類人猿にまで――遡らせるのだ」と述べるように、遊園地に熱狂する群集は知識人から「退化」の証とみなされもした。ハートは遊園地のアトラクションから得られる「センセーション」を、木から木へ飛び移る猿の本能と結びつけている。(12)『サマンサ』は、非生産的な快楽の追求をひとつの特徴としたアメリカ人の新たな行動様式を――その裏には同時期に徹底した生産性を追求していた工場労働が存在するのだが――作中のキャラクターたちに遊園地的な身体の運動を徹底させることで描き出しているのである。

以上の点を踏まえると、遊園地の象徴としての位置づけが見えてくる。コニーアイランドは人びとの娯楽への関心の高まりを受けとめる空間であると同時に、自然のうえに築かれた人工の実験場であり、かつ機械装置に身を任せるような振る舞いを要請する場だった。このような特徴は、そのまま主語を都市に入れ替えても成立するだろう。実際、大都市の出現を視覚的に印象づけた電灯や高層ビルや複雑な交通機関と、遊園地のイルミネーションやパヴィリオンやアトラクションは、互いが互いのパロディの関係にある。だからこそ、サマンサはコニーアイランドを「偉大な都市」(great city)と呼んでいるのだし、たとえば一九〇六年に一時的な亡命先としてアメリカを訪れていたロシア人作家・政治活動家マクシム・ゴーリキー(Максим Горький)も、その空間を「炎の都市」と表現したのだった。(13)そして、コールハースが「コニーアイランドはマンハッタンの胎児である」と分析したように、(14)多くの人がアメリカ最大のメトロポリスとなったニューヨークとコニーアイランドの類似に気づいていた。当時のあるジャーナリストは、「ニューヨークは結局のところ、この国のコニーアイランドなのだ」と述べている。(15)さらに、ニューヨークがアメリカを代表する都市となったゆえに、「[コニーアイランドは]アメリカ合衆国のミニチュア版の複製なのだ」というように、国家全体とのアナロジーにまで論理がスライドすることになる。(16)こうして、遊園地はニューヨークというメトロポリスを象徴し、さらには急激に産業都市国家へと発展していく世紀転換期アメリカそのものを象徴する存在になっていった。逆側に論理を辿るならば、アメリカの大都市の性質を分析していったとき、そこには「遊園地的」

といえる特徴が多分に見出せるはずではないだろうか。

本書の目的

はじめに述べたように、本書は遊園地について直接書かれた作品を分析するものではない。以下の章で試みているのは、ニューヨークやシカゴなどのメトロポリスを描いた文学作品に表れる新しい構造物（電灯や路面電車や集合住宅・摩天楼など）と、物語の構造とを結びつけて考えることだ。ただし、作中の物理的な構造物が人びとの思考や運動を規定したり変化させたりする様子を観察する際に、遊園地のイメージやモチーフを積極的に発見していくことが都市の理解と都市文学の理解の双方に有用であるはずだという想定が、本書の作業仮説となる。この仮説をもとに、いかに都市が「遊園地的」であるかを、一見遊園地となんら関係がないように見える詩や小説を通じて検討する。

たとえば、世紀転換期ニューヨークを舞台としたヘンリー・ジェイムズ（Henry James）の短編「にぎやかな街角」（"The Jolly Corner," 1908）に遊園地は直接登場しないが、そこに遊園地のモチーフを見出すことが新たな読解の手がかりになりうる。作中で三三年ぶりにアメリカに帰国した主人公スペンサー・ブライドン（Spencer Brydon）が、自身の所有するニューヨークの古い邸宅で自らの分身らしき幽霊と出会う経験は、遊園地の幽霊屋敷で歪んだ鏡をのぞきこむ経験にきわめてよく似ているのだ。メアリー・アイリング（Mary Eyring）は、この短編中の邸宅とコニーアイランドのアトラクションを重ね合わせながら、遊園地のさまざまなアトラクションが表現する「回避される破滅」というテーマこそが、急激な発展途上のニューヨークそのものが抱える技術的テーマであり、かつブライドンが抱える心理的テーマでもあることを巧みに論じている。[17] すでに確認したように、遊園地がアメリカの都市文化に与えていた影響はきわめて大きく、それゆえ都市と遊園地は似た特徴を多く備えることになった。そうであれば、都市の姿を捉えようとする文学作品も、内容・形式の双方において、遊園地と一種の相似形をなしているはずである。アメリカに大都市が誕生した世紀転換期は、都市文学という新しいジャンルが築かれていく時期でもあった。本書では、まず序章を通して遊園地のモードと呼びうる世紀転換期アメリカの都市生活の諸相を確認し、続く各章で都市文学作品と遊園地との距離をつねに測定しながら、メトロポリスのモダニティが有する機構の一端を解き明かしていきたい。

ゴーリキーは遊園地に集う群衆についてこう書き記していた――「人びとはぎらぎら輝いて目を眩ます炎のなかを、陶酔して意志を欠いたまま彷徨い歩く。ぼんやり白い靄が脳に浸透して、欲深い期待が魂を覆う」[18]。マルティが〈コニーアイランド〉＝〈北アメリカ〉の精神の欠如を憂いてみせたのと同様に、ゴーリキーは人びとの「意志」の欠如を批判する。こうした視線は、当時のアメリカ文学の潮流をなしていた自然主義文学の特徴と重なり合う。自然主義がしばしば主張したのも、意志や主体性よりも本能や欲望を重視し、個人の力よりも外的な環境の力を捉えようとする冷徹な宿命論の立場だったからだ。リアリズムの流れを汲んだアメリカ自然主義文学は、ウィンフリート・フルック（Winfried Fluck）が「アメリカ文学史の継子」と表現するように[19]、ほぼ世紀転換期の一時期に限定される流行だったが、本書の関心と照らし合わせたとき、遊園地が隆盛した時期と自然主義の流行が重なっている事実は重要である。少なくともそこには、同じ文化のモードが共有されていたと考えられる。

フランスのエミール・ゾラ（Émile Zola）は、自然主義文学の理論的基盤となった「実験小説論」（*Le Roman expérimental*, 1879）において、科学的・客観的な態度を重視し、「路傍の石」も「人間の頭脳」も同じ自然法則に支配されていると考えた[20]。そのうえで、有機物・無機物のすべてが一元的に機械の歯車のように動くメカニズムを描き出すことを「実験小説」の究極の目標としたのである。その際ゾラは、人間の行動を支配する要素を「遺伝」と「環境」に求めたが、歴史の浅いアメリカにおいては、このうち「環境」の影響がことさら重視されるようになった。自由意志よりも環境によって衝き動かされる存在としての人間観は、『サマンサ』のセリーナスのように遊園地の機械の動きに身体を同期させる人びとの姿をイメージすると理解しやすいだろう。さらに、一九一〇年代以降に本格化するモダニズム文学においても、人間の自我や主体性は断片的なものと捉えられ、かつ機械文明や都市社会がもたらす影響にもいっそう注意が払われた。そうした問題意識が形式の洗練へと昇華されていくモダニズムにおいては、「物事をありのままに描ける」というリアリズム的な素朴な世界観は否定されることになる。ただし、方法論に大きな違いはあるものの、自然主義とモダニズムは、ともに人間の意志や主体性を相対化しようとする点、都市環境の変化と機械化の進展などの影響を重く捉えようとする点において共通していた。社会のありかたそのものが、ジャンルを越えてそのような前提を要請していたというべきだろう。本書ではこの共通項を頼りにふたつの潮流をまたぎながら、スティーヴン・クレイン、シオドア・ドライサー（Theodore Dreiser）、T・S・エリオット（T. S. Eliot）、カール・サンドバーグ（Carl Sandburg）、F・スコット・フィッツジェラルド（F. Scott Fitzgerald）の作品を都市文学のサンプルとして読みなおしていく。いずれの作家の作品にも、新興メトロポリスを生きることの問題が刻み込まれていると考えられるからだ。

ただし、自然主義やモダニズムのようなジャンルの括りは、依然として重要なムーヴメントとみなされてはいるものの、当時の文学状況を包括するものとはもはや捉えられない。とりわけ近年は、移民作家エイブラハム・カーハン（Abraham Cahan）、黒人作家W・E・B・デュボイス（W. E. B. Du Bois）など、マイノリティ作家たちの作品の意義が大幅に見直されるなかで、世紀転換期の文学像も変化してきている。たとえばマイノリティ作家の作品のなかでは、自然主義ともモダニズムとも別種のメロドラマ的な展開が重視されている場合も多い。[21]また、一九世紀末以降の社会に顕著となるモダニティの影響に着目して、自然主義とモダニズムの連続性を強調する研究も増えている。[22]あるいは、ホリーの『サマンサ』のような大衆小説やSFなどのジャンル小説、同じ世紀転換期に生まれた映画や漫画、さらにはサーカスやヴォードヴィルやミュージックホールで演奏された多種多様な歌や踊りなどのライヴ・エンターテインメントまで含めたかたちで、大衆文化と文学の関係を見直す傾向も進んできている。[23]それゆえ本書では、自然主義やモダニズムといった枠組み自体に特権的な意義を見出すことはせず（それぞれの特徴を確認することはあるにしても）、むしろジャンルやメディアのつながりを探り、遊園地的なヴィジョンを共通項にすることで、異なる文学ジャンルと芸術ジャンルを関連づけながら都市文化を貫く特徴を発見していきたい。

近年、遊園地は相互に影響を与え合って発展した映画などと結びつけられながら、アメリカのモダニティを表象する中心的磁場として徐々に再評価されてきている。[24]二〇一四年から三年間にわたって、アメリカの諸都市でコニーアイランドの約一五〇年の変遷を回顧する大規模な巡回展がおこなわれたことも、遊園地の歴史化に対する注目度の高まりを示しているだろう。ホリーの『サマンサ』がコニーアイランドという主題を通じて当時の社会のありかたを鋭く描き出していたように、本書は遊園地をひとつの起点にして拡がる都市文化のネットワークを想定しながら、アトラクションやスペクタクルとして作用する照明・交通機関・建築が描かれた文学作品の分析を通して、最終的にはメトロポリスを生きる人間を規定する文化と環境と身体の相互作用を捉えなおすことを目指す。

遊園地のモード①「文化」——都市生活への娯楽の浸透

(1) シカゴ万国博覧会

はじめに、遊園地を含めた新しい商業的娯楽が都市生活にいかに深く浸透していたかを確認しておこう。遊園地の先祖は「プラザ」・「パーク」・「コモンズ」等と呼ばれてきた欧米諸国の広場的公共空間や、もともと貴族の遊興の場としてヨーロッパで発達していた「プレジャー・ガーデン」などに求められるが、[25]もっとも直接的な生みの親は万国博覧会である。一八五一年にはじまった万博は、中世以来の「驚異の部屋」の伝統やさまざまな美術館・博物館や見世物文化を、科学技術と植民地主義のヴィジョンのもとに再編したイベントだ。第一回が開催されたロンドンの会場が、当時の最新技術を代表する鉄とガラスでつくられたクリスタル・パレスであった事実に象徴されるように、そのヴィジョンは展示内容だけでなく、それまでに誰も見たことのないようなスペクタクル空間を築く試み自体によっても示された。そして一八九三年のシカゴ万博は、合衆国内の経済不況の只中に開催されたが、だからこそ「アメリカの株式会社資本主義と帝国主義の新しい力」を誇示するための空間が目指された[26]。

白色で統一された二〇〇余りの壮麗な新古典主義建築が並び、「ホワイト・シティ」と称されたメイン会場で、その「力」は物理的にはなにより、最新のテクノロジーである電気によって表現されている。グローバー・クリーヴランド大統領（Grover Cleveland）が、六三三エーカーに及ぶ会場に電気を供給する発電機の起動ボタンを押すという演出によって万博は開会した。人工池の電動の噴水がしぶきを上げる会場にはエスカレーターの原型となる電動歩道が設置され、会場内外で来場者を運ぶ電気ボート・高架鉄道・高架電車・路面電車などと組み合わさりながら、人びとの動線を電力で制御していた[27]。広大な敷地がサーチライトや九万もの白熱灯によるイルミネーションに包みこまれ、電気館や機械館には巨大な光の塔、発電機、電化キッチン、映画の原型であるキネトスコープなどが展示された。スピーカー付きの長距離電話からはニューヨークで開催されているコンサートの音声が流された。こうした最新の装置や技術や演出が、のちの遊園地にことごとく導入されることになる。同時に、いたるところに電気テクノロジーが埋め込まれたホワイト・シティは、来たるべくメトロポリスの生活のありかたを指し示してもいた。

そして、電気の力に圧倒された訪問者たちの姿こそが、シカゴ万博のさらなる特徴だった。会期を通じてアメリカ全国民の四分の一にあたる約二七五〇万人が来場した。初日だけで一三万人、「シカゴの日」である一〇月九日には七一万人が押し寄せている[28]。会場を訪れた作家・ジャーナリストのジュリアン・ホーソーン（Julian Hawthorne）が、「ぼくたち来場者が、博覧会ではなかなかに興味ぶかい部分なんだ」と記しているように[29]、さまざまな地方から集まってきたアメリカ人は、とつぜん強烈な電気に照らされた「群衆」となることを経験したのである——多くの人びとが、このときはじめて自分たちを夜も明るく照らす白熱灯を目にした。万博によって、女性が公共の都市空間を安全に遊歩する自由が拡張したとも指摘されている。[30]

人びとのさらなる多様性が観察されたのは、ミッドウェイ・プレザンスと名づけられた遊興区域である。そのエリアは栄誉の庭《コート・オブ・オナー》と新古典主義建築群からなるホワイト・シティから明確に仕切られ、大通り沿いに大衆的・商業的な店やレストランや見世物や出し物が集められた。カイロの街路、ペルシャの宮殿、トルコの村、ヴェネツィアのカフェ、日本の市など、世界各地の風俗が再現され、芝居や踊りが繰り広げられていた。リトル・エジプトと呼ばれた踊り子によるベリーダンスや世界美女大会が人気を博したことからもわかるように、人びとはそこで猥雑で混沌とした多種多様な娯楽を味わった。ジョン・F・キャソン（John F. Kasson）は、ミッドウェイが来場者たちに「文化的コスモポリタニズム」の概念を与えたと指摘している。[31] むろんそこでの多様性が、アラン・トラクテンバーグ（Alan Trachtenberg）の論じるとおり、〈ホワイト・シティ＝文明的なアメリカ〉と〈ミッドウェイ＝野蛮な周縁国〉という帝国主義的なヒエラルキーの図式のもとに表象されていた点は無視できない。[32] ミッドウェイ・プレザンス内部の各国の「集落」が、ホワイト・シティからの距離にもとづいて各社会の「進歩」の度合いを示す民族学的展示になっていたことも指摘されている。[33] シカゴ万博の差別的イデオロギーは、ホワイト・シティの女性館が女性たち自身によって企画運営される一方で、博覧会を主導した委員会がほぼ白人男性のみで構成され、黒人の参加をいっさい認めなかった事実にも表れている。コロンブスによる新大陸発見四〇〇年を記念して開催されたこの万博が、アメリカ先住民にとってまったく望ましくないものであったのも明らかだ（ミッドウェイのなかで、ホワイト・シティからもっとも離れた位置に「集落」を構えさせられたのが、アフリカの部族とアメリカの先住民だった）。

とはいえ、強力な差別主義的構想にもかかわらず、「博覧会の別の場所で、壮大なイデオロギーに満ちたメッセージに気圧されたシカゴの労働者階級にとって、ミッドウェイ・プレザンスははるかにくつろげる場所だった」と説明されるように[34]、来場者にとってその空間はイデオロギー装置としてのみ機能したわけではない。作家・思想家のヘンリー・アダムズ（Henry Adams）は、二度目に訪れた万博の印象を書き綴った手紙のなかで、「ミッドウェイ・プレザンスはやさしい休息となった」と述べている[35]。人びとがそこで経験していたのはむしろ、極端な進歩主義的メッセージからの解放でもあった。キャソンは訪問者が味わった新たな感覚を重視し、ヴィクトリア朝に倣った一九世紀アメリカの息苦しい「お上品な伝統」を象徴するホワイト・シティと対照的に、ミッドウェイが「民主主義的な都会のレクリエーションのモデル、［……］文化エリートたちの市民的価値ではなく、大衆を惹きつけようと決意した事業主たちの商業的価値によって設計された公園を指し示していた」点を強調する[36]。ミッドウェイがもつ新しい文化の方向性をもっとも直接的に体現していたのが、八〇メートルの高さを誇り、一度に最大二一六〇人を収容できる巨大観覧車フェリス・ウィール（Ferris Wheel）だった。会期中にこの観覧車に乗った人数は一五〇万人にのぼる。ミッドウェイにはフェリス・ウィールに限らず多くの遊具機械が設置された。展示物を見るだけでなく、身体的に経験する娯楽が提供されたことは、アメリカ大衆文化の萌芽ともいえるシカゴ万博の場においてきわめて重要な出来事だった。いかに強力に帝国主義的イデオロギーが会場に張り巡らされていたとしても[37]、いわばそこからのズレとして、人びとは身体的な快楽や堅苦しい文化規律からの解放感を受け取っていたのである。

電気を用いたテクノロジー、群衆のスペクタクル化、擬似コスモポリタニズム的な多様性と雑多な見世物、機械装置によるアトラクションといった種々の要素が、もっぱら娯楽と快楽という目的のもとに整理しなおされるとき、遊園地の構想はすでにほぼすべて出揃っていた。こうしてシカゴ万博は、アメリカの都市の未来像と娯楽の未来像を同時に示す場となった——あるいは、その両者が分かち難く結びついていることを予告する場となったのである[38]。

（2）コニーアイランドとその他の遊園地

ニューヨークのコニーアイランドには、一九世紀の半ばからすでに多くのホテルやレストランが建ち並び、海水浴場を中心とする行楽地化が進められていた。蒸気船や鉄道の発達によって都市部からの移動が容易になるにつれ、さらに多くの観光客が押し寄せ、やがて酒場《サルーン》やダンスホール、展望台や巨大な鉄の桟橋、屋台やパヴィリオン、遊戯機械や照明装置が登場し、オーケストラの演奏やミンストレル・ショーなどの見世物がいたるところで繰り広げられるようになる。ウィリアム・ヘンリー・ビショップ（William Henry Bishop）は、一八八〇年に発表された「コニーアイランドへ」（"To Coney Island"）と題するエッセイのなかで、コニーアイランドが「きわめて独創的で、はっきりとアメリカ的であり、魅惑的だ」と記している(39)。この空間が「アメリカ的」である主な理由を、ビショップはパリやロンドン近郊のリゾートにはない都市部からの距離の近さに求めた。換言すれば、彼が発見したコニーアイランドのアメリカらしさとは、刺激的なレジャーが都市生活のほとんど内側に存在していたことだった。基本的にブルジョワジーの住む場所であったヨーロッパ諸都市との対比を考えても、きわめて大衆的な文化が都市圏内に成立したこと自体が驚くべき状況だったのである。

この「一日で快楽に浸れる世界一すばらしいリゾート」(40)は、敷地全体が遊園地として再編されていく過程でいっそう「アメリカ的」な特徴を帯びていく。すなわち、都市生活の刺激を過剰に増幅させることで超都市的な大衆娯楽を生み出していったのである。一八九五年には世界初の有料囲い込み式遊園地シーライオンパーク（Sea Lion Park）がオープンし、ボートで水中に飛び込む「シュート・ザ・シューツ」（Shoot-the-Chutes）などのアトラクションが人気を博した。その後、シカゴ万博のミッドウェイから着想を得たジョージ・C・ティリュー（George C. Tilyou）が、コニーアイランドに観覧車や最新の遊戯機械を集めて一八九七年に開園したのがスティープルチェイスパークである。さらに一九〇三年にはシーライオンパークを買収してつくり変えたルナパーク、一九〇四年にドリームランドが開園し、これら三つの遊園地が爆発的な人気を呼んだことで、一九一〇年代までにコニーアイランドの黄金期が築かれた。一九〇九年には三つの遊園地の一日の来園者は五〇万人に到達している。(41) 同じ年にティリューは、「我々アメリカ人はスリルと愉しさを味わうことを求めている。私たちは、そのどちらのセンセーションにも惜しみなく金をかけるつもりだ」と語っている。(42)

コニーアイランドを特別な空間に仕立てていた最大の特徴は、シカゴ万博同様に電気の魅力だった。園内には無数の電灯が輝き、ルナパークに一三〇〇〇以上あったとされる多数の塔やミナレットや建物には二五万個に及ぶ電飾がほどこされ、海水浴場も一晩中電灯に照らされた。こうしたイルミネーションの効果によって出現した光輝く「都市」が人びとを圧倒した様子は、一九〇三年から四年間にわたるアメリカ滞在経験をもとに書かれた、永井荷風の小説『あめりか物語』に次のように綴られている――「毎夜目覚《めざま》しく花火が上《あが》る。河蒸汽で晴れた夜《よ》に紐育の広い湾頭から眺め渡すと、驚くべき電燈イルミネーションの光が曙《あけぼの》の如く空一帯を照す中に海上遙か幾多の楼閣が高く低く聳え立つ有様、まるで龍宮《りゅうぐう》の城を望むようである」。(43)

くわえて、無数の遊戯機械や仕掛けがテクノロジーと身体の関係を激しく揺さぶったことも重要である。「フリップ・フラップ・レイルウェイ」(Flip Flap Railway) や「ループ・ザ・ループ」(Loop the Loop) などのローラーコースターばかりでなく、ばらばらの方向へ動きまわる歩道、地面が高速で回転する「ヒューマン・ルーレット・ウィール」(Human Roulette Wheel)、七〇人の乗客を乗せるブランコ、観覧車、バネによって人びとを投げだすベンチ、ローラースケートを履いて踊るダンスホールなど、コニーアイランドのアトラクションはあらゆるかたちで身体のドタバタを強調してみせた。さらに、サーカスや動物を使った見世物、歴史的な戦争や災害や建物の火事などを最新のテクノロジーで再現するスペクタクルなども含めて、人びとは知覚と身体が徹底的に刺激されるパニックとスリルを味わった。そのうえ、遊園地内や園外の通りにも、ビアホール、映画館、ヴォードヴィル劇場、レストラン、酒場など、さまざまなエンターテインメントが集結し、たえず人びとの五感を刺激しつづけた。同時に、コールハースがコニーアイランドをマンハッタンの機構をテストする実験室と捉えていたように、こうした身体のドタバタは、実際の都市の人口過密や交通状況の危険や頻発する火事などから生じる恐怖のシミュレーションとなってもいたのである。

コニーアイランドは、性別・社会階層・人種やエスニシティの多様性と複雑な境界を象徴する空間にもなる。一九世紀半ばまで社会的な娯楽から切り離されていた女性たちは、工場や商店やオフィスといった家庭外労働への進出をきっかけに賃金を手にし、個人や家族で積極的にこの安価な娯楽施設に通うようになった。若い女性が入園料や食事をおごってくれる男性を見つけて園内を楽しむ習慣も広まり、遊園地はそれまでの「お上品な伝統」においてはありえなかった、カジュアルな男女の出会いと交際が生じる場になっていく。ただし、見返りに性的関係を提供する「チャリティ・ガール」が大量に出現し、「デート」と「売春」の中間で男女の不均衡が新たに顕在化するようにもなった。また、ニューヨークで急激に増加していた各国からの移民労働者たちもコニーアイランドに通い、アメリカの大衆文化を積極的に吸収した。キャソンは、「コニーアイランドの遊園地と、アメリカの大衆文化に属するその他の施設が、移民や労働階級を「アメリカの」形式と価値のなかに組み込んだ」と論じる。[44]むろん、実際のアメリカ社会への同化はそれほど単純なプロセスではなく、サビン・ハンニ(Sabine Haenni)は、移民たちの文化がコニーアイランドに象徴される大衆文化に影響されつつ、同時に独自の文化を生み出していく過程を強調している。[45]とはいえ、階級や人種やエスニシティの差異は、少なくとも遊園地の内部では幾分か小さくなっていたとはいえるだろう。メトロポリス以上に過密な人口密度となったビーチや園内では、社会的な立場にかかわらず誰もが半ば強制的に密着したり接触したりすることで、身体的あるいは情動的な経験を共有していたからだ。先に見たアトラクションやさまざまな仕掛けは、意図的にそうした接触を促すものでもある。ただし、さらに留保をつけておくと、コニーアイランドがすべての人に平等に開かれていたわけではない。一八八〇年にコニーアイランドを訪れた人びとの八・三パーセントが黒人だったというデータは一定程度の人種の混淆を示してはいるが[46]、一方で園内では南欧や東欧からの新移民を隔離しようという動きもあり、洗い場や海水浴場の一部を黒人やユダヤ人が使うことも認められていなかった。また、上流階級の人びとが主にマンハッタン・ビーチの高級ホテルに宿泊し、中産階級・労働者階級の人びとは主にウェスト・ブライトンで日帰りで遊ぶというような階級ごとの行動の違いも明確に存在していた[47]。

来園者だけでなくコニーアイランドで働く人びとにも、同様に複雑な混淆と差異が見られる。コニーアイランドの経営者はいずれも白人男性であり、遊園地エリアの労働者の多くはユダヤ人や黒人だった。園内でさまざまな国の文化を再現したパヴィリオンや、そこで働く各国からの移民たちも、文化の多様性を見せる装置となっていた。O・ヘンリー（O. Henry）の短編「あさましい恋人」（"A Lickpenny Lover," 1908）のなかで、百貨店で働く主人公のメイジー（Masie）は、裕福な恋人から、ヴェネツィアの城や塔や水路を見てまわってヨーロッパやインドや日本やペルシアを訪ねようというプロポーズを受けるものの、近場のコニーアイランドに誘われたのだと勘違いし、怒って断ってしまう[48]。もちろん、この物語のアイロニーにも示されているように、コニーアイランドにおける民族の表象と配置はきわめて粗雑でフィクショナルなものであり、そこには万博同様の差別的な意識が貼りついていた。また、園内のいたるところでいわゆるフリークスを呼び物にした見世物が催され、「ミジェット・シティ」（Midget City）と呼ばれたドリームランド内のエリアでは、小人症の人びとを集めたコミュニティが「展示」された。その一方で、身体を歪めて映すマジックミラーや、日常生活から逸脱した身体運動と絶叫などの生理反応を強制する種々のアトラクションは、あらゆる人びとの身体を無差別に「変容」させて見世物に変えていたのだし、それゆえ見る者と見られる者の関係もたえず転倒しつづけていたのだった。コニーアイランドはそのようにして、実際の都市以上の濃度でさまざまな社会階層の境界線を交差させ、幾重にも接触と摩擦を生じさせる場となっていた。

最新テクノロジーによる機械装置の刺激や過密性・多様性といった、都市生活の特徴を真っ先に体現して文化的アイコンとなったコニーアイランドの影に隠れるかたちで、他の遊園地の存在は近年まで十分な注目を受けてこなかった。[49] しかしニューヨークには、コニーアイランドの商業的成功を受け、ゴールデンシティパーク（Golden City Park）、フリーダムランド（Freedomland）、スターライトパーク（Starlight Park）など、主に海岸沿いに数十にのぼる遊園地がオープンしていた。近年は、コニーアイランドが遊園地ブームの起源であるという従来の単線的な「神話」にも修正が加わり、一八九〇年代を待たずに、アメリカ東部の沿岸にミュージックホール・プール・海水浴場・レストラン・ローラーコースターなどを備えた、遊園地の前身となるリゾート区域が次々につくられていった歴史も検証されている。[50] アメリカ全土でも、ピクニック場や庭園や海水浴場など、自然を楽しむ旧来のリゾートだった場所が次々と遊園地に置き換えられ、一九一二年までにおよそ二〇〇〇もの遊園地がオープンしていた。コニーアイランドが馬車鉄道・蒸気船・路面電車・高架鉄道・地下鉄道という交通手段の段階的な発達とともに集客数を次第に増やしていったように、[51] この時期のアメリカ各地の交通網の発達は大都市住民以外にもリゾートへ足を運ぶ手段を提供した。多くの場合、路面電車に接続していた遊園地は、トローリー・パークの名で親しまれることになった。夏季シーズンには一日の来場者数が街の人口の半数に達することもあったほど、合衆国中が遊園地に熱狂するようになる。[52]

コニーアイランド同様、各地の遊園地は、電気によるイルミネーションや、アトラクションや見世物のスリルで人びとを驚かせ、新しい都市生活を彩るテクノロジーと身体感覚を娯楽として享受させた。また、ジム・クロウ法（Jim Crow laws）による人種隔離政策が強固だった南部の州を中心に黒人の入場が認められなかったり、夏季シーズン後に黒人だけが使える期間が設けられたりといった制限も多かった一方、「有色人種のみ」（colored only）を謳う遊園地も多数つくられた。[53] 各地の遊園地の経営者やオーナーがエスニシティの混淆を懸念し、入場者を特定の民族に限定するスポンサー・デイを実施して、隔離を試みるケースもあった。[54] ニューヨークのイーストリバー沿いのバワリー・ベイ（Bowery Bay）でドイツ系移民の文化を色濃く反映した遊園地が人気を博したことに示されるように、それぞれの民族の文化を強調した遊園地も各地につくられていった。むろん、前述したコニーアイランドの例で確認したように、こうした隔離や民族性を強化する試みは、遊園地において他の公共空間以上に激しく人種やエスニシティや階級が混じり合う状況がすでに生じていた事実の裏返しでもあった。世紀転換期アメリカの姿を過激に表象した遊園地というリゾート空間は、さまざまな排除と包摂を孕みつつ、アメリカ中のほとんど誰もが関わりをもつ娯楽施設となっていったのである。

(3) 娯楽の広がりとつながり

消費社会の進展とともに、娯楽はお金を払って消費するものになる。都市型の労働が生産物よりも時間によって管理されるようになった結果、労働外の時間としての余暇が生み出され、その時間を酒場、ペニーアーケード、ダイムミュージアム、ダンスホール、コンサートホール、オペラハウス、スポーツ場、ヴォードヴィル、サーカス、メロドラマ劇場など多くの商業娯楽によって消費するというサイクルが生まれたのだった。たとえば国内のヴォードヴィルの劇場の数は、一九一〇年には約一六〇〇にものぼり、そのうち四八の劇場がニューヨークにあった[55]。そして、こうした施設がことごとく遊園地のなかにもつくられていた事実からわかるように、遊園地は娯楽の総合センターのような役割を果たしていたのである。さらには、園内の新しい施設やアトラクションや見世物や来場者の記録などが新聞・雑誌・広告・絵葉書・映画を通してセンセーショナルな文字・写真・映像のかたちで日々多くの人びとに伝えられることで、ライヴ・エンターテインメントと視覚メディアの相互的なネットワークが生み出される。そうしてアメリカに暮らす人びとの日常生活のなかには、いっそう深く娯楽と大衆文化の刺激や想像力が埋め込まれていった。ビル・ブラウンが、この時期に「アメリカが娯楽の追求を通じて自らを捉えるようになり始めた」と論じるとおり[56]、娯楽は国家のイメージそのものにまで拡張していく。

遊園地と並んでアメリカの都市生活と娯楽を強く結びつけていたのは映画だった。当時のエンターテインメントが互いに影響し合いながら広まった過程を確認するために、ここでは映画の発展の様子を素描しておこう。イーディス・ウォートン（Edith Wharton）の長編小説『歓楽の家』（*The House of Mirth*, 1905）には、主人公リリー・バート（Lily Bart）が招待された親戚の結婚式で映画撮影に遭遇する場面が描かれている――

［……］教会の扉の前で、映画会社の職員が機材を組み立てていた。それはリリー自らが主役を演じるものとして思い描いていた場面だったのだが、実際には今回もまた単になんでもない見物人であって、神秘的なヴェールを被った注目の的でないのだという事実が、今年のうちには後者の役をやってやろうという決意を固めさせるのだった。[57]

単に花嫁になりたいと望むのではなく、花嫁として映像の主役になりたいと思い描くほど（つまり人生の一大イベントを映画としてイメージするほど）、リリーのなかに映画という装置が深く内面化されているのがわかる。もちろん映画に惹かれているのは、この小説に出てくる華やかな社交界に属する階級の人びとだけではない。世紀転換期当時、映画館に足繁く通っていた観客の多くはむしろ労働者階級の人びとだった。だからリリーの願望は、都市のなかの安価で大衆的な娯楽として流行していた映画が上流階級にまで深く浸透していたという事実を物語っている。

シカゴ万博に覗き込み式の映画装置キネトスコープが出品されて以降、[58]ニューヨークを皮切りにアメリカ中の各都市にキネトスコープ・パーラーが設置され、一八九六年には映写式の映画がヴォードヴィル劇場やミュージックホールなどで上映されるようになった。一九〇五年に映画専門の劇場であるニッケルオデオン（nickelodeon）が登場することによって、映画は都市のなかで物理的に独立した場を獲得する。映画専門とはいえ、上映の前後や合間には合唱、スライド上映、アマチュア歌手やダンサーのショーなどのパフォーマンスもおこなわれ、わずかな料金でいつでも出入りすることのできた映画館は、労働者階級の人びとや貧しい移民たちを中心に、男女問わず絶大な人気を博した。ミリアム・ハンセン（Miriam Hansen）が述べるとおり、「［映画館は］家族・学校・職場のあいだ、性的振る舞いの伝統的な基準とロマンスや性的表現への現代的な夢のあいだ、自由と不安のあいだにある空隙を想像力豊かにわたりあるく場だった」。[59] 一九〇七年までにマンハッタンには二〇〇のニッケルオデオンが建ち並び、一九一〇年にはニューヨーク全体の一週間の観客数は約一五〇万人にのぼっていた。[60] 単純計算でいえば、ニューヨーク市の人口の三分の一近くが映画を週に一度観ていたことになる。アメリカ全体では五〇〇〇から一万のニッケルオデオンがあったと考えられており、一九〇八年には少なくとも週に一四〇〇万人が来館するようになる。[61] こうして映画館はアメリカの都市風景の一部となり、多くの人がごく日常的に足を運ぶ文化施設となった。

映画は遊園地と互いの特徴や機構を共有しながら発展した装置でもあった。しばしば遊園地内のヴォードヴィル劇場、ニッケルオデオン、ビアホール、カフェなどで映画が上映されたし、多くの都市で最初につくられた映画上映施設が遊園地だった。一方、映画作品のなかでも遊園地はたびたび題材にされてきた。一八九六年にはすでに、エジソン社がコニーアイランドの初期のローラーコースターであるシュート・ザ・シューツを映画の題材にしている（*Shooting the Chutes*）。[62] その後も遊園地の機械や見世物や群衆のドキュメンタリーは頻繁に撮影され、スリルやショックを特徴とした初期映画の性質を素材自体のスピードやパニックによって補強していた。一九〇〇年代に入ると、『コニーアイランドのループとマンディ』（*Rube and Mandy at Coney Island*, 1903）など、役者が登場して遊園地の魅力をユーモラスに伝える映画が多数つくられるようになり、一九一〇年前後から製作される多くのスラップスティック・コメディでも遊園地は主要な舞台となる。とりわけキーストーン社が製作した『コニーアイランドのふとっちょ』（*Fatty at Coney Island*, 1917）は、遊園地を単なる背景ではなく、機械を使ったギャグやカップルのドタバタの演出に巧みに利用していたことで高い評価を得ている。[63] こうして、映画と遊園地はつねに互いの施設とコンテンツを利用しながら、都市の内部あるいは近郊で都市生活の強烈なパロディを展開し、人びとの想像力のなかに浸透していったのである。一九一〇年には、二万人以上の人口をもつすべての地方自治体に遊園地と映画館の両方がつくられるまでに至っている。[64] 娯楽の直接的な身体への刺激と、表象を通じたイメージの強化を往還するなかで、人びとは都市生活そのものを一種のスペクタクルとして享受するようになっていったと考えられる。

一九世紀末のサンフランシスコを舞台とするフランク・ノリス（Frank Norris）の長編小説『マクティーグ――サンフランシスコの物語』（*McTeague: A Story of San Francisco*, 1899）には、当時の都市生活と娯楽文化の深いつながりが何重にも描かれている。歯科医のマクティーグ（McTeague）が、結婚相手となるトリナ・ジーペ（Trina Sieppe）の宝くじ当選をきっかけに次第に獣性を露わにし、最終的に殺人事件に発展する衝撃的な物語だが、作中には多くの娯楽が登場する。物語にとって決定的に重要な宝くじも当時の人びとが熱狂した娯楽だった。マクティーグはのちに宿敵となる友人マーカス・シューラー（Marcus Schouler）としばしば酒場やビリヤード場などの施設に通い、トリナとは毎年開かれる機械工博覧会（Mechanic's Fair）に出かけていく。街路に電灯が設置された際に三日間のお祭りが開かれることは、都市のテクノロジーそのものがスペクタクルであり一種の娯楽であることを示している。そして、トリナがいちばん好きだと公言するピクニックの目的地であるシェンツェンパーク（Schuetzen Park）は、一八九〇年にできたドイツ系移民の憩いの場であり、カジノ・ミュージアム・ダンスホール・射撃場・メリーゴーラウンドなどの遊戯機械が集結する初期遊園地だった。二度登場する遊園地の場面は、それぞれ小説中の重要な展開（マクティーグとトリナの恋愛、マクティーグと友人マーカスの対立）を決定づける役割をもつ――一方では日常からの解放が恋愛感情を刺激し、もう一方では激しい身体運動がそれまでの関係を暴力的に破壊してしまうのである。本来は単調で規則的な生活を好むマクティーグにとってのドラマは、遊園地という劇的な装置によってこそ推進される。

さらに、マクティーグがトリナの家族とともに出かけるオルフェウム・シアター（Orpheum Theater）は有名なヴォードヴィル劇場であり、そこで一同はオーケストラの演奏、コミカルな寸劇、ミンストレル・ショー、アクロバット、ヨーデルなどの演目に続いて上映される映画に大きな衝撃を受ける——

マクティーグは畏怖の念に襲われた。

「あの馬が頭を動かすのを見たまえ」すっかり我を忘れて、興奮のかぎりに叫んだ。「ケーブルカーがやってくるぞ——あの男は道路をわたってる。ほら、トラックが来た。まったく、こんなの生まれてはじめてだ」[65]

この映画鑑賞の場面は、当時のエンターテインメントの様子を仔細に伝えてくれているだけでなく、作品の構造上も重要である。これまでに、作中の登場人物の反復的な動作やくり返されるエピソードが「キネトスコープ的描写」であると指摘されたり、[66]物語の断片性と映画の特徴が結びつけられてきた。[67]現実のセンセーショナルなニュースを素材にした『マクティーグ』は、当時の娯楽を特徴づけていた強烈な刺激とアクションを、映画的な手法をふんだんに利用して表現した小説なのである。作中でほぼ一章分を割いたヴォードヴィル観劇の場面は、その事実のひそかな種明かしにもなっている。

「フィクションの機構」（"The Mechanics of Fiction"）と題したエッセイのなかで、ノリスは物語の仕掛けを機械の旋回にたとえて説明している。物語の回転軸となる出来事について、「それはできごとの骨組みが吊り下がっているペグであり、周囲で推移している淀みや流れが——突如として——凝固する核であり、ブレーキの解除によって一瞬で全体の機構を全速力で前方へ作動させるのだ」という。[68]回転と前進のイメージは、むろんまずは鉄道を想起させるのだが、小説がもつ娯楽性を考えれば、そこで想定される機械が遊園地のローラーコースターであってもよいだろうし、ここで説明されている事態が空間の移動ではなく時間の加速であることを踏まえるならば、映写機のクランクの回転を同時に連想したとしても不自然ではない。旋回する機構というイメージそのものが、テクノロジーに支えられた当時の大衆文化のひとつの典型表現だったのである。いずれにせよ、遊園地や映画が『マクティーグ』のプロットや形式にまで及ぼしている強い影響は、世紀転換期アメリカで娯楽文化がいかに都市生活にとって（かつ都市文学のテクストにとって）重要な位置を占めていたかという刻印に他ならないだろう。

遊園地のモード②「環境」——有機体としてのメトロポリス

高層ビルで埋め尽くされた都市は、一見すると無機質で静的な印象を与えるかもしれない。しかし「偉大な都市」であるコニーアイランドを『サマンサ』のセリーナスが「機械仕掛けの娯楽の迸りと唸り」であり「やってきては去っていって絶対に止まらない、巨大な人の群れのたえまない押し合い圧し合い」と表現したように[69]、機械化された実際の都市もまた、アトラクションのごとくたえず動きつづける存在としてイメージされていた。ここでは、そのような動的なメトロポリスが、「自然」と「人工」の対立のなかに見出されるのではなく、両者が一体化した「環境」として立ち現れていたことを確認する。イライザ・ダーリング（Eliza Darling）は、コニーアイランドが「自然」たる海と「人工」たるパークという二項対立を抱えているという伝統的な見方に異を唱え、「海辺の遊歩道に有機的要素だけを見ること」と「それ以外のエリアに合成的要素だけを見ること」の両方を誤りだと断じている[70]。海水浴場は自然に手が加えられた空間であり、遊園地はテクノロジーと自然をさまざまに融合させた空間であり（たとえば動物や自然災害がコニーアイランドの重要なテーマだった）、両者をはっきりと分離して眺めることは不可能なのだ。遊園地によって象徴されたメトロポリスについても同様に、カラ・マーフィー・シュリヒティング（Kara Murphy Schlichting）が沿岸部からニューヨークの発展を捉え返すことで、「中心／周縁」や「都会／自然」といった従来の二元論を否定している。[71] 二つの項が分離できないかたちで絡まり合った状況こそが、この時代の都市環境の大きな特徴だったのではないだろうか。

小説のなかに鉄筋高層ビルを描いた最初期の作品であるヘンリー・ブレーク・フラー『崖の住人たち』（Henry Blake Fuller, *The Cliff Dwellers*, 1893）の冒頭には、五ページにわたってシカゴの都市風景が延々と描写される。急激に発展した大都市を俯瞰しながら、語り手はアメリカの環境そのものに言及している。

> この国は木々のない国だ――上から眺めればどんな大都市にも存在している「煙突の森」を見落として、びっしりそびえ立つ鉄の通風筒から分岐したケーブルがどこにでも延びどこにでも結ばれていく様子が、植物に似ているることにまるで気づかずにいるならば。ここは灌木のない国だ――目のまわるような街角で、電線の向きを無理やり曲げながら電信を運ぶ、不格好な骨格をもつこぶだらけの木工品に注意を払わないならば。ここは干上がった国だ――路地の壁に急な角度で居座る無数のタンクに目を留めずにいるか、夏の日差しを受ける旧式の簡素な建物の屋根に滲み出し、ちらちらと光るタールと砂利の水たまりを見過ごすならば。ここは空気のない国だ――空気というのがふつうその名前によって示されるように、単に酸素と窒素が合わさったものを意味しているならば。ここでは景色と音と光と生命といった媒体があらかた炭素になり、さらに遠くにある広大ながら魅力を欠いた光景のいくつもの先端部が、堂々としかしぼんやりと、炭煙の帯状となった霧からぬっと姿を現している。[72]

霧の奥に見える「光景」とはむろん遠い山並みなどではなく、直後に「現代の怪物」（modern monsters）とも形容される、タコマビル（Tacoma Building）やモナドノックビル（Monadnock Building）といった、「崖」にたとえられるシカゴの摩天楼である。それら実在の高層ビルと並んで、小説の舞台となる架空のオフィスビル「クリフトン」（Clifton）が紹介されたのちに、ようやく物語は幕をあける。この文章は一見すると、産業社会とともに発展した大都市によって自然がすっかり失われたことを嘆いているように読めるだろう。

実際、都市は原生自然を放逐しながら急速に拡張した。一八六五年に南北戦争が終結し、その四年後に大陸横断鉄道が完成して以降、アメリカの工業化と都市化が一気に加速する。一八九〇年には工業生産高が農業生産高を追い越し、フロンティアの消滅が宣言され、鉄筋の高層オフィスビルがシカゴからニューヨーク、セントルイス、ボストンなどアメリカ各都市へ広がっていく。一八九三年のシカゴ万博もまた、アメリカ中に都市計画運動が起きる契機になった。その一方で、急激に発展した都市は人工的環境の劣悪さも露呈させるようになる。万博会場の周囲では伝染病が蔓延し、大気は汚染され灰色に染まり、下水は川に流されていた。それゆえ「ホワイト・シティ」というユートピア都市を取り囲む現実のシカゴは「グレイ・シティ」と呼ばれたのだった[73]。林立するオフィスビルの背後にはスラムが広がり、過酷な肉体労働に従事せざるを得ない労働者が大量に生み出され、デモやストライキなどの労働運動が各地で盛り上がり、労働者と資本家との対決姿勢が強まっていた。過度の開発に異議を唱える自然保護運動や資源保全運動が立ち上げられたのも一九世紀末のことである。

だが、シカゴ万博開催と同じ年に出版された『崖の住人たち』冒頭の文章は、実のところ自然が消失したと言っているのではない。この文章に含まれるアイロニーをひとまず無視すると、くり返し条件節〈～ならば～は存在しない〉を使ってフラーが書き連ねるのは、実際に「自然」は存在しているという事実だ。ただしその自然は、かつて存在した木々や水や空気によって構成される自然ではなく、煙突や電線やタンクや炭素の煙や高層ビルで構成されたまったく別の自然である。すなわちこの物語冒頭の力点は、条件節を裏返した先——自然の消滅ではなく、新しいバージョンの自然の出現――にある。[74] シカゴの都市風景をアメリカの現在地点として次々と畳みかけるように示すなかでまず強調されているのは、環境破壊への批判というよりも都市の荒々しさや無軌道で有機的なエネルギーである。[75]

アメリカの都市化の特徴は明らかにその発展の速度にあった。シカゴの人口は一八三三年にはわずか三五〇人であり、移住者の増加によって三万人に到達したのがようやく一八五〇年である。その後わずか四〇年で一〇〇万人を越え、ニューヨークに次ぐアメリカ第二位の都市となっている。さらに、一八七一年にシカゴ大火と呼ばれる大規模火災で中心街が焼失したため、その後の都市再建事業によって、きわめて短い期間で世界に類を見ない摩天楼都市への生まれ変わりを果たしたのだった。[76] フラーが原生自然を引き合いに出しながら都市を描いたのは、いわばその速度の表現なのである。映画のモンタージュのように二重のイメージを重ねることで、〈シカゴ＝アメリカ〉のビフォア／アフターを劇的に表しているのだ。原生自然から現代都市への一飛びでの移り変わりは、数年前まで「開拓」をつづけていたアメリカならでは想像力の産物だった。原生自然と都市を二重映しにしてみせることで語り手は、「田園」と「機械」の対立関係を示そうとしているのではなく、[77] 都市という自然への読み替えを促している。その作業によって、メトロポリスは無機的な人工物の集積ではなく、語り手が順々に示した木々・灌木・水・空気に等しい有機的要素からなる生きた「環境」として受け止められる。植物の成長や生命力のイメージがそのまま産業都市のエネルギーに置き換わっているのである。

そのように人工の都市を生態的《エコロジカル》な環境として捉えることは、ティモシー・モートン（Timothy Morton）が定義する「ダーク・エコロジー」（dark ecology）のような近年の環境概念を想起させる。メアリー・シェリー『フランケンシュタイン』（Mary Shelley, *Frankenstein; or, The Modern Prometheus*, 1818）などについて論じながら、モートンはロマン主義以降の「自然」概念が消費の対象として存在してきたことを批判し、人工のテクノロジーによって改変された怪物としての環境を丸ごと受け止める必要性を説いている。[78] ただしそもそも、一八九二年に「エコロジー」（ecology）という語をアメリカではじめて紹介した自然科学者エレン・スワロー・リチャーズ（Ellen Swallow Richards）は、その語源がギリシャ語で「家」を意味する「オイコス」（oikos）にあることを重視し、[79]人間の家や共同体を環境の枠組みの一部と捉えていたのだった。生命科学にもとづく生物や化学に基盤を置いたリチャーズは、環境が人間に対してあたえる影響と、人間が環境に対しておこなう行為を対等に捉え、環境にかかわる都市問題を「家」から考える「家政学」を創始する。つまり「エコロジー」という視点そのものが、人工的な都市空間を自然環境のうちに組み込むことではじめて生まれた概念だといえるのだ。[80]

都市を「エコロジー」として捉える視点は、同時代のさまざまな実践・学問・芸術を貫くものでもあった。第四章で後述するように、ルイス・サリヴァン（Louis Sullivan）など実際の摩天楼建設にかかわったシカゴ派の建築家も、有機物と無機物を貫く原理を追求し、自然の一要素として摩天楼を位置づけようとした。シカゴ万博に端を発する新古典主義建築の隆盛や都市美運動《シティ・ビューティフル・ムーヴメント》は、反対に都市の人工的な統制に向かうが、そのような運動の急先鋒であり万博を指揮したダニエル・バーナム（Daniel Burnham）の都市計画もまた、「生きた有機体としての都市」像を提示していたと指摘されている。[81]さらに、一八九二年にシカゴ大学の創設とともに設置された世界初の社会学部は、急速な都市の発展過程を研究するなかで「人間生態学」（human ecology）と呼ばれるアプローチを取り入れていく。二〇世紀に入り、シカゴ学派のなかで都市社会学を実質的に創始したロバート・パーク（Robert Ezra Park）は、シカゴに暮らす人びとを職業や住居などにもとづいて分類し、植物の棲息過程の研究などを援用しながら有機体としての都市の組織化について検証した。パークのもとで研究していたアーネスト・バージェス（Ernest Watson Burgess）はさらに、都市の成長が異なるゾーンを形成しながら同心円状に広がっていくとする「同心円理論」を提唱する。[82]こうしたシカゴ学派社会学のアプローチは、いずれも都市環境・都市社会を生態的に捉えようとする試みだった。[83]

そして、シカゴ学派の社会学者たちがしばしば参照したのが、「環境」の力を重視するアメリカ自然主義文学だったのである。資本主義が高度化しはじめたこの時期、産業都市社会の構造こそが強大な力を振るっていたため、アメリカ自然主義文学における「環境」は「都市」そのものに近接していた。アメリカ自然主義文学を代表するノリスやクレインやドライサーは、みな都市という自然の強大な力を描こうとした作家である。むろん、自然主義（Naturalism）という名称のなかの自然（nature）とは、自然環境の自然を指すよりもまず、本来的な性質という意味をもつはずだが、その両者はそもそも明確に区別できるものではない。有機物と無機物の境界さえ取り払って世界のメカニズムを観察しようとするゾラ以降の機械論的世界観は、文化／自然や主体／客体のような伝統的な認識の二項対立を不可能にし、両者が混じり合った「環境」のなかで生起する出来事を記述しようとする。[84] 丹治愛が一九世紀後半の欧米の思想の潮流について、「自然を、人間にとって〈不可知〉であるはずの超自然的な神の目的《デザイン》／摂理から独立して、それ独自の〈機械論〉的〈自然主義〉的法則にしたがって運動する〈物質〉の系、したがって〈実証主義〉的、〈科学〉的方法論によってのみ適切に把握しうる〈物質〉の系であるとする世界観」とまとめているように、[85] 自然主義のなかで「自然」は神の領域から引きずりおろされ、人間・人工物・社会とも対等に、科学的に「環境」を構成するメカニズムとなったのである——海や命さえ「改変」されたコニーアイランドの話を聞いたサマンサが「神さまが創られたものはなんにもない」とコメントしたとき、彼女はそのような「環境」の存在を直観していたことになる。

こうしてさまざまに重なり合う環境観の根本には、イギリスの自然科学者チャールズ・ダーウィン（Charles Robert Darwin）の進化論と哲学者ハーバート・スペンサー（Herbert Spencer）らの社会進化論の大流行があった。生存競争と自然淘汰をくり返しながら環境にもっとも適応した種だけが繁殖するという、生物の進化についての理論をダーウィンが練り上げ、社会進化論がその理論を人間社会や文化にも適用することで、「生物」と「社会」の領域が結びつけられたのである。たとえば当時アメリカで強い影響力をもっていた社会経済学者ウィリアム・グレアム・サムナー（William Graham Summer）は、両者を端的に次のように結びつけている——「地球上の生命は、自然との闘いと、ほかの生物との競争によって維持されているという事実を、私たちはすでに生物学から学んできている。後者に関して、生物学と社会学は接点をもつ」[86]。先に見た万博における民族学的展示においても社会進化論が利用され、進化した欧米社会と未開のアフリカやアジアといった帝国主義的論理が正当化された（あるいは進化論と表裏をなす「退化論」が、白人以外の人種や民族を「劣った」人間とみなす論理に用いられもした）。とりわけアメリカでは、社会進化論が資本主義のイデオロギーとも結びつき、資本家たちが富の蓄積や貧富の拡大を「適者生存」の原理のもとに正当化するレトリックともなることで、資本や金や労働力さえもが有機的なメタファーとして想像されていったのである。

以上に確認してきたように、多分野で同時的に発見された人工都市＝新しい自然という見方によって、有機的な環境としてのメトロポリスのイメージが強固につくりあげられることになった。もちろん、こうした動的なイメージを人びとの実感として支えていたのは、現実の都市空間において通りを走る路面電車、地下を走る地下鉄、摩天楼を昇降するエレベーターといった激しく動く構造物であり、またたく間にビルが建てられたり壊されたりしていくその劇的な変化のありようだった。当時の新聞記事のなかで摩天楼がしばしば、有機物を分解しながら同時に植物の成長を促進させる菌類であるキノコにたとえられているのはきわめて象徴的だろう[87]。そして、移民の流入にともなう人口爆発、張り巡らされた電線を通して流れる電気、陸路・水路を伝う大量の物流、メディアの発達にともなう情報の増加、資本主義の金の流れなど、都市の構造物の隙間もつねに「動き」に満ちていた。そのような想像力が、『崖の住人たち』の冒頭にはなにより雄弁に表現されているのである。アメリカのメトロポリスはこの時期、人間と社会をまるごと包摂して循環する新たな生態環境として、物理法則に従って作動する巨大な機構として前景化した。未来の都市像と遊園地のヴィジョンを示したシカゴ万博が開催され、摩天楼を描く『崖の住人たち』が出版され、都市に「力」のありかを求めてアメリカ自然主義文学の嚆矢となった『街の女マギー』（*Maggie: A Girl of the Streets*）が書かれた一八九三年は、アメリカに新しい「環境」がはっきりと姿を現した瞬間だといえるだろう。

遊園地のモード③「身体」――ドタバタとセンセーショナリズム

都市環境そのものが巨大なアトラクションのように動的なメカニズムと捉えられるようになったとき、個人の身体感覚はどのように変化していたのだろうか。メトロポリスでの経験をなにより特徴づけているのは、あらゆる場所での機械との接触である。一九世紀末にアメリカの都市生活に組み込まれた新しい技術は、電灯・電話・タイプライター・空調設備・路面電車・地下鉄・エレベーターなど、いずれも機械装置と身体との関係を組み変えるものだった。そして、同じく都市生活のなかで機械と身体の関係を大きく変えたのが新たな労働形態である。工業化は多くの工場労働を生み、労働者たちは工作機械を日々操作するようになった。二〇世紀初頭には、もともと機械工だったフレデリック・テイラー（Frederick Winslow Taylor）が編みだした労働の「科学的管理法」が社会に浸透していく。さまざまな機械や工具によって作業を合理化し、ストップウォッチを使って作業工程に含まれる動作や作業時間を徹底的に効率化することで、労働者自身をあたかも機械のように作動させる手法がテイラー・システムと呼ばれるようになった。歯科医であった『マクティーグ』の主人公マクティーグの動作にも、「機械的に」、「機械のような規則正しさで」といった形容が執拗に付与されていたように、[88]労働者の身体と機械はしばしば一体化して捉えられるようになる。さらに、科学的管理法の後継者であるフランク・ギルブレス（Frank Gilbreth）とリリアン・ギルブレス（Lillian Evelyn Gilbreth）は、いっそう厳密を期すために動作研究と映像装置を組み合わせた。労働者の身体各部に豆電球を取りつけて映像を撮影することで、運動の軌跡をパターンとして記録して完全な効率化を図ったのである。ジークフリード・ギーディオン（Sigfried Giedion）は、こうした管理法が人間そのものを機械にするための手法だと説明している。[89]一九一〇年代以降、科学的管理法は、機械部品の規格化と移動組立ラインを利用して大量生産を可能にする経営管理方式フォード・システムへと引き継がれていく。

アメリカが「身体の機械化」を強烈に印象づけていたのは、たとえば一九一三年にはじめてニューヨークを訪れたフランス人画家フランシス・ピカビア（Francis-Marie Martinez Picabia）がインタビューのなかで、「機械はじっさい人間の生命の一部――おそらく魂そのものなんだ」と感嘆してみせたことにも表れている。(90) 一九一五年にアメリカに移住したピカビアは、機械をモチーフにした作品を次々と発表するようになる。ピカビアに強い影響を受けたマルセル・デュシャン（Marcel Duchamp）も同じ一九一五年に渡米し、機械を主題に据えた制作に取り組んだ。同じ頃イタリアで未来派が機械文明を賛美し、ロシアでも未来派が興隆していたように、同時期に各国の芸術運動が機械と身体の関係を追究しはじめていた。ただしアメリカでは、こうした新しい身体運動がより大衆的な文化のなかでいち早く表現された点が特徴的だろう。それらの表現のなかでは、科学的管理法のように厳密に課された身体規律ばかりでなく、生産性や規範から逸れていく身体のありかたも頻繁に観察された。ピカビアやデュシャンの「機械」からいっさいの実用性が取り除かれていたように、あるいは『サマンサ』のセリーナスがサマンサの家で遊園地の運動を模倣し、かつ作品全体がそのような不合理な運動に満ちていたように、機械と絡み合う身体は、むしろ目的や規律からのズレゆえに生じるドタバタを多分に経験していたのである。

ここでは当時生まれたばかりのメディアであった新聞漫画の代表的な作品から、機械と身体の運動のズレを捉えておきたい。一八九五年にアメリカの新聞の日曜版に「コミック・ストリップ」（comic strip）と称されるフルカラーの漫画が登場すると、たちまち爆発的な人気を呼んだ。世界初の漫画ともいわれる『イエロー・キッド』（*The Yellow Kid*）は、漫画や過度に扇情的な記事によって発行部数を伸ばそうとするイエロー・ジャーナリズムの語源にもなっている。大衆紙に連載された新聞漫画の黄金期は一九一〇年代には終わりを迎えるが、大衆文化を国中に浸透させる役割を担った多くの初期新聞漫画が、この時期の社会の関心や人びとの想像力のありようを独自の手法で掬い取っていた。

【図1】フレデリック・バー・オッパー『ハッピー・フーリガン』（1909）[91]。

一九〇〇年から一九三二年まで断続的に新聞連載が続いたフレデリック・バー・オッパー（Frederick Burr Opper）の『ハッピー・フーリガン』（*Happy Hooligan*）には、職を探しながら各地を転々とする、いわゆるホーボーの主人公が、毎回思わぬ不運に遭遇する様子がユーモラスに描かれている。作中には、高速回転することで何重にも身体が連なって見えるアクションが登場する（【図1】）。現在では漫画の表現として定番のデフォルメだが、乗り物での高速移動、反復的な機械の運動などが一般化してはじめて、こうしたイメージは読み手と共有しうるものになっていたはずである。ここでのコマの運動には、身体と乗り物のテンポのズレが表現されている。漫画のコマに関するもっとも基本的な約束事は、あるコマから次のコマへの推移によって状況やアクションの変化を示すことだ。しかしここでは、同じコマのなかに何重にも同一人物の姿を描き込むことで漫画の基本原則を破りながら、コマごとの時間の流れと大きくズレた高速運動が表現されている。そして、あまりのスピードゆえに主人公の表情は変化を起こさず、劇的な身体の速度と織り重なる無表情の顔との落差がユーモアを生む。身体を無理やり規則的な高速運動に同期させ、一方で表情の変化や自律的な反応を置き去りにするというかたちで、機械装置がちぐはぐさを強化しているのである。

次に機械の描かれ方を見てみよう。当時の新聞漫画作家のなかでもっとも機械装置の主題にこだわっていたのがルーブ・ゴールドバーグ（Rube

【図２】ルーブ・ゴールドバーグ『バッツ教授の発明』（1915年２月３日）[92]。

Goldberg）である。ゴールドバーグ作品でもっとも有名な『バッツ教授の発明』（*The Invention of Professor Lucifer G. Butts*）シリーズには毎回、寝ている人のいびきを吸収する、ペットに餌をあげるなど、おおむね単純な機能が、複雑なプロセスを伴う大掛かりな仕掛けによって実現する様子が描かれる（**【図２】**）。簡単な動作を複雑な機構を用いて実行させる表現手法はやがて「ルーブ・ゴールドバーグ・マシン」と呼ばれるようになり、現在までさまざまなかたちで受け継がれている[93]。ゴールドバーグの手法もまた、機械が作動する複数の工程にアルファベットを振って説明を加えることで、コマごとにアクションが推移する漫画のルールを意図的に破っている。ひとつのコマに本来の目的には不要であるはずのプロセスがいくつも連なり、その過剰ぶりが際立つ。『ハッピー・フーリガン』の身体の過剰なスピードと対照的に、『バッツ教授の発明』の機械は機能が過剰なのだ。過剰な機能とは合理性を逸脱した挙動である。ほんらい機械が備えているはずの効率や目的から大きくズレた無駄な動きの連なりがユーモアを喚起する。最終的に実現されるシンプルな機能を、作中人物たちが平然と受け入れているところにもおかしさがある。いずれの例でも、身体と機械は本来の機能と役割を幾分かは果たし、しかし大幅に逸脱しながらちぐはぐに協働している。

スピードのズレや目的と手段のズレが極端に表出する身体のドタバタは機械化がもたらした運動であるはずだが、いったんそのような運動のありか

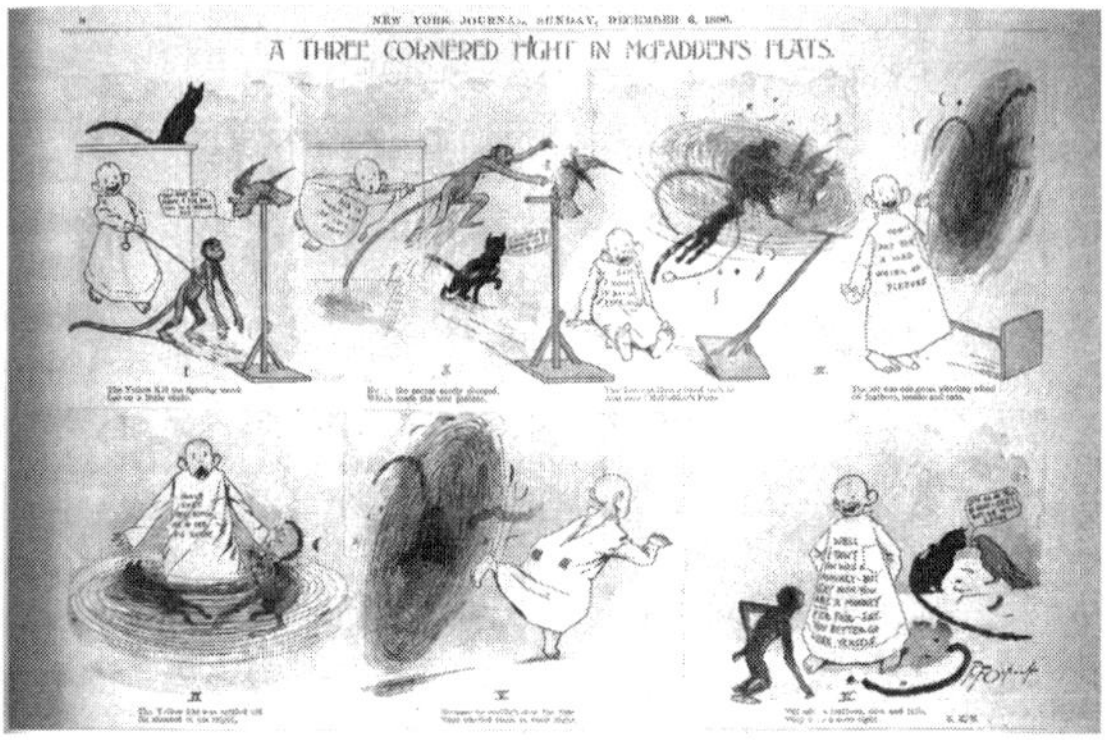

【図3】リチャード・F・アウトコールト『イエロー・キッド』（1896年12月6日）[94]。

たが認識されたのちには、必ずしも機械自体を必要としない。新聞漫画の元祖であるリチャード・F・アウトコールト（Richard F. Outcault）の初期作品に早くも同様のデフォルメが見られるように、ぐるぐる高速回転するキャラクターの身体表現は、漫画の登場とほとんど同時に定番化していった（【図3】）。それはつまり、旋回という新しい身体感覚が一九世紀末の人びとの想像力のなかにすでに定着していたということである。

ウィンザー・マッケイ（Winsor McCay）の『眠りの国のリトル・ニモ』（*Little Nemo in Slumberland*）で、幻想世界のなかの乗り物をはっきり「ループ・ザ・ループ」と呼んでいるように、過剰なスピードと回転運動、無目的な機械の駆動を、人びとにもっとも直接的に経験させていた場が遊園地だった（【図4】）。ニモは毎回浮き上がったり伸縮したりといった運動を経験するが、そうした身体感覚も遊園地での経験ときわめて近い。ロビン・ジャフィー・フランク（Robin Jaffee Frank）は、『眠りの国のニモ』の多くの場面を取り上げながら、「眠りの国」で体験する冒険や身体の変容の数々が、ドリームランドのサーカスや展示された飛行船、ルナパークのローラーコースター、スティープチェイスのマジックミラーなどを踏まえて描かれた痕跡を指摘し、「物語中の子どもの夢」が「都市化したアメリカで大人たちが直面している困惑に満ちた変化」の反映だったと論じている。[96] 都市の住人たちはみな、日常生活では機械との接触を頻繁に経験し、余暇には遊園地のアトラクション

【図 4】ウィンザー・マッケイ『眠りの国のニモ』（1906 年 10 月 7 日）[95]。

で身体のドタバタを反復し、さらに新聞漫画のなかでもその刺激と「困惑」とユーモアを再確認していたはずなのである。もちろん、過剰な身体運動が表象されていたのは漫画に限らない。たとえばヴォードヴィルでもスラップスティックなパフォーマンスが人気だったし、映画のなかでも身体と機械の歪な関係がたびたび主題となった。すでに見たように、一九世紀末以降、映画はコニーアイランドをくり返し題材としたが、一九一〇年代半ば以降になると、遊園地が直接の素材でなくとも、スラップスティック・コメディのなかでチャールズ・チャップリン（Charles Chaplin）やバスター・キートン（Buster Keaton）が機械の動きを模倣したドタバタやギャグを演じるようになる。そのように身体と機械のズレの表現はアメリカ大衆文化の主要なモードとなり、人びとは遊園地的な運動感覚をいっそう深く身体に刻むことになった。

　身体の動きとともに確認しておくべきなのは神経の働きである――『ハッピー・フーリガン』のコマに見られたように、激しい運動は精神や思考の働きを追いつけなくさせてしまうため、反応するのは身体とよりダイレクトにつながった「神経」ということになる。コニーアイランドの名物ループ・ザ・ループは「当代随一のセンセーション」と宣伝され、何よりも神経への刺激が強調されていたのだった[97]。機械と身体の運動には物理的なズレによるちぐはぐさが伴ったが、激しい運動に曝されたときには感情や気分もまたちぐはぐな変化を起こす。ベン・シンガー（Ben Singer）は、一八九〇年代に隆盛した遊園地やヴォードヴィルや初期映画などの強烈な刺激を伴う大衆娯楽と、世紀転換期メトロポリスの過密や混沌の連続性を指摘したうえで、両者が重なり合った文化状況を「センセーショナリズム」と規定している。[98] 機械に運ばれたり、通りを埋め尽くす人だかりに埋もれたり、あるいは明るい照明やネオン広告の光を浴びたり、建設現場の騒音に取り囲まれたりといった都市の過剰な神経刺激は、合理的な思考よりも断片的で気まぐれな反応を引き起こすのである。そうして、交通事故をはじめとした危険を伴う都市状況が、しばしば「ハイパー刺激」を浴びる快楽へと転じていく。

たとえば、永井荷風の『あめりか物語』の「市俄古の二日」と題された章には、機械と身体のドタバタが「思考」よりも「気分」に激しく作用する様子が描かれている。劇的な出来事はなにも生じない物語の前半では、通勤の男女で埋まる路面電車、「凌雲閣《スカイスクラッパー》」[99]、「新聞好きの国民」[100]、大通りを走る「自動車《オートモビル》」[101]など、主人公の目に映るアメリカの都市生活の様子が冷静に語られていく。友人ジェームスの案内でシカゴ中心の商業地区にたどり着いた語り手は、林立する高層建築のせいで光の行き届かない暗い大通りと、その「市俄古なる闇」に呑み込まれていく無数の人びとを見て、「漠然たる恐怖に打たれ」、「文明破壊者の一人に加盟したい念が矢の如く叢《むらが》り起って来」[102]る。主人公の暗い思いに気づかないジェームスが微笑んで「Great City」と声を掛けると、彼はこう反応する――「「Ah! monster.」と自分は答えた。何と形容しようか、矢張《やはり》人々の能《よ》く云う通り怪物《モンスター》とより外に云い方はあるまい」[103]。ところが、当時アメリカ一の規模を誇っていた百貨店マーシャル・フィールズ（Marshall Field's）に入り、エレベーターで二〇階ほどある最上階に上って、吹き抜けから最下層を覗くと、彼は「少時前《しばしまえ》文明を罵った自分も忽ち偉大なる人類発達の光栄に得意たらざるを得なくなる」[104]。この急激な感情の変化を、語り手は「人は定まらぬ自分の心の浅果敢《あさはか》さを笑うであろう。然し人の心は何時もその周囲の事情によって絶え間なく変転浮動して居るにすぎない」とまとめる。[105] 語り手の「心」を「変転浮動」させた「周囲の事情」とは、巨大な百貨店の内部空間であり、最上階へ主人公を運んだエレベーターである。群衆との混淆と分離、最下層から最上層への移動、暗さから明るさへの視界の転換といった激しい変化が機械装置に導かれることで——すなわち、強烈な神経刺激を浴びることで——重たい恐怖から得意げな快楽へと感覚がたちまち変化するのである。

この語り手のセンセーショナルな経験をもとに、ここまでドタバタと表現してきた特殊な運動の特徴をまとめ直せば、それは機械と人間が関係するなかで、もともとの目的や意志（「文明破壊者の一人に加盟したい」）、あるいは機械の本来的な機能（目的地への移動）から逸脱して生み出される劇的な身体と気分の変化（「偉大なる人類発達の光栄に得意たらざるを得なくなる」）ということになるだろう。エレベーターでの高層階への移動のような運動と、都市のパノラマがスペクタクルとして視界に飛び込んでくるような刺激をたえず味わう都市生活には、しばしばこうした気分の急転を含んだドタバタが伴う。本書で論じる詩や小説にもたびたび状況にそぐわない不合理な行動や、突発的な気分と感情の変化が見られる。けれども、ともに刺激過剰な娯楽と日常とを往還しながらちぐはぐな運動をくり返す身体こそが、メトロポリスの生活を形成しているのである。

本書のキーワードと構成——モダニティとリズム

世紀転換期アメリカの都市生活を特徴づける、多様な商業的娯楽に溢れた「文化」、アトラクションのような動きに満ちた有機的な「環境」、機械に振り回されるドタバタした「身体」が交じわる点のことを、以下の議論ではモダニティと定義しておきたい。もちろん、一般的にいえばモダニティはきわめて広い概念であり、アメリカに対象を限定しても、電気や機械のテクノロジーの発達、産業化や都市化、交通機関の発達やメディアの発展、国民国家や社会という枠組みの強化、進歩主義や帝国主義の進展など、この時期に起きた急速な変化全般が近代性に関わるものである。しかし、本書では「遊園地のモード」、すなわち都市そのものがアトラクションやスペクタクルとして捉えられるような社会状況を観察するにあたって、個人の経験や身体運動の変化、自己と環境の関係の変化に焦点を合わせるため、文化・環境・身体という三点に絞って議論をおこなう。さまざまな社会の変化は一人ひとりの生のありかたに流れ込んでいるはずであり、文学のテクストが基盤にしているのも、最終的にはそのような個別的な経験であるはずだからだ。

もちろん、そこでのモダニティは単純に肯定的な状況――遊園地のイメージが一般に喚起するかもしれない楽観的なヴィジョン――を指すばかりではない。すでに見たように、移民の急激な増加や格差の拡大や人種の不平等といった社会問題が大きくなっていたアメリカで、機械と同期した人びとの運動はなによりまず、過酷な工場労働のような、弱い立場に置かれた者の肉体と人生を拘束し圧迫する強制的な力を想定させるし、実際そのようなものとしても立ち現れていただろう。したがって、ときを同じくしてヴォードヴィルや新聞漫画や映画がスラップスティックなコメディを流行させ、遊園地のようなリゾートの娯楽がドタバタした身体をユーモラスにパロディ化していたことは、社会システムによる一種のガス抜きであって、結局人びとは機械化した労働のサイクルに体よく回収されていくのだという見方もできる。キャソンはまさしく、「コニーアイランドは安全弁として機能し、社会的な解放と規制のメカニズムとなり、結局のところ既存の社会を擁護していた」と分析している。[106] だが、そのような側面も認めつつ、メトロポリス全体に遊園地的な娯楽と大衆文化のネットワークが張り巡らされていく過程を検証する本書が主張したいのは、都市のアトラクションやスペクタクルを単に社会システムの合理性に収斂するものと捉えるには、人びとの娯楽への熱狂ぶりはあまりに強いエネルギーを帯びていたのではないかということだ。遊園地とその他の娯楽の身体への働きかけは機械的な運動だけではなく、五感への多様で激しい刺激を含んでいたし、人工的な都市を有機的な環境と捉える視線は、合理性に閉ざされない豊かな世界を認識する契機にもなっていたはずである。むろん遊園地のモードは社会や個人にとってネガティヴにもポジティヴにも作用しうるが（ゆえに以降の章では頻繁にその両義性が観察されるはずだが）、いずれにしても機械労働のヴァリエーションにすべてが包摂されるわけではなく、さまざまに別のかたちをとりながら、都市のなかに新しい認識と運動を生んでいたのではないだろうか。

そのようなモダニティの性質を探るために、本書では文化・環境・身体が具体的に交錯する場として、世紀転換期のニューヨークやシカゴなどのメトロポリスに出現した物理的な構造物――街灯、交通機関、集合住宅、摩天楼――を章ごとに詳しく検討していく。都市空間のなかのこうした具体的な構造物こそが、遊園地のアトラクションやスペクタクルのように、住人たちを激しい運動や認識の変化に巻き込んでいるはずだからである。各章ではひとつの構造物とひとつの詩・小説を主に扱いながら、それら構造物の文化的な背景と作中での役割を考え、さらにキャラクター、プロット、オーディエンス、スタイル、ナラティヴといった文学形式そのものへの影響を論じる。それぞれの章である程度年代の幅をもった文化事象に触れていることと、各作品の年代設定が発表年と必ずしも一致していないことから、扱う作品は出版年の順には並べていない。ただし第五章で扱うフィッツジェラルドの『グレート・ギャツビー』だけが第一次世界大戦終結後の作品であり、そこでは遊園地の役割が大きく変化していると考えられるため、最後の章に配置している。アメリカ自然主義文学の出発点と捉えられているスティーヴン・クレインの『街の女マギー』が発表された一八九三年から、第一次世界大戦を経て遊園地のモードが終わり、モダニズム文学の成熟を印象づけるスコット・フィッツジェラルドの『グレート・ギャツビー』（*The Great Gatsby*）が発表される一九二五年までを、本書では「遊園地の時代」と捉え、その時期につくられていった都市文化と都市文学テクストの両方が備える特徴を検証する。

ここでは各章で扱う作品と論じる内容について、本書に通底した主題に触れつつ、各章で展開する議論とはやや異なる視点から概観しておきたい。その主題とは、都市社会が現前させ、遊園地がもっとも過激に実演していたと考えられる「リズム」である。月の満ち欠けや、季節の推移、身体の運動や脈拍、人間や社会の成長と衰退から、音楽、歌、踊りまで、太古の昔から世界はリズムに満ち溢れ、また古代から哲学や思考の対象となってきた。だが、産業革命以降の都市が生み出した標準時や工場や交通機関などがつくる近代的なリズムは、新たに人びとの関心を激しく惹起するようになった。ローラ・マーカス（Laura Marcus）は、世紀転換期にリズムを扱う学問や文学が大きく進展したために、リズムについて書くことが古代と近代をつなぐ手段になったと述べている。(107) 詳しい議論は終章に譲るが、それまでに存在していた有機的なリズムに機械的なリズムが大量に流れ込んだ結果、人びとは新たな知覚を否応なく刺激されるようになったのである。リズムの意識とは、これまでに確認してきた主体／客体あるいは身体／環境の境界が揺らぐという事態の別の表現でもある。当時生み出された芸術や大衆文化、都市の照明装置や交通機関や建築物は、いずれも新しいリズムを人びとに感取させた。そして、そのような諸々のリズムを取り込んで娯楽として提示していた場が、遊園地だったと考えられるのではないだろうか。本書の終着点は、この時期の都市に表れていた時代精神が、遊園地のリズムに凝集されるという図式を示すことである。以降の章では、直接リズムについて論じる箇所は限られているが、同時代に書かれた諸作品が、いずれも都市の構造物と登場人物の接触によって生じるリズムを問題にしているという点こそが、本書を貫く最大の関心となっている。

リズムといったとき、真っ先に想像するのは音楽だろう。事実、多くのリズム論は音楽を直接の分析対象としたり、比喩的な足がかりにしたりしてきた。たとえば研究手法として「リズム分析」を重視し、資本主義下の都市における日常生活をリズムの観点から批判的に捉え返そうとしたアンリ・ルフェーヴル（Henri Lefebvre）は、都市に投影されるのは「遠い秩序、社会的総体性、生産様式、一般的規範」のみならず、「ひとつの時間あるいはむしろ諸々の時間であり、リズムである」ゆえに、「都市は、ひとつの論述的な文章のように読まれるのと同様に、ひとつの音楽のように聴かれるのだ」と述べている。(108) 本書の第一章で扱うT・S・エリオットの初期の詩「J・アルフレッド・プルーフロックの恋歌」(“The Love Song of J. Alfred Prufrock”)が、街路を舞台とした詩でありながら、「恋歌」と題することで詩篇全体を「楽曲」として提示している事実は、街と音楽の主題的な結びつきを物語っている。この詩のみならず、エリオットが同時期に書いた詩には、「前奏曲集」(“Preludes”)、「風の夜の狂詩曲」(“Rhapsody on Windy Night”)、「間奏曲」(“Interlude”)など、「音楽」として表現された作品が多くある。フランシス・ディッキー(Frances Dickey)は、リストやショパンによる前奏曲・狂詩曲・間奏曲などが一九世紀のピアノ楽曲の中心をなすレパートリーであり、かつそれがコンサートホールのみならず、各家庭で頻繁に演奏された音楽だったと指摘している。[109] 第一章では、街路に並び立ち、新たな明るさのリズムをもたらした構造物であるガス灯や電灯が、どのようなキャラクターを生み出したのかを論じるが、エリオットが感じ取っていたストリートのリズムにはまず、街路を囲む家々から洩れ聞こえる鍵盤のリズムがあった点に留意しておかなければならない。

第二章で扱う『シスター・キャリー』(*Sister Carrie*)の著者シオドア・ドライサーは、作曲家である兄のポール・ドレッサー(Paul Dresser)が経営する出版社で発行していた音楽雑誌に論評を寄せている。楽譜出版社が集まるニューヨークのティン・パン・アレー(Tin Pan Alley)の活況やラグタイムの流行など、ドライサーは当時の音楽業界の劇的な変化に強い関心を抱いていた。世紀転換期の小説がいかに音楽と深く関係しているかを論じるクリスティーナ・L・ルオトロ(Cristina L. Ruotolo)は、『シスター・キャリー』のなかで表現されている、当時の流行曲のタイトルか歌詞のような章タイトル、音楽的情緒をまとった文体、敏感な聴覚をもつ主人公といった要素を挙げながら、この小説が「音楽的情動と呼べるであろうものに溢れている」と指摘している。[110] 音楽的情動とは、リズムの感覚と置き換えてもひとまずよさそうである。第二章では、列車や馬車などの移動装置に運ばれることで人びとが経験する運動のありかたと物語のプロットを関連づけて論じるが、シカゴやニューヨークの乗り物の規則的な振動とノイズが登場人物の身体と気分を左右する背後で、都市を彩る多様な音楽のリズムが同時に主人公キャリーたちの情動に作用していた点も重要である。

音楽に限らず、一種の騒音が都市のリズムをかたちづくっていたと考えると、第三章・第四章で扱う対照的なふたつの建築物――テネメントと摩天楼――も、ともに巨大なリズムの発生装置となる。第三章では、スティーヴン・クレインの『街の女マギー』のなかで主人公たちが暮らすスラム街の集合住宅がメロドラマ劇場のごとく機能し、互いを観察しあう奇妙な関係が生み出されていたことを、小説のオーディエンスの機能と関連づけて分析している。役者的な自意識をもった住人たちがたえず大声でわめいたり、罵ったり、叫んだりしつづける理由を、フィリップ・シュヴァイクハウザー（Philipp Schweighauser）は世紀転換期の都市がすさまじい騒音に満ちていた事実に求めている。[三]『街の女マギー』にはたしかに、高架鉄道や荷馬車の轟音や、工場の機械音、ミュージックホールや酒場の騒がしさ、そしてほとんどプライバシーが存在しないテネメント自体の賑やかさが執拗に書き込まれている。過剰な人口密度と劣悪な住環境のなかに置かれた、主に移民から構成される集合住宅の住人たちは、騒音に取り囲まれながらなじみの薄い言語で必死に自らの声を届かせる必要があった。その意味で『街の女マギー』は、ノイズのなかから「他者」のボイスを聞き分ける態度を問うている物語だといえる。

工場や建設現場の機械的なリズムと自然や生物が生み出す有機的なリズムは異なるという考えも根強いが、建築家ルイス・サリヴァンは有機物と無機物に本質的な差異を認めず、両者のリズムをつなぎ合わせる企図のもと、シカゴの街にそびえる摩天楼を設計したのだった。その点で摩天楼は、はじめから自然と人工を一体と捉える構想のもとに生み出された建築様式である。第四章では、詩人カール・サンドバーグがシカゴの新しい都市を描くために実践したスタイルについて、サリヴァンの建築思想と並べながら論じている。資本主義や格差の象徴と捉えられがちな高層建築が、サンドバーグの詩「摩天楼」（"Skyscraper"）のなかでは、朝から夜までの一日のリズム、そしてビル建設をおこなった労働者やオフィスワーカーの生活と生命のリズムの集積とみなされ、環境と溶け合う有機物として描かれている。サンドバーグがこの詩で十全に発揮している、労働者の言語や建設現場のリズムに対する鋭敏さは、彼がアメリカ中のフォークソングを収集した人物でもあった事実とも無関係ではないだろう。

ただし、すでに明らかなように、リズムは音や聴覚のみと関係するものではない。街灯の明るさ、交通機関のスピード、人口密度、建築の高さなど、都市のモダニティを形成する種々の要素が異なるリズムをそれぞれに発生させている。そして、先に述べたように、明るさ・スピード・密度・高さなど、メトロポリスのなかで新たに認識されることになったリズムが、イルミネーションやアトラクションやミナレットで埋め尽くされた遊園地においては娯楽として消費されていた。それゆえ、都市のありようを小説という別種の娯楽のなかで語ろうとしたとき、その描写が遊園地の様子に接近するのはきわめて自然なことだった。第五章では狂騒の二〇年代ニューヨークを描くF・スコット・フィッツジェラルド『グレート・ギャツビー』が、大戦後の都市空間を描く際にたびたび遊園地のイメージを利用していたことを、語り手ニックのナラティヴに着目しながら検証している。

もちろん、リズムは都市環境だけに存在するのではなく、たとえば登場人物一人ひとりが別のリズムを有してもいる。村上靖彦はニックがブキャナン邸に招かれた場面を取り上げて、風にはためくカーテンや洋服に「浮薄なデイジーのリズム」を読み取っている。そのたゆたうリズムを、「無骨なブキャナン」が音を立ててドアを閉めることで切断する。リズムの変化が「小説全体の筋書きのリズムを暗示し、さらにデイジーとブキャナンの対比が、風やドアの音響のリズムで表現される」のである。[112] こうした個人が纏うリズムの差は、個のありかたの違いを浮き彫りにするとともに、ジェンダーや人種や階級といった社会的な差異の表現にもなっている。終章で扱うW・E・B・デュボイスは、『黒人のたましい』(*The Soul of Black Folk*, 1903)の各章冒頭に楽譜を配置し、しばしばメロディやリズムに言及しながら黒人の「たましい」のありかを記述していく。同時に、同書のなかで、白人作曲家スティーヴン・フォスター(Stephen Collins Foster)の曲に黒人のメロディやリズムが融合していることが指摘されるように、リズムはつねに他者のリズムと混じり合っていくものだ。人と人、人と環境、個と社会を仲立ちするリズムの作用が都市のなかで解放の原理とも抑圧の原理ともなりうることを、以下の章ではくり返し観察していく。そしてそうしたリズムの交渉が、自然主義やモダニズム作品を貫く主体／客体、自然／人工、個人／環境など一見対立的な二項の揺らぎや溶解といった形式的特徴と重なり合うゆえに、都市のリズムを観察することは都市文学の形式が生成される過程を捉えることにつながる。本書の終章では、ＳＦ短編「プリンセス・スティール」（"Princess Steal"）を通してデュボイスのリズムに対するアプローチを検討しながら、都市にゆきわたった遊園地の想像力の性質をあらためて考える。

第一章

街灯とキャラクター

T・S・エリオット「J・アルフレッド・プルーフロックの恋歌」

ガス灯と電灯

一九世紀の欧米都市を象徴するガス灯は、一八五〇年からの二〇年間にその全盛期を迎える。一八七〇年代以降、パリやロンドン、アメリカの都市でもいっそう明るいアーク灯が使われはじめるが、コストと使い勝手の悪さから全面的な普及には至らなかった。一八七九年にトーマス・エジソン（Thomas Alva Edison）が実用的な白熱電球を開発して事業化に乗り出したのちも、[1]すぐさま電灯がガス灯に取って代わったわけではない。一八九三年のシカゴ万国博覧会で用いられた白熱灯の数は、一八九〇年までにアメリカ全土に設置されていた電灯の数を上回っていた。しかし万博での宣伝効果もあり、その後の三〇年間で電灯は急速に全国の都市の大通りに取りつけられていく。ヨーロッパ諸国に比べてアメリカはガス灯より電灯を好む傾向にあり、一九〇三年の段階ですでにニューヨーク、シカゴ、ボストンは居住者あたりの数でパリ、ロンドン、ベルリンの五倍の電灯を有していた。[2]

ただし留意すべきなのは、街路が電灯を備えるより早くに電気の光を積極的に取り入れていたのが、百貨店や劇場や看板広告や遊園地だったことだ。デイヴィッド・E・ナイ（David E. Nye）は以下のように説明している――

たしかに公共空間の照明によって都市はより安全で、認識しやすく、容易に交渉がおこなえる場となった。しかしそのような機能主義的アプローチでは、なぜ電灯が劇場にその起源をもつのか、なぜ一八八五年から一九一五年のあいだアメリカ合衆国で、プロモーターも大衆も等しくより豪華なディスプレイを見ることを望み、壮麗な照明が文化実践の中心に位置していたのか、説明しようがない。アメリカにおける電灯の使用は必要性をはるかに越えていた。万国博覧会や劇場や公開行事や電飾広告に見られた象徴的表現の形態として、光を用いていたのである。[3]

つまり順序の問題として捉えるならば、劇場や広告ディスプレイの演出手法を模倣したのが都市の街路なのである。光に照らされた群衆があたかも劇場の観客となり役者となって、あるいは遊園地の来園者となって、都市という舞台に没入するようになるのはきわめて自然な現象だった。

没入がもたらすのは、主体性の喪失である。T・S・エリオットの第一詩集『プルーフロックその他の観察』(*Prufrock and Other Observations*, 1917. 以下『プルーフロック』)に収められた「風の夜の狂詩曲」には、「通り過ぎるすべての街灯が/宿命の太鼓のように鳴る」と書かれている。[4] ここで太鼓のように鳴っているのは、実際には街を歩いている男自身の心臓かもしれないが、街路沿いに並ぶ街灯のリズムと心拍が同期したとき、運動しているのが自分ではなく街の側だと感じたとしても不思議ではない。連を経るとともに夜中の「一時半」、「二時半」、「三時半」と正確に刻まれていく時間は、時計のリズムのなかにも男を拘束する。さらに、「街灯が唾を吐き/街灯がつぶやき/街灯が言った」というリズミカルなフレーズがくり返され、[5] 街がたえず男に語りかけ、感覚に働きかける。実際にはそれも男の内的な独り言を街灯に投影させているだけなのかもしれないが、ともかくそこで生じているのは、自らが運動・思考しているのか、都市が運動・思考しているのかの区別が失われるという事態だ。男と街灯(人間と都市)のあいだには、もはや主体/客体の関係が成立していない。エリオットが描く都市においては、街灯に演出された人工空間と自分自身との境界が消失してしまう。都市のリズムと自身のリズムが接続され、思考や感覚もまた、自身の内側から生じるのではなく、街灯によって語られることで認識される。自らの感覚が外在化した空間において、当然ながら「自分」という存在は大きな変容をこうむる——そのような自己のありかたは、コニーアイランドの遊園地に批判的な作家たちが、こぞってアトラクションに殺到する群集の精神の欠如を指摘していた状況とつなげて考えうる問題だろう。

一九〇六年から一九一四年まで、エリオットはマサチューセッツ州ケンブリッジにあるハーバード大学の学部および大学院に通った。エリオットがたびたび足を運んだボストンは、電灯の設置を積極的に進めている最中だった。ボストン市の記録によれば、一八九二年に市は最初の電灯を設置したが、本格的に電灯を導入するのは強烈な明るさをもつタングステン電球が開発された直後の一九〇九年である。そこからボストン中心地で既存のガス灯との交換が始まった。[6] エリオットはちょうど、都市の灯りがガスから電気へ移り変わる過程を目の当たりにしたことになる。[7] 一方、住宅街では依然としてガス灯が主流であり、パリをはじめとするヨーロッパの街でもガス灯・アーク灯・白熱灯の混じった都市風景が一般的だった。エリオットが「J・アルフレッド・プルーフロックの恋歌」(1915) の第一稿を書いたのは、ハーバード大学に在籍しながらパリに留学し、ロンドンやミュンヘンにも足を伸ばした一九一〇年から一九一一年である。一九世紀都市のシンボルであるガス灯と、二〇世紀都市のシンボルである電灯の移行期に執筆を開始したエリオットにとって、光による演出効果を多分に孕んだ街路が重要な磁場となり、かつ新旧さまざまなイメージのパッチワークを織りなす舞台となるのは当然のことだった。

エリオットがロンドンに移り住む前、すなわちモダニズム詩人としての地位を確立する前に書かれた作品を集めた『プルーフロック』には、街の情景と生活が頻繁に描かれている。「前奏曲集」(1911) に出てくる表現を用いるならば、「街路のヴィジョン」(a vision of the street) をめぐる詩集である。ただし、エリオットが描く街路は強烈な電灯ばかりに照らされているメインストリートではなく、たいていうらぶれた住宅街である。それでも、街路が舞台となる大半の場面が夕方から夜明けまでの時間帯に設定されていることからわかるとおり、そのヴィジョンはほぼつねに人工の光に浸されている。そして、たとえ居住区域の街灯はいまだガス灯が主流であったとしても、一九一〇年代の都会の住人たちは、外出先のビジネス街・歓楽街・広場・大学・図書館・娯楽施設、あるいは電飾広告や百貨店のディスプレイなどで電気の光をたえず経験しているのだから、ガス灯の光もまた、都市に張り巡らされたイルミネーション装置のレイヤーのひとつに再編されていたことを意識しなければならない。

ヴォルフガング・シヴェルブシュ（Wolfgang Schivelbusch）は、舞台の照明装置の変遷をひもときながら、「ガス灯は、火が太古以来、人間の知覚に対してもっていた暖かさや生命や躍動感、それに魔術を放射した」ものであり、電灯は「魔術も暖かさも動きもことごとく剝脱されて、即物的に、いわば情け容赦なく、実際のありのままの姿を〔……〕見せつけた」ものだと説明する。(8) ガスと電気が混在する世紀転換期の都市において、この両者の効果は複雑に混じり合う。エリオットの詩に描かれる街灯も古典的なイメージから現代的なメディアまでの振幅を広く映し出す効果を担い、一方で魔術的なヴェールで空間を覆いながら、他方でその魔術性をことごとく剝奪してしまう。本章では、詩中の主人公であるプルーフロックが人工の光に照らされながら運動する過程を、漫画や映画といった同時期に隆盛したメディアとのつながりを踏まえながら検証する。プルーフロックのキャラクターを分析することで、遊園地を彩ったのと同じイルミネーション装置にたえずさらされながら生きる都市の住人たちがどのような性質をもち、どのように振る舞うことになるのかを考察したい。

「J・アルフレッド・プルーフロックの恋歌」における都市と刺激

「J・アルフレッド・プルーフロックの恋歌」（以下、「恋歌」）第一行の「それじゃあ行こう、きみとぼくで」(9) という表現からは、プルーフロックの確たる意思と活力を感じる。しかし、そのような主体性が見られるのは最初の連のみである。詩篇を通して、プルーフロックと「きみ」が街を歩きまわる過程で、冒頭にのみ表れる主体的なキャラクターが次々と変容していく様子が刻まれていく。プルーフロックは女性になんらかの想いをぶつけられずに苦悩しているらしいが、歩いているはずのプルーフロックの思考や視点はさまざまに移り変わり、逡巡だけが持ち越される。ほとんど存在感のない「きみ」が誰なのかはつねに議論の的となってきた。「ぼく」の分身とみなされたり、エリオット本人による、プルーフロックの男友達だという発言が取り上げられたりもする。[10] しかし、結局どちらの説が決定的だともみなされていない点の方がおそらく重要だろう。つまり、その解釈の曖昧さ自体が、知人だろうと分裂した自我だろうとたいした違いはないという事実を物語っている。「恋歌」のなかにプルーフロックをのぞいて具体的な人物は出てこないし、描かれる女性たちもほとんどプルーフロック自身を映し出すためのイメージとしてしか存在していない。「恋歌」のなかで自他の区別が曖昧だからこそ、プルーフロックはあちこちに自分自身を見つけるし、自分のなかに別のキャラクターを見つけるのである。だから、「きみ」が自分であっても知人であってもほとんど同じことだ。

そのような自己の輪郭の希薄さは、なによりプルーフロックのさまざまな変身や変形によって、そして姿を変えた自分を外から眺めたり思い描いたりする視点の分断によって示される——「ぼくがピンで刺されて壁でもがいているとき」[11]、「蟹のはさみになるべきだった」[12]、「自分の（禿げてきた）首を載せた大皿が運ばれるのを見た」[13]、「われはラザロ」[14]、「けれどもまるで、スクリーンに幻灯機で神経のパターンを映し出しているようだ」[15]、「ときどきは、ほとんど道化」[16]。同時に、ダンテ、シェイクスピア、ジョン・ダンなどの作品からのさまざまな引用や引喩によって、テクスト自体も文学史の断片で接合されている。

分断や断片性は、都会が有する特徴のひとつだ。都市風景の刺激や猥雑さ、あるいはイルミネーションの強烈な光は、知覚や経験をたえず文脈から切り離されたショックへと誘う。それゆえプルーフロックの感覚と思考は途切れとぎれで、決断はいつまでも先送りにされる。見ること／見られることを基本とした都会のコミュニケーションは、人を服装や立ち居振る舞いや顔相といった身体パーツの集積に変え、「ぼくの頭のてっぺんには禿げがある」[17]、「ブレスレットをつけ、白く剝き出された腕／（けれどもランプの光で見ると、薄茶色の毛が生えている！）」[18]といった、身体各部のクローズアップが異様な存在感をもつのである。

シカゴ学派の都市社会学にも多大な影響を与えたドイツの社会学者ゲオルグ・ジンメル（Georg Simmel）は、一九〇三年の論文「大都市と精神生活」（"Die Grosstädte und das Geistesleben"）のなかで、世紀転換期の都市における人間のありかたを論じている。ジンメルによれば、都会人の特徴は「神経刺激の強化」であり、「彼を根こそぎにしかねない外的環境の驚異的な流れや分裂に対して、自分自身を守るための器官を発達させる」のだという。その器官とは、パーソナリティーの深い部分に根ざした「心」からもっとも遠く、もっとも敏感でない「頭」だとされる。[19]神経刺激の激しさは都市の多様な経済・文化活動や人口密度の高さなどあらゆる局面に見出されるが、物理的な刺激の源泉は照明の光度の上昇にも求められる。アメリカでいちはやく都会の文学を書いたエドガー・アラン・ポー（Edgar Allan Poe）が、一八四〇年にすでにガス灯の室内調度品への進出を激しく非難し、その「刺々しくて不安定な光は不快である」と述べているのだから、[20]ガス灯の何倍もの光力をもつアーク灯やタングステン電球の光が加わった二〇世紀初頭の都市が、人びとの神経にきわめて強い刺激を与えていたことは想像に難くない。

都市の住人たちが強力な神経刺激から身を守るために「心」でなく「頭」で反応するというジンメルの理論は、エリオットがいっとき深い影響を受け、一九一〇年のパリ留学時に直接講義も受けた哲学者アンリ・ベルクソン（Henri Bergson）の議論を連想させる。ベルクソンにとってもっとも重要な概念である「純粋持続」は、「刺激が一つ加わるごとにそれは先行する刺激のすべてとともに、有機化されて、その総体が、いつも終わりそうでいながら何か新しい楽音が加わって全体としてたえず変わって行く楽節のような効果」だと説明される。[21]そして、人びとが日常的な社会生活に適応するために「表層的な自我」によって「持続」を切断しがちなことを批判し、「内的自我」でもって「純粋持続」に到達すべきであると説く。きわめて大雑把な図式化ではあれ、ジンメルの「心」を「内的自我」に、「頭」を「表層的な自我」に対応させられるだろう。激しい神経刺激にさらされた都市住民は、自己を保つために「内的自我」＝「心」ではなく「表層的な自我」＝「頭」で世界を捉えようとする。そうした状況に対抗するため、ベルクソンは「純粋持続」の意義を主張した。

エリオットはベルクソンへの一時的な傾倒を認める一方で、「純粋持続」の概念をはっきりと否定している。[22] この時期に書かれた『プルーフロック』の詩は、ベルクソンによる現状の診断を共有しつつ、反対の極限を志向しているように思える。すなわちエリオットにとって、神経刺激に満ちた都市的世界のなかで「持続」の切断を避けることなど不可能であり、ジンメルが言うように「頭」でもって身を守ることさえ困難であるため、「外的環境の驚異的な流れや分裂」にひたすら神経をさらし、そこから見える風景を記述する他なかったのではないだろうか。ダンテ『神曲』地獄篇から引用された「恋歌」のエピグラフには、「この底からはかつて誰一人／生きて帰った人はいないという」と書かれている。プルーフロックは、地獄とたとえられる都会に張りめぐらされた神経刺激に身をもって嵌りこむことで、ベルクソンが説く刺激の「持続」の仕組みではなく、「断続」の仕組みの方をあばきだそうとしている。本章の結論をあらかじめ先取りしておくならば、エリオットはそのような「断続」を描くために、キャラクターの身体を漫画的に、周囲の風景を映画的に改変し、最終的に都市を遊園地的なカーニヴァル空間にデフォルメしたのだと考えられる。まずは身体と空間それぞれの不連続性――それをドタバタと言い換えることもできるだろう――を順に観察していきたい。

漫画的な身体

一九九〇年代以降、エリオットの詩に対する他ジャンルの芸術や大衆文化の影響が活発に論じられるようになり、演劇や音楽とならんで、絵画などの視覚文化との関係も検証されるようになった。しかしそれらの研究に先駆けるかたちでエリオット作品の新しい解釈を示していたのが、現代作家スティーヴン・ミルハウザー（Steven Millhauser）

による「恋歌」のアダプテーションである「クラシック・コミックス#1」（"Klassik Komix #1," 1988）だ。この短編小説では、「恋歌」がコミック・ストリップだったという架空の設定のもと、その漫画のイラストを文字で表現している。「表紙」と四四個の「コマ」で構成される物語はエリオットの詩の翻案であると同時に、新聞漫画という形式の翻案にもなっている——タイトルの"Klassik Komix"という綴りは、初期新聞漫画を代表する作品のひとつ、ジョージ・ヘリマン（George Herriman）の『クレイジー・キャット』（*Krazy Kat*）を連想させるし、結末部の夢オチは、同じく初期新聞漫画を代表するウィンザー・マッケイの『眠りの国のリトル・ニモ』への明らかなオマージュである。そして、ジャンルそのものの翻案であるということはつまり、そのジャンルの形式性を主題化しているということだ。そうであるならば、ミルハウザーの企図を正しく踏まえるためには「恋歌」と漫画の形式性がどのように関連しているのかを検討しなければならないだろう[23]。

エリオットの詩を当時隆盛していたコミック・ストリップに翻案する（という設定を短編小説という別の言語芸術にふたたび翻案する）というミルハウザーの発想は、そこまで突飛なものではない[24]。実際、エリオットは当時イエロー・ジャーナリズムを牽引した新聞漫画を愛読し、その影響が詩作に及んでいた事実が指摘されているからだ。『プルーフロック』の「ある婦人の肖像」（"Portrait of a Lady," 1915）にも、公園で新聞の漫画とスポーツ欄を読む男が登場する。エリオットの友人コンラッド・エイケン（Conrad Aiken）は、エリオットと漫画の関わりを以下のように述べている。

私たちは何を語りあったのか。あるいは何を語り合わなかったのか。それは『クレイジー・キャット』や『マット・アンド・ジェフ』、ルーブ・ゴールドバーグの精緻な狂気的作品たちといった、新聞漫画の最初の「偉大な」時代だった。そして同時に、おそらくアメリカのスラングのもっとも創造的な時期でもあった。この両方の分野の発明から、彼［エリオット］は大きな喜びを得ていた。私たちが、ニグロを表す「ディンジ（dinge）」という単語にどれほど喜んだことか。こうした豊かで土着的な創造性は、当然ながら、彼の詩、とりわけ『プルーフロック』に反映されることになった［……］。[25]

エイケンはここで漫画からの言語的影響に言及するが、[26]名前を挙げた漫画のなかにルーブ・ゴールドバーグのようなスラングを特徴としない作家が含まれていることから、漫画の影響が方言や俗語の使用ばかりには限定されなかったと推測できる。前述したように、プルーフロックが壁に張りつけられたり首を皿に載せられたりするさまざまな変身と変形は、ほとんどユーモラスなドタバタといってよいものであるし、そこにスラップスティックな展開を得意とした新聞漫画のキャラクターの身体運動の影響を読み取ることもできるだろう。たとえば『クレイジー・キャット』のクレイジー・キャットとイグナッツ・マウスは、くり返されるドタバタのなかで吹き飛んだり、体が千切れたりもする（ちなみに、エリオットと同時期に活躍したモダニズム詩人E・E・カミングスも『クレイジー・キャット』の大ファンであり、単行本の前書きを執筆している）。[27]「風の夜の狂詩曲」における擬人化された街灯も、同じく漫画的なデフォルメとも捉えられるだろう。

あるいは、プルーフロックの変形や変身といった身体の変化と新聞漫画のキャラクターの身体運動の両者の背景に、ともに都市からの疎外を読み込むこともできる。デイヴィッド・ナソー（David Nasaw）は、初期新聞漫画のキャラクターの多くが移民である点を重視する。『イエロー・キッド』の主人公の見た目はアジア系で、坊主頭は貧しい東欧の子どもを想像させ、なおかつアイルランド系の名前をもっていたし、同時期に連載がはじまったルドルフ・ダークス（Rudolph Dirks）の『カッツェンジャマー・キッズ』（*The Katzenjammer Kids*）の主人公はドイツ系アメリカ人、フレデリック・オッパー『ハッピー・フーリガン』の主人公はアイルランド系アメリカ人だった。[28]コミック・ストリップの主人公たちはたいてい、大衆紙の主な読者層になっていた貧しい移民労働者同様、華やかな都市空間からと

【図】ウィンザー・マッケイ『眠りの国のリトル・ニモ』（1907年9月7日）[30]。

もすれば疎外される立場に置かれた者たちなのである。セントルイスの名家に生まれたエリオットの立場をこうした移民と同列に論じることはもちろんできないが、とはいえエリオットもまたミズーリ州出身ゆえに自らを北部人とみなせず、北部のアクセントゆえに南部人ともみなせず、それゆえ自分がアメリカ人であると信じられずに、くり返し自身を「在留外国人」（resident alien）と形容していたのだった[29]。詩人の疎外感が詩中のキャラクターに投影されているとすれば、プルーフロックも新聞漫画の主人公たち同様、本来の居場所と感じられない都会を彷徨いながら、たえず変容させられていく自己イメージを抱えていたと考えられる。たとえば『眠りの国のリトル・ニモ』において、ニモが巨大化して夜の大都市を彷徨うのは、街灯に照らされた都市空間と自己が不和を起こしていた象徴と解釈できる（【図】）。『リトル・ニモ』に描かれる舞台は毎回、徐々に幻想的空間から悪夢的空間へ変容していく。ニモにとっての夢のなかの〈異界＝都市〉は、プルーフロックにとっての〈地獄＝都市〉と通底している。その意味で、たえず疎外を促す都市のありようは、新聞漫画とエリオットの詩の登場人物の振る舞いを同じように規定していると捉えられる。そのとき街路に溢れる強烈な電灯の光は、周囲に溶け込めない自己を否応なく照射する装置となるだろう。

一方、主題における「恋歌」と新聞漫画の類似に加えて重要なのは、エリオットの詩と漫画というメディアの形式の近さだ。ここではミルハウザーによるアダプテーションを参照しつつ、「比喩」と「運動」というふたつの点に注目しておこう。「クラシック・コミックス#1」のはじめの「コマ」は次のように書かれている――

コマ1。夕暮れどきの都市のパノラマ。空は赤く、その下には黄色い窓のついた背の高い黒い建物が並ぶ。建物の上の中空で、白いシーツを顎まで掛けた男が仰向けになっている。ぼんやり浮かびあがる、外科手術用マスクをした医者が、男の前にかがみ込んで口を白い布で抑えている。医師が片手にもった瓶には「エーテル」の文字。(31)

この描写は、エリオットの「恋歌」冒頭の「それじゃあ行こう、きみとぼくで／夕暮れが空に広がって／手術台の上の麻酔患者のようであるとき」という三行を「漫画」化している。(32)ミルハウザーの翻案は、この後も独自の解釈を加えながらエリオットの詩の状況を再現していくが、もっとも特徴的なのは、「恋歌」に出てくる直喩も暗喩も、「漫画」であることを利用してすべて対等に視覚化していく点だ。引用箇所では、元の詩における「手術台の上の麻酔患者のよう」という直喩を、実際に空に浮かんでいる患者の姿として描いている。その後も、壁にピンで留められたプルーフロック、大皿に載せられたプルーフロックの頭、海底の人魚など、ミルハウザーの「漫画」を経由した翻案は、エリオットの詩に出てくる非現実的なイメージを視覚的に「描写」していく。

もちろんエリオットの詩においても、比喩と描写は厳密に分かれてはいない。「ぼくがピンで刺されて壁でもがいているとき」というイメージが投げ出される際、そこに言語的な比喩なのか視覚的な描写なのかという境目は存在しない。そしてその境目の不在は、詩が本来的にもつ特性であり、たとえば同じ時期にエズラ・パウンド（Ezra Pound）らが実践していたイマジズムは、その特性を最大限に生かした詩的表現である。パウンドのもっとも有名な

「地下鉄の駅で」（"In a Station of the Metro," 1913）では、群衆から花びらへとイメージが鮮やかに飛躍する――「群衆のなかに出現するこうした顔／濡れた、黒い枝についた花びら」[33]。この詩に比喩と描写の区別はなく、一行目と二行目のイメージはシームレスに結合している。

しかしミルハウザーの「漫画」を経由することでいっそう明らかになるのは、「恋歌」において、たとえば空が麻酔患者に置き換えられる違和感だ。漫画はセリフ以外のイメージを、それがいかに非現実的であろうと絵として現前させる。現実から遊離した擬人化やデフォルメや空想的イメージは、いずれも漫画が得意とする表現である。遊戯性が漂うそうした表現を「漫画的」であるととりあえず定義するならば、エリオットの比喩／描写はきわめて漫画的である。パウンドの例と反対に、エリオットの現実（空）と比喩（麻酔患者）の距離は決して感覚的に結合させられるものではない。プルーフロックがラザロとなることにも、生首になって運ばれてくることにも、必然的な説得力は詩のなかで与えられていない。「恋歌」においては直喩であろうと暗喩であろうと、いずれも比喩の言語機能は脱臼させられていて、相容れない視覚イメージの衝突が印象づけられる（それゆえ、「ような」（like）という直喩の表示がもつ意味はユーモラスに反転している）。そのように本来結びつかないはずのイメージや運動が無理やり並べられていることが、ミルハウザーの漫画的解釈によっていっそう露わになっている。つまり、もともと孕んでいた漫画的な要素が増幅されているのだ。

テリー・イーグルトン（Terry Eagleton）は、「恋歌」の最初の三行について、夕暮れと空というロマンチックなイメージを三行目の麻酔患者によって挫き、同様に不規則なリズムによってあえてぎこちなさを強調していると指摘する。こうした表現とリズムは詩というより漂白されたお役所文書のようだと論じたうえで、イーグルトンはさらに次のように説明する――

私たちがいるのは、物事のあいだの安定した対応関係や伝統的な親近性が壊れてしまった近代世界だ。気まぐれに流動する現代的経験のなかで、表象という概念そのもの――あるものが予想どおりに別のものを表すという概念――が危機に陥っている［……］。重要なのは、夕暮れがどのように麻酔患者に似ているかを問うことではなく、どのように疎外された意識が、これほど気まぐれで常軌を逸したつながりを生み出せるのかという点である。これは直喩へのからかいなのだ(34)。

イーグルトンはエリオットの比喩を「直喩へのからかい」だという。比喩と描写の混淆、本来連続していないはずのイメージの現前、「ような」という逆説的な表現に潜む遊戯性――こうした要素がもたらす直喩の（あるいは言語の機能の）破壊と、あからさまにぎこちないリズムの使用を通して「恋歌」が明かしているのは、事象と事象は本来なめらかにつながってなどいないという、切断の感覚である。その遊戯性は漫画の文法にとても近い。現実と別の現実、あるいは現実と表象のばらばらの関係をセンセーショナルなパロディとして顕在化させる点が、「恋歌」と新聞漫画に共通する第一の形式性である。

切断の感覚は漫画における運動の特徴からも見えてくる。序章ですでに述べたとおり、漫画はひとつのコマでは静止したイメージを提示しつつ、コマからコマへの移行によって運動しているように見せかけている。その見せかけの運動の錯覚を利用して、前のコマでばらばらに千切れたキャラクターも、次のコマでは平然と元どおりになる。今いちど「クラシック・コミックス#1」の「コマ」を参照しながら、プルーフロックの運動を観察しておこう。

コマ17。アルフレッドは壁にぶらさがっている。大きなピンが青いモーニングのカラーに突き刺さっている。カラーは彼の頭より高い位置まで伸びている。袖は前腕にきつく巻き上げられ、大きなウィングカラーが耳を覆っている。片手で危なっかしく紅茶のカップを握っている。

コマ18。アルフレッドは椅子に座っている。白髪の女性がそばに立ち、ティーポットを持っている。彼女の頭上にはセリフの吹き出し――「もう一杯いかが?」「……」[35]

壁からぶら下がっていたプルーフロックが、次のコマではきちんと椅子に座っている。漫画のおかしさがコマの連続ではなく断続と呼ぶべき切断を含むところにあることを、ミルハウザーの翻案は炙りだしている。しかしそれは同時に、もともと「恋歌」が孕んでいたおかしさでもある。「それじゃあ行こう」、「訪問しよう」という呼びかけによって、読み手はプルーフロックの移動を前提としてこの詩を読むことになるが、実際にプルーフロックの身体の運動が直接描かれることは決してない。それぞれの連の内部には、ひとつの情景、プルーフロックの独白、空想的なイメージが静止画のように書かれ、連が移行するたび、ときに反復を含みながらもイメージは転換していく。それゆえ「恋歌」を貫いているはずの「プルーフロックの移動」という運動性は、連の内部ではなく、連と連の断続によってのみ表現されている。連と連のイメージが飛躍する距離にこそ、「恋歌」の意外性とユーモアがある。漫画におけるコマと詩における連は、ここでほぼ等価の役割を果たしているのだ。もちろん、ばらばらの連の断続という特徴もまた、はじめから詩が有する性質ではあるが、ひとつの連に留まるプルーフロックの変身や、連の内部の静止状態、詩篇全体を通した運動性といった「恋歌」の特徴は、とりわけ漫画の形式と重なり合っている。

プルーフロックの運動に着目すると、彼の身体そのものの希薄さにも気づかされる。詩のタイトルからわかるJ・アルフレッド・プルーフロック(J. Alfred Prufrock)という名前以外に、プルーフロックについて読み手が具体的に知ることができるのは、「頭の中心に禿げがある」こと、[36]「顎までぴっちり持ち上がったカラー」[37]、ネクタイ、裾を巻き上げたズボンのみである。薄くなった頭髪や持ち上がったカラーやズボンの裾は、いずれもその内側にある身体そのものを微妙に感じさせ、かつ微妙に覆い隠している。擬人化された「霧」や「時間」のユーモラスでなまなましい身体性（「夕暮れの隅に舌をさしこんで舐め」[38]、「長い指に撫でられ／眠っている……疲れている……それか寝たふりだ」[39]）と対照をなすように、プルーフロックの身体は見られることを拒んでいるのだ。デイヴィッド・トロッター（David Trotter）は、プルーフロックが自ら望む姿では決して姿をあらわさないが、自らの不在のうちに記憶と期待を通して遍在しているのだと指摘する。[40] 連と連のあいだの空白でのみ運動し、生身の肉体を欠いたプルーフロックは、しばしば変身した自分を発見するにもかかわらず、自分を発見する主体としては姿を見せない。漫画的に分断された運動を重ね、変形したヴァージョンの自己を見つめながら、一方で自らの身体を消し去っているとき、プルーフロックは一体どこに存在しているのだろうか。

映画的な空間

コマとコマの断続においてのみ捉えられるプルーフロックの漫画的運動を確認したところで、議論を街灯に戻そう。「恋歌」のなかの照明装置は、もうひとつのコマとコマの運動からなるメディアである映画を召喚するために用いられているはずだからだ。『プルーフロック』に収められた詩のなかの空間は、ほとんど光と幕で埋められているといってよい。「恋歌」をはじめ、詩中に描かれる夕方以降の街にはつねに霧がかかり（「恋歌」において擬人化されていたように、霧はほとんど実体化している）、室内外に設置されたさまざまな灯り――街灯、蝋燭の火、室内ランプ、窓から差し込む光――とセットになって物語の「舞台」がつくられる。最終的に発表された「恋歌」からは削除された「プルーフロックの不眠の夜」（“Prufrock's Pervigilium”）と呼ばれるセクションにも、ガス灯の光とオイルクロス、薬屋から漏れる灯りと煙草の煙など、光と幕のペアが複数描かれていた(41)。あるいは、「ある婦人の肖像」は次のように始まっている――

十二月の午後の煙と霧のなか
場面は自然と整えられ――そのように見える――
「午後はあなたのために空けておいたわ」という台詞が添えられる
暗くした部屋には四本の蠟燭が立ち
見上げた天井に四つの光の輪が浮かぶ
ジュリエットの墓の雰囲気だ(42)

立ち込める煙と霧があたかも部屋のなかまで侵入しているかのように描かれ、そこに蠟燭の光が灯されることで、室内がシェイクスピア演劇の舞台に変容する。そのようにして、照明が舞台装置に起源をもっていたことを読み手に思い出させるのだ。エリオットの詩はさまざまな光源を使い分けることで蠟燭から街灯にいたるイルミネーションの系譜を喚起すると同時に、光が焦点を合わせる物語の舞台が演劇から映画までつながっていることを示してもいる。たとえば、「恋歌」に出てくるランプが女性の腕を照らすとき（「ブレスレットをつけ、白く剝き出された腕／（けれどもランプの光で見ると、薄茶色の毛が生えている！）」）、その微細な断片への着目は、すでに指摘されているとおり初期映画の過剰なクローズアップを容易に連想させる（直後に腕に巻かれたショールへの言及があることで、ここでも光と幕の対応関係が律儀に守られている）(43)。「恋歌」の空間は街路や建物の外部においてさえも、空を麻酔患者に、霧を猫に、海を部屋にたとえることで、人間に飼いならされた事物の印象によって覆い尽くされている。そのように徹底された人工性を光と幕で満たすことで、都市全体がスクリーンに投影された映画の世界に置き換わっていく。映画的空間のなかで、プルーフロックの身体や運動がもつ特徴をさらに検討しておこう。

第一に、すでに漫画との比較のなかで確認したように、運動の断続性があらためて確認される。映画とは静止した多数の画像をパラパラ漫画のようにつなぎ合わせ、連続した運動に見せかける表現形式である。だから映画に映るキャラクターの、一秒に一六コマないし二四コマの断続によって構成される運動は、わずかであれ必然的にぎくしゃくしている。長谷正人が論じるとおり、チャップリンやキートンの作品に代表されるスラップスティックな身体の動きは、映画の形式に由来する運動の分断を誇張して表現したものだと考えられる。(44) 映画的空間のなかで、プルーフロックの運動がユーモラスな断続として理解されるのも、それゆえ当然のことだ。レナード・アンガー（Leonard Unger）は、「「プルーフロック」という詩はスライドの集まりのよう」であり「各スライドが独立した断片的イメージ」をもつと指摘している。(45) 連をまたいで少しずつ細部を変化させた反復表現もまた、漸進的に細部がずれていく映画のコマの運動を連想させるだろう（「なぜなら僕はもうみんな知っている、全部知っている」、「僕はもうその目を知っている、全部知っている」、「僕はもうその腕を知っている、全部知っている」）。(46) ここでも強調されるのは、なめらかなつながりを欠いた、ぎくしゃくとした断続性である。

映画的な知覚と運動の描写にはベルクソンの思想の影響がうかがえる。ベルクソンは、連隊の行進を再現するための方法をこう説明していた——「まず行進する連隊の隊列を、一連のスナップショットで撮影し、それらのショット群を次々にすばやく置き換えながら、スクリーンに投影するのである。まさに映写機がしていることだ」。(47) そして、それがふだん私たちがおこなっている認識の仕方であると指摘する——「われわれの通常の認識は映画的性格のものである」。(48) しかし、そのようなスナップショットをつなぎ合わせた認識のありかたによって形相の連続的変化が切断されてしまうため、ベルクソンは認識の「映画的メカニズムを完全に払拭しなければならない」と厳しく批判するのである。[49] つまりプルーフロックは、認識の「映画的メカニズム」というベルクソンの作業仮説を詩のなかに再現しながら、あくまでベルクソンが批判する認識態度を徹底的に実践してみせている。[50] ここまでの議論ですでに明らかであるように、連続性の切断によって変形や変身を実現していくことこそ、「恋歌」が内容と形式をさまざまに利用しながら目指している運動だ。

「恋歌」を映画的空間と捉えたときに浮かび上がるもうひとつの特徴は、先述したプルーフロックの身体の存在感の希薄さに関わっている。舞台のうえでその身体が不在となるとき、プルーフロックは自分自身から切断されながら、空間全体へと自己を拡散させている。あるいは、都市空間とプルーフロックの感覚が直に接続している。「けれどもまるで、スクリーンに幻灯機で神経のパターンを映し出しているようだ」という一行が象徴的である。前節で確認したように比喩と描写の境目は消失しているのだから、「ようだ」（as if）という表現にさしたる意味はない。幻灯機（magic lantern）はここで明らかに、蝋燭やランプから電灯にいたる照明装置と、パノラマやファンタスマゴリア・ショーから映画にいたる映像装置をつなぎ合わせて仲立ちしている。「前奏曲集」で男と街灯の境目が消失してしまったのと同様に、プルーフロックは照明／映像装置の光と同化する。装置の光を通して、神経刺激を与える外界と神経刺激を受ける身体が接続され、プルーフロックの神経は外在化し、自らの身体感覚は肉体の外に拡散してしまう。そのようにして、プルーフロックの身体の存在感の薄さはひとまず理解できるだろう。そうした感覚は、スクリーンに映し出された映画を観ている観客の一般的な感覚とも近いものであるはずだ。

プルーフロックが麻痺状態に陥っていることは頻繁に指摘されてきた。[51] そのことはふつう現代都市の刺激や彼の優柔不断と関連づけて論じられるが、ここでは麻痺や倦怠を映画というメディア体験の特質として捉えなおしておきたい。マーシャル・マクルーハン（Marshall McLuhan）は、「どのような発明もテクノロジーも、私たちの物理的身体の拡張あるいは自己切断」なのだという。[52] メディアは身体の感覚器官を拡張させると同時に、身体の特定の部位を身体から切り離す。自身の神経を映画的空間に拡張させたプルーフロックは、引き換えに麻痺状態に陥る。マクルーハンはさらに次のように述べる――

麻痺の原理は、ほかのどんな技術とも同じように、電気テクノロジーにおいても作用する。中枢神経系が拡張され、外部にさらされているとき、私たちはそれを麻痺させなければならない。さもなければ死んでしまうだろう。それゆえ、不安と電気メディアの時代は、無意識と無気力の時代でもある。しかし加えて、それが無意識の意識の時代であることも顕著なのだ。(53)

テクノロジーとの同期において神経系が外在化して麻痺することに、「無意識の意識」という語が当てられるのはきわめて示唆的である。ばらばらの刺激にさらされて、断続的に外部と接続したり切断されたりするプルーフロックの知覚と運動は受動的と捉えられやすいが、マクルーハンのメディア理解を重ね合わせると、そこには自らの無意識を意識しているという、微妙な能動性が発見される。たしかにプルーフロックは次から次へと断片の刺激に飛び込んでは、麻痺状態に陥りながら自己を改変していく。中村秀之は、ヴァルター・ベンヤミン（Walter Benjamin）が「複製技術時代の芸術作品」（"Das Kunstwerk im Zeitalter seiner technischen Reproduzierbarkeit"）で展開した映画論を参照しながら、映画を観るという経験を次のように説明する――「映画に固有の断片的時間性に進んで身を投じること、そのようなショックにたいして防衛的に自分を閉ざすことなく、その作用を積極的に受けとめ、それによる寸断を引き受けることにほかならない」。(54) ベンヤミンは、視覚という手段のみで解決できなくなった「人間の知覚器官が直面する課題」を克服するための練習に最適なのが、「触覚的」な特徴をもつ映画だとしている。(55) すなわち、近代的な都市生活のなかで、絵画をじっと観賞するような態度では対応できない強烈な神経の刺激を受け止めるために、映画の断片がもたらすショックに慣れる訓練が必要となるのだ。映画的なショックやスピード、あるいは電灯の光や都会のさまざまな刺激は、視覚や聴覚だけで捉えられるものではなく、触覚といういっそう直接的な皮膚感覚でもって対峙する必要がある。受動性と能動性が入り混じった、麻痺を伴う触覚的な知覚とは、すなわちリズムへの没入と言い換えることもできるだろう。リズムを感じ取る行為は、触覚としか呼びようのない全身的な知覚に拠っており、なおかつその行為の最中には振動やショックに心身を委ねる必要があるからだ。外的な装置や環境がもたらす刺激に自らの知覚をさらし、「心」と「頭」を麻痺させることで、自己と環境がリズムを媒介に一体化する。そのようにして、プルーフロックは身体を不在にして神経を外部に接続させるのである。

ショックや驚異を特徴とする一八九〇年代から一九〇〇年代の初期映画を、トム・ガニング（Tom Gunning）は「シネマ・オブ・アトラクションズ」（the cinema of attractions）と定義していた。[56] 難波阿丹は、アトラクションとしての映画がとりわけ「触覚」＝「情動」的性質をもっていたことを論証している。[57] プルーフロックが都市に広がる街灯と霧によってつくりだされた映画的空間で身体を変容させたり切断したり、知覚を麻痺させたり神経を拡張させたりするのは、漫画や映画のなかの身体のドタバタの模倣であると同時に、映画的アトラクションを触覚を通じて乗りこなす観客としての身体訓練の表象であるとも考えられる。そしてまた、そのような自己のありかたをひたすら提示しつづける「恋歌」において、街路に散りばめられたさまざまな断片と一時的に接続したり分離したりをくり返すリズミカルな運動と知覚の過程のなかにだけ、プルーフロックというキャラクターは都市の情動として生成されているといってもよいだろう。

遊園地的な都市／道化というキャラクター

「プルーフロックの不眠の夜」に出てくる、みだらな指と含み笑いや、タコのような触手をもった暗闇が広がっていく空間を、ヘレン・ヴェンドラー（Helen Vendler）は幾分批判をこめて「ディズニー化したゴシック的環境」（Disneyfied gothic surroundings）と表現する。[58]ここでの「ディズニー」がディズニー映画を指しているのかディズニーランドを指しているのか定かではないが、これまでに見たように、プルーフロックが映画的空間のなかで漫画的運動をしているとしたら、その虚構的な場面を「ディズニー」にたとえるのはむしろ、（アナクロニズムではあれど）詩のモードに沿ったきわめて適切な解釈であるだろう。重要なのは、エリオットが「恋歌」を書いたのがガスの時代ではなく、電気の時代だったことだ。そこに出てくるガスの炎や幻灯機がもたらす古風なゴシック効果は、電灯や映画の強烈な刺激を知ってしまったのちには、もはや人工的な虚構にしかならない。その効果はあくまで断片的なショックであって、プルーフロックや読み手を本気で怖がらせはしない。住宅街に残されたガス灯は過ぎた時代の幻想を喚起する装置であって、それを用いてゴシック的世界を描くことは、現在とのギャップをきわだたせる一種のパロディとなる。そのようにあくまで人工的にさまざまな虚構を演出していく点で、「恋歌」のなかのイルミネーションはまさしく遊園地的な装置なのだ。

留学先であるパリの街を歩きまわる経験によって、エリオットが実感をもってボードレールの「遊歩者」の概念を「恋歌」、「風の夜の狂想曲」、「前奏曲集」の一部に適用できたことが指摘されているが、[59]彼が歩いた一九一〇年のパリはもはや、パサージュとガス灯による魔術的なやわらかい光に包まれた空間ではなかった。ベンヤミンが「電灯がともるとともに、こうしたパサージュの通路の見事な輝きは消えてしまって、突然にこうした通路は見つけがたくなった」と綴る、[60]電気が侵入してきたのちのパリである。ベンヤミンにとってガスの弱い光こそがアウラの源泉だったのであり、電気のテクノロジーは逆説的に「輝き」を失わせるものだった。だから「恋歌」の街路にパリの街が反映されているとしても、プルーフロックは工業化・産業化のリズムに抵抗する一九世紀前半の「遊歩者」などではなく、街灯のリズム、時計のリズム、漫画のリズム、映画のリズムに触覚を通して同期してしまう「群衆」のなかのひとりだ。その姿は、そこかしこで見世物に目を奪われたり遊戯機械に乗ってスリルを味わったりする遊園地の客に似ている——もちろんそれは、都市と遊園地が似ているということである。

プルーフロックは自らをほとんど「道化」(the Fool) だという。池田栄一はプルーフロックに投影されたヨーロッパのピエロの系譜を近代から丹念に辿るが[61]、同時代のアメリカの道化にも注目しておきたい。都市を巡回しながら繰り広げられたサーカスや、劇場のヴォードヴィルの演目などで活躍した道化というキャラクターは、一九世紀後半から二〇世紀初頭のアメリカにおける大衆文化の中心的なアイコンとして存在していた。スポットライトを浴びながら舞台上でドタバタをくり返すピエロの姿は、街路の光に照らされながら断続的に変形していくプルーフロックと正確に重なり合うだろう。さらに二〇世紀を迎えると、道化はサイレント映画においてもっとも重要な主人公になっていく[62]。サイレント期のコメディにおける最大の道化が、のちにエリオットが「彼は映画のリアリズムを独自のやりかたで抜け出して、あるリズムを発明したのだ」という賛辞を送った、チャールズ・チャップリンであったことはいうまでもない[63]。マクルーハンは「恋歌」を「チャップリン的なコメディ」だと評し、プルーフロックという人物を「完璧なピエロであり、電気の時代に突入しつつあった機械文明における小さな指人形」と呼んでいる[64]。プルーフロックはリアリズム的な確たる自己を溶解させ、電気の時代の道化としてメディアとテクノロジーに同期しながら、コミカルに周囲のリズムに踊らされていく。

同じ時期、『眠りの国のリトル・ニモ』の主人公ニモが、道化のフリップ (Flip) を相棒にしてアメリカのメトロポリスを含めたさまざまな幻想世界でドタバタを繰り広げていたことを考えてみても、プルーフロックが漫画的であり映画的である一因は、道化というキャラクターのイメージがメディアとジャンルを横断して広まっていたことに求められるだろう。なにより、いっそう身近な道化の姿は遊園地のなかに大量に見出せたはずである。スティープルチェイスパークのシンボルは「ファニーフェイス」(Funny Face)という名前の道化であり、看板のロゴとして、見世物の演者として、園内を歩くマスコットとして、ピエロはいたるところに出没していた。スティープルチェイスに限らず、世紀転換期の遊園地の写真やポスターの絵画には、園内を練り歩くピエロの姿をそこかしこに確認できる。さらに、遊園地のなかでは観客自身も幾分かは仮面をまとうピエロの役割を担う。ローラーコースターをはじめとする各種のアトラクションは、人びとにおどけた道化のようなドタバタしたアクションとリアクションを強制した。各地の遊園地で人気を博していたマジック・ミラーは自分の姿を変形させて戯画化(もしくは漫画化)する道具であり、同種の演出は遊園地の多様なアトラクションに導入されていた。そのような演出を経ずとも、密集した観客たちは互いを見世物の一部のように眺めていたはずであり、夜になれば強力な電灯が園内をいっそうドラマティックな「舞台」に仕立て上げた。役者も観客も混じり合って演劇的に自己を改変させ、各々の身体そのものをアトラクションかつスペクタクルに変えたコニーアイランドという「祝祭と遊戯の都市」を、キャソンは中世フランスの「愚人祭」(Feast of Fools)と並べている。[65]「愚人祭」とは、仮面やコスチュームを身につけて階級や慣習的な役割を取り払う祭りである。遊園地においても、巨大な円盤のうえに何十人もの来園者を詰めこんで激しく回転させる「ヒューマン・ルーレット・ウィール」などのアトラクションによって、異なる人種や階級の人びとの身体的な接触と混淆が意図的に目指されていた。[66]同じ回転系のアトラクションには、「バレル・オブ・ラヴ」(Barrel of Love)と呼ばれるような男女の密着を演出するものも多数あった。こうしたアトラクションに象徴されるように、過剰な人口密度を形成する遊園地は、ヴィクトリア朝的な「お上品な伝統」とは真逆の「誰もが道化になる」というマナーでもって、性別・人種・階級の分厚い壁の一部分を強制的に取り払う場でもあったのである。プルーフロックはそのような道化のマナーの体現者だ。

とはいえ、たとえば人種の境界線を越えて「変形」ないし「変身」することの不均衡にも目を向ける必要があるだろう。当時の大衆文化のなかで大流行していた「仮面」のひとつは、ミンストレル・ショーで白人が黒人を真似るためにおこなったブラックフェイスだった。芸人たちが道化となって黒人の誇張された人種的ステレオタイプを演じるショーが、娯楽として消費されたのである。新聞漫画に黒人のスラングを見つけて喜び、自らの詩作においても黒人の「方言」の模倣をおこなったエリオットの「仮面劇」に、マイケル・ノース（Michael North）はミンストレル・ショーとの近似を見出している。イギリス移住後のエリオットの言語戦略についてノースは、「黒人の物真似は、白人がイギリス文化に反逆することを可能にすると同時に、故郷での自らの優勢を確固たるものにするために使われる、アメリカ的な仕掛けだ」と述べ[67]、エリオットの「物真似」にアメリカ人であるという疎外感と白人であるという優越感の両方が表れていることを指摘する。「プルーフロック」の「ブレスレットをつけ、白く剝き出された腕／（けれどもランプの光で見ると、薄茶色の毛が生えている！）」という箇所には、「金髪のジェニー」として日本でもよく知られるスティーヴン・フォスターのポピュラー・ソング「薄茶色の毛のジェニー」（"Jeanie With the Light Brown Hair," 1854）からの引喩が指摘されている[68]。「薄茶色の毛」を恋人との儚い思い出の象徴に位置づけるフォスターのロマンティックな歌詞を、エリオットは肌の白さが薄茶色の産毛に覆われることへの驚きと戸惑いに変換している。フォスターがミンストレル・ショーの人気グループであるクリスティ・ミンストレルズ（Christy Minstrels）に多数の楽曲を提供していたことを思い起こすと、ここでの「金髪のジェニー」からの引用には、エリオットが抱く微妙な人種意識がミンストレル・ショーへの遠回しな言及を経由して顔を覗かせているとも考えられる。「白い肌」が照明の元で白くなくなるという変化は、少なくともここで望ましくない事態として描かれている。白さが侵食されることへの不安と驚異は、白人たちのミンストレル・ショーへの反応と重なり合うだろう[69]。

道化の特徴は「正常」から逸脱した仕草にある。その逸脱を観客として楽しむことは、自身が「正常」であると確認する振る舞いにほかならない。アメリカ社会のマジョリティである白人の視点から見たとき、一九世紀末以降に道化というキャラクターが国中を席巻していく過程には、「お上品な伝統」からの脱却という側面もあれば、人種主義・帝国主義の強まりのなかで自らを「正常」の側に置こうとする欲望の表出という側面もあったはずである。序章でも述べたとおり、この時期の万国博覧会ではたびたび民族学的展示がおこなわれ、社会進化論によって「科学的」に正当化された「文明」と「未開」の序列が主張された。エリオットが何度も足を運んだ一九〇四年のセントルイス万国博覧会でも、「人類学部門の展示」のなかで、アメリカの先住民、アフリカの部族、日本のアイヌ人などが「生活」を送る様子が展示されていた。さらに最大の呼び物ともなった「フィリピン村」には一二〇〇人ものフィリピン諸島の住民が集められ、部族ごとに文明化の度合いが階層化されたうえで「生活」することを強いられた。[70]「人間動物園」(human zoo)とも呼ばれるこうした展示は、人種・民族的な「他者」を「人間」から逸脱した「動物」のように扱う見世物である。展示された人びとが、サーカスのピエロと同様の視線を向けられたことは想像に難くない。道化が流行した時代とは、「正常」と「異常」の線がさまざまに引かれていった時代でもあった。「正常」が窮屈であるときにはそこからの解放を求め、「異常」とみなされるのを恐れるときにはそこからの距離を確保しようとする――そのような心理の機制を、道化に共感したり笑いものにしたりする二重の振る舞いの背後に見て取れるだろう。そう考えたとき、「変身」と「変形」を何度もくり返すプルーフロックの道化的振る舞いにも、因習や伝統からの解放への願望と、境界線を保持したまま乗り越える特権の誇示という、両義的な要素があるといえる。

ただし先述したように、遊園地が観客の側をも道化に変身させる装置となっていた状況は、やはり特筆に値するだろう。そのような空間においては、誰もが情動を共有し、境界線の攪乱がいっそう促されるからだ。ロビン・ジャフィー・フランクは、コニーアイランドの見世物を描いた絵画のなかで、遊園地を宣伝するために入園ゲート前に複数の道化とともに並ぶショーガールたちが、黒人と白人で交互に立っている様子が強調されていることから、「人種混淆が広く違法とされていた時代に、人種のラインを越えたアトラクションを目立たせる」意図があったと論じている。フランクはさらに、ブラックフェイスの芸人たちと黒人ミュージシャン、黒人と白人の男女が混ざったスタッフとオーディエンスの集合写真なども取り上げながら、コニーアイランドの見世物に見られる「真のカーニヴァル精神」を例証する。(71) 複雑な境界線の交錯点に身体的に巻き込まれていく空間では、道化を「他者」として消費する位置に自らを保っておくことは難しいはずだ。プルーフロックの優越も、そのような磁場ではきわめて脆いものになる。

そうしたカーニヴァル的な特徴は、遊園地という施設の特殊性を示しているように思えるが、ある程度までは都市の街路という劇場化した空間にも当てはまるだろう。照明のもとで人びとは群衆というスペクタクルになる。群衆として纏う仮面と強烈な神経刺激は、ときに自我を失い他者に埋もれる恐怖をもたらすだろうし、ときに自意識や社会的役割から解放される喜びをもたらすだろう。いずれにしても誰もが少しずつ、都市の断片に身を委ねながらドタバタをくり返す道化に変身せざるを得ない。前節までに見たプルーフロックの運動をこうした文脈で捉えかえすと、彼はつねに自分を麻痺させようとする運動と、自分を解放させようとする運動を同時におこなっていると考えられる。世紀末の風土のなかで「神経を病み、生に幻滅を覚える近代知識人の格好のシンボル」となったピエロと、(72) 遊戯的に社会的な役割や規範を組み替えてみせる見世物のピエロを、プルーフロックという分裂したキャラクター、あるいは世紀転換期を生きる都会人は、ガス灯や電灯の光を浴びながらひとときに演じなければならない。奇しくも「恋歌」が発表されたのは、チャップリンが映画デビューを果たしてたちまち熱狂の渦を巻き起こし、人びとが「チャップリニティス」として階級を超越した放浪紳士という道化を模倣しはじめた一九一四年の翌年のことであり、その一方で、バーナム・アンド・ベイリー・サーカス（Barnum & Bailey Circus）や各地のヴォードヴィル劇場で活躍し、アメリカ中を熱狂させたスウェーデン出身の道化フランシス・オークリー（Francis Oakley）が一九一六年に自殺を遂げ、ピ

【図】ゲイリー・ハルグレン「ウェイストランド」[76]。

エロという同時代的なキャラクターの軽薄と憂鬱という二面性が国中の人びとに共有される前年のことでもあった[73]。

これまでに見てきたように、エリオットの詩の映画的空間における漫画的運動は、遊園地的都市の演劇性に結実するのだといえるだろう。エリオットの「街路のヴィジョン」は、彼がロンドンに移り住んで書いた『荒地』(*The Waste Land*, 1922)においていっそう過剰な人工性をまとうことになる。「壊れたイメージの山」[74]という表現に象徴される空間はより映画的になり、運動はより断続的になり、多言語・他人種が混じり合い、電気や機械のテクノロジーと身体の関係がより前景化する。ここまで「恋歌」のなかに観察してきた都市と照明の文化を踏まえるならば、しばしば『荒地』がヴォードヴィルの多様な出し物の世界にたとえられることも[75]、漫画家ゲイリー・ハルグレン(Gary Hallgren)のユーモラスな翻案によってプルーフロックが支配人を務める「ウェイストランド」(Wasteland)という遊園地が描かれ、「恋歌」や『荒地』の世界を巧みに混ぜ合わせた見世物とアトラクションの世界が展開することも、まったく不思議ではないはずだ（【図】）。

一九二一年の秋、神経衰弱に陥って銀行での仕事を休んだエリオットは、イングランドの伝統的なリゾートであるケント州マーゲイトで療養生活を送っていた。海辺のバス待合所（Nayland Rock Shelter）に座って執筆されたという『荒地』第三部には、次のような一節がある――「マーゲイトの砂浜／なにもなににもつなげられない」[77]。精神を病んで都会を離れたエリオットが「切断」の感覚を書き綴っているとき、待合所から道路を一本隔てたすぐ背後には、皮肉にもというべきか、コニーアイランドの強い影響を受けた開園直後の巨大遊園地ドリームランド・マーゲイト（Dreamland Margate, 1920-）が多数のアトラクションや見世物を展開し、たえず賑やかな音と光を周囲にふりまいていた。それゆえ、喧しいリズムで溢れた『荒地』のなかに再び変形と変身をくりかえすプルーフロックという道化の残像を見出すことは決して難しくないのである。都市を離れてなお電光のショックにさらされざるをえなかったエリオットの憂鬱は、遊園地の時代のキャラクターたちが誰しもピエロの影をまとわずにいられない事実と分かち難く結びついているだろう。

第二章

乗り物とプロット

シオドア・ドライサー『シスター・キャリー』

馬車・鉄道・電車

一九世紀前半の交通革命は鉄道によってもたらされ、一八六九年の大陸横断鉄道の完成をもって合衆国内のネットワーク化が達成された。世紀転換期になると、都市内部の交通ネットワークが電気技術の発展とともに複雑に絡み合っていく。依然として乗合馬車も使われる一方、一八七三年にはサンフランシスコでエンジン駆動のケーブルカーが誕生し、八〇年代にかけて全米の都市に広がった。一八八七年にはリッチモンドではじめて市街電車が登場し、徐々に馬車鉄道やケーブルカーの路線を電化していく。ニューヨークやシカゴなどの大都市では高架鉄道が市街を貫き、一八九八年にはボストンにアメリカ初の地下鉄が開通して、ほかの大都市にも導入されることとなった。摩天楼の誕生とともに電化されたエレベーターもまた、上下方向に人びとを運ぶ移動機械として都市の建築のなかに埋め込まれた。一九〇七年にはフォード社によって自動車の大量生産が可能となり、しだいに都市風景を構成する要素となっていく。こうして世紀転換期アメリカの都市には、馬力、蒸気、電気、ガソリンを利用した機械装置がそれぞれの速度でひしめきあう交通状況が生まれたのである。

序章でもすでに述べたとおり、こうした過密状態はそれ以前には存在しなかった危険を生じさせることになった。第一に交通事故の増加である。一九一三年に書かれた論文によると、ニューヨーク市の車両事故による死者数（運転手以外に被害者がいなかった場合を除く）は、一九一〇年で四六一人、一九一二年で五三二人にのぼった(1)。負傷者の数でいえばさらに何倍にも膨らむだろう。第二の危険は、鉄道や路面電車がしばしばストライキや暴動の舞台となったことだ。一八七七年のウェストヴァージニア州ではじまった四五日に及ぶ鉄道大ストライキや、一八九四年のシカゴではじまったプルマン・ストライキを筆頭に、鉄道はつねに労働運動の中心地となり、ときに大規模な暴動に発展して多くの犠牲者を生んできた。一九世紀末に路面電車が全米諸都市を網羅するようになって以降はとくに、ストライキや暴動の舞台が群衆で溢れる街路と直結するようになった。ジョン・C・バーナム(John C. Burnham)が指摘するとおり、いちどは誰もが歩ける公共空間と認識された街路が一種の「紛争地帯」と化したのである。(2)

世紀の変わり目である一九〇〇年に出版されたシオドア・ドライサーの第一長編『シスター・キャリー』には、一八八九年から一八九七年頃のシカゴとニューヨークの都市風景が描かれ、鉄道、路面電車、馬車、ケーブルカー、フェリーなどさまざまな交通機関が登場する。本章では、マシン・カルチャーのなかで次々と生みだされた移動する機械装置と身体の関係を分析したい。そのうえで、移動/運動のありかたを遊園地のアトラクションの性質とつなげて捉え、最終的にそうした特徴と小説のプロットとの連関を探る。

田舎から鉄道に乗って大都市シカゴに出てきたキャリー・ミーバー(Carrie Meeber)がニューヨークのブロードウェイで女優としての成功をつかみ、対照的にキャリーと駆け落ちした酒場の支配人ジョージ・ハーストウッド(George Hurstwood)が職を失って転落していく過程を描く『シスター・キャリー』の物語中で、とりわけ奇妙な印象を読み手に与えるのは、ハーストウッドが一時的に路面電車の操縦士となる場面である。七ヵ月の失業状態がつづき、求職への意欲もすっかり失せていたハーストウッドがようやく重い腰をあげて志願するのが、ストライキを起こした正規の運転手たちに代わって路面電車を運転する、いわゆるスト破りの仕事なのだ――一八九五年一月にニューヨークのブルックリンで実際に起きた、鉄道会社に対する一ヵ月にわたるストライキを題材とした場面である。酒場の支配人という職を失った後も体面を気にして地道な労働を避けつづけたにもかかわらず、彼は新聞で読んだ運転手募集の広告になぜかひきつけられ、ブルックリンへ出かけていく。臨時の運転手として雇われたハーストウッドが運転する電車はたびたび労働者や群衆に囲まれ、ついには暴徒と化した集団に襲撃されてしまう。「もうたくさんだ」と呟いて、かすり傷を負ったハーストウッドは電車から逃げ去って帰宅する。(3)

ハーストウッドが唐突にスト破りの運転手になろうと決心し、罵声や投石や銃弾が飛び交う派手な暴力シーンを経て、まるで何事もなかったように自宅でくつろいで暴動の記事が載った新聞を読み耽るという展開には、史実からくるリアリティと、ハーストウッドのちぐはぐな行動の非リアリティがないまぜになっている。フィリップ・フィッシャー（Philip Fisher）は、ハーストウッドの行動が「演劇」なのだと指摘する。電車の運転を習うという「リハーサル」を経て、激しく野次をとばす「観客」の前でおこなわれるスト破り「劇」である。列車の走行が「フィクション」であるのは、それが乗客を運ぶという本来の目的ではなく、スト破りを断行するという意志を示すパフォーマンスだからであり、本来の運転手の代わりの人間がその「役」を演じているからだ。[4] もちろん、ハーストウッドの運転はぎこちなく、群衆はスト破りに怒り狂い、最終的に彼は自らの役目を放棄するのだから、その「芝居」は失敗でしかない。したがって、ハーストウッドの一連の行動のちぐはぐさは下手なドタバタ劇として理解すべきだろう。そしてその失敗は、まさに同じ日にコメディ演劇の舞台でキャリーが思わぬ成功を収めることと鮮やかに対比されている。フィッシャーは、キャリーとハーストウッドが分身関係にあり、「運命の車輪の上昇と下降」という「ひとつの人生」を示しているのだと分析する[5]――ハーストウッドが考え出し、キャリーが納得したふたりの偽名が、車輪のついた乗り物をあらわす「ウィーラー」（Wheeler）なのである。そのようにして、『シスター・キャリー』のなかで乗り物は単なる交通手段を越えた役割を明確に担っている。あるいは、後述するように、交通手段としての役割はほとんど担っていない。

ただし、いったん物語から離れて確認しておかなければならないのは、交通の大混乱や暴力性が「演劇」となるのは、ただ単にキャリーとハーストウッドという作中人物を重ね合わせるための設定ではないということだ。事実、当時の人びとは危険な交通状況をスリルに満ちた「娯楽」として受けとめてもいたのである。失職して以降ハーストウッドが憑かれたように読み耽る『ワールド』紙は、ジョーゼフ・ピューリッツァー（Joseph Pulitzer）が発行するニューヨークの大衆紙であり、ウィリアム・ランドルフ・ハースト（William Randolph Hearst）率いる『ジャーナル』

紙と競いながら、煽情的な通俗記事や娯楽記事と漫画で人びとの心を捉えていた。一八七〇年からの二〇年間で発行部数を二二二パーセント増加させたアメリカの新聞は、(6)一八九〇年代には両紙のイエロー・ジャーナリズムに先導されるかたちでいっそう大衆化していった。複数の新聞社で記事を書いていたドライサーも短期間『ワールド』紙の記者を務め、(7)ハーストウッドのスト破りの場面の描写にも実際の『ワールド』紙の記事を利用している。さらにこの場面の素材には、ドライサー自身が『トレド・ブレイド』紙に書いた路面電車のストライキについての記事も含まれている。その記事は、スト破りの運転手と怒った群衆の様子を以下のように描写する――

午前一〇時頃、ハーバート氏がおおいに盛り上がりながらカントン・アヴェニューを通過していると、狡猾かつ聡明な市民がその日最初のミサイルをお見舞いした。卵である。スローチハットの黒いつばに、大きなネバネバが張りついた。／帽子に留まった卵の姿が人びとにひらめきを与えたらしく、電車は二ブロックと進むことなく、別の見物人が泥の塊を投げつけ、ハーバート氏の帽子のてっぺんの角に直撃した。(8)

こうしたコミカルな描写は、労働者にとってきわめて深刻な現実であるはずのストライキや暴動が、同じ労働者を多く含む大衆紙の読者にユーモラスなドタバタとして受容されていた事実を示している。激しい暴力にさらされて生気を失ったハーストウッドが、帰宅した途端くつろいで暴動の記事を読み耽る場面は、わかりやすくその矛盾を表現しているのである。

さらに、当時の『ワールド』紙をはじめとした大衆紙や雑誌には、交通事故が多発する街路を風刺する漫画が多数載せられていた。ベン・シンガーは、馬車や路面電車の事故によって負傷したり死んだりした通行人を戯画化するイラストを複数取り上げながら、以下のように述べる。

センセーショナルな新聞は、歩行者の死の「スナップショット」というイメージをとくに好んだ。その固定化は、徹底的に変容した公共空間の感覚を強調していた――安全性、連続性、自己制御された運命といった伝統的ないかなる概念よりも、偶然性、危険性、ショッキングな印象によって定義される感覚である。[9]

シンガーはさらに、そのような刺激の重視を世紀転換期のメロドラマ演劇にも見出している――この時期のメロドラマは、センセーショナルな場面や演出の連続であり、カタストロフやスリルをもっとも重視するようになっていたのだ。[10] ふざけた調子の新聞記事や漫画が誇張して示す電車や馬車のドタバタと、コメディやメロドラマは、同じ刺激的な娯楽として受容されていた。都市のスピードや暴力性のスリルにたえずさらされた身体や神経を、人びとは新聞や舞台のなかのユーモラスな虚構を通して飼い慣らそうとしていたともいえるかもしれない（【図】）。もちろん、そのような感覚をもっともわかりやすく味わう場は、多種多様な乗り物を娯楽化させたアトラクションと、刺激的な出し物が上演される劇場を併せもち、都市の交通機関と直に接続された合衆国中の遊園地だったはずである。いずれにしろ、ハーストウッドの失敗したドタバタ劇と、キャリーの成功したコメディ劇の裏表の関係は、都市の大衆的センセー

【図】『ライフ』（1909年5月6日）[11]。

ショナリズムという同じ感性のふたつの側面でもあったのだ。

『シスター・キャリー』と運動

そのような刺激への感性を確認したうえで、『シスター・キャリー』という小説を「運動」の物語として捉えてみたい。この小説のキャラクターたちの運動は、これまでにもしばしば重要なキーワードとみなされてきた。リチャード・リーハン（Richard Lehan）は、ドライサーが深く影響を受けた社会進化論者ハーバート・スペンサーの『第一原理』（*First Principles*, 1862）に説明される物質の原理に依拠しながら、『シスター・キャリー』全体を構造的な運動として読み解いている。

［『シスター・キャリー』］は、運動過程にある物質の原理の実践である――キャリーは完結に向かう運動を示し、ドルーエは静止もしくは均衡を、ハーストウッドは崩壊の過程を示している。小説中に作用している主要な力は都市の力であり、はじめは複雑性の低い形態（シカゴ）のなかに、それからより複雑で異質性の高い形態（ニューヨーク）のなかにその力は見つかる。［……］都市はふつう磁石として描かれ、強制的な磁力をもって人びとを拍動するエネルギーとともに引き寄せる。都会の群衆は運動過程にある物質であり、海のように時間と空間のなかを前進していく。[12]

運動についてのこうした説明は小説の見取り図を明快に提示する一方で、キャリーやハーストウッドの社会的地位の上昇／下降という記号的な意味での運動と、都市から都市への移動や街中の放浪といったより物理的な運動をまったく同じ位相のもとに扱う特徴をもつ。たとえば、ポーラ・E・ジェイ（Paula E. Geyh）も、消費の対象が物質から記号へと移り変わる過渡期の物語として『シスター・キャリー』を分析するなかで、都市における物理的な移動性と社会階層の移動性を意図的に同一視してみせる――「ここ［ニューヨーク］での移動性はもちろん、文字どおりの意味でもあり（ブロードウェイのそぞろ歩き）、隠喩的な意味でもある（社会階層の上昇）」[13]。物理的な移動と比喩的な移動とをアナロジーとして結びつける論理は、『シスター・キャリー』の読解においてたしかに説得的であるが、そのわかりやすさのために、身体的な運動のリアリティまでもが比喩のなかに閉じ込められてしまっているきらいも否めない。ここではまず、キャリーやハーストウッドの運動をあくまで身体の動きとして観察し、物語を個別の場面のなかで生起している文字どおりの運動の連続として捉えなおすことを目的とする。キャリーの成功やハーストウッドの失墜といった抽象的なレベルの運動は、身体レベルの動作の帰結としてあらためて検討されるはずである。

『シスター・キャリー』のなかで運動や身体が前景化してくるのは、一九世紀末のシカゴやニューヨークの消費文化と、同じ時期に隆盛したアメリカ自然主義文学という潮流が、ともに個人の内面よりも外的な環境をより重視しつつあった結果であるとひとまずは指摘できる。センセーショナリズムが都市の感性となるなかで、スピードや暴力が生みだす刺激が増加していたことを前節で確認したが、交通機関の過密性がそのまま運動の過激化を意味した点に加えて重要なのは、そうした刺激への感性が新聞・雑誌・演劇・映画などの商業メディアによってたえず表象され消費されていたという事実だ。都市生活の身体性は資本主義のシステムと直結していた。

大衆消費社会と都市生活の密接な関係においてもうひとつ確認しておくべきなのは、社交の場での外面の重視である。『シスター・キャリー』の都市のなかでは、人びとの服装も街路もホテルもレストランも劇場も、すべてが見られるために存在している。たとえば、マンハッタンの五番街に実在したレストラン「シェリー」の描写は、視覚刺激の過剰なまでの強烈さを伝えている――

壁には色とりどりの装飾が施され、青緑の四角い模様を金箔の飾りが縁取り、その隅に精巧に彫られた果実と花の周りには、愛らしい優美さを湛えた太ったキューピッドがふわふわと飛んでいる。天井では、よりふんだんに金箔をあしらった色彩豊かな網目模様が中央まで延び、そこに光の束が広がっている――キラキラ光るプリズムと、金箔をまぶした巻きひげ模様の漆喰とが組み合わさった、無数の白熱電球の房だ。赤みがかったフロアはワックスをかけて磨かれ、四方を鏡――大きくて、燦々と光り輝く、面取りされた鏡――にかこまれ、いくつもの形や顔や燭台が、何百回もそこに反射しては、さらにまた映し出されていく。[14]

レイチェル・ボウルビー（Rachel Bowlby）が指摘するとおり、一九世紀後半以降の消費活動のなかで視覚的魅力が人びとを強くひきつけるようになり、実用的な商品にかわって「ただ見ること」に金を払う価値が発生するようになった。[15] レストランの煌びやかな内装も、さまざまなファッションを身に纏う人びと自身も、同じように消費の対象と直に結びつけられて欲望の対象となったのである。

こうして、運動への志向と外面への意識というふたつの要素が、ともに消費社会と絡み合いながら都市の住人の基本姿勢をかたちづくるようになる。そこで重要性を帯びていたのは、移動すること／消費することであり、見ること／見られることであり、それらはいずれも内面的な「心」の動きよりも外面的な「体」の動きを要請した。

同時にその傾向は、自然主義文学が重視するモードとも重なり合っていた。ゾラやオノレ・ド・バルザック（Honoré de Balzac）など主にフランス文学を吸収しながら自身の創作をおこなったドライサーは、それまでのリアリズム文学が基本的な前提としていた、登場人物の理性や主体性によって物事が推進される物語よりも、環境や偶然などによって決定論的に事態が展開する物語を好んだ。序章で確認したゾラの「実験小説論」が示すように、自然主義文学に深い影響を受けた作家たちは人間と環境を一元的な機械論のもとに捉えようとするゆえに、登場人物の内面的な価値観から生じる行動よりも外的な出来事に否応なく促される行動を重視し、複雑な心理や思考よりも神経刺激や即物的な欲望を掬いとろうとした。ドライサーは自伝のなかで「人間とは機構であり、工夫も創意もなく、そのうえ首尾悪く不注意に駆動するものだった」[16]と、まさしく機械論的な人間観をもっていたことを語っている。

ドライサーのなかで、シカゴ／ニューヨークという大都市で外的要素に規定される人間への主題的関心と、自然主義的なモードへの形式的関心とが交わる地点に、登場人物たちの運動は見出される。だがむろん、ただ単に運動を記述するだけで物語は成立しない。そこで運動を描き出しながら同時に物語を展開させることを可能にしていたのが、人の身体を運ぶ機械装置の存在だったのではないだろうか。スト破りの運転手に志願したハーストウッドは、あたかも電車という機械装置にひきつけられ、そこに一体化することを望み、そして機械から弾きだされるように描かれていた。小説のプロット上は、ハーストウッドの就労の失敗がキャリーとの別離を決定づける。「首尾悪く不注意に駆動する」機構とは、ここでは人間を包摂して一体化させる乗り物であると言い換えられるだろう。以下の節では、さまざまな機械が身体を駆動させ、かつプロットを推進する装置として作動する過程を観察する。

機械装置①――ロッキング・チェア

『シスター・キャリー』のなかで生じる出来事が、登場人物の主体的な選択よりも外的な環境や偶然によって決定づけられていることは、すでにくり返し指摘されている。たとえばリーハンはそれを「都市がキャリーを形成したのだ――彼女の性格のうちに眠っている要素を引きだす触媒として」と表現し、[17]ボウルビーは「成功する」(make it)という慣用表現を反転させ、「彼女はそれを成す［she makes it］が、あくまで「それ」が彼女を成す［'it' makes her］

かぎりにおいてだ」と表現する。[18] モノがヒトを動かすという、近代文学の文法においてはいささか転倒しているようにも思える主体と客体の関係は、機械と身体の接触という具体的な場でより仔細に観察できるだろう。

椅子を機械であると捉えることから始めよう。ドナルド・パイザー（Donald Pizer）は、『シスター・キャリー』にくり返し登場するロッキング・チェアが、この小説のもっとも明確なシンボルであると指摘する――ロッキング・チェアに揺られるキャリーの姿が、シカゴで過ごす最初の夜にもニューヨークで過ごす物語最後の夜にも描かれるのは、キャリーが環境や身分の変化を経ても本質的にはなにも変わっていないことを表している。同時に、最後の場面でも彼女が依然として未来に対しての夢想をやめていないことを象徴しているのだと、パイザーは説明する。[19] あるいはリーハンは、キャリーとハーストウッドのロッキング・チェアによる往復運動が、都市を行き来する人びとの挙動と同様に、太陽や月の引力によって作り出された潮の満ち引きに類比される「自然の力」を象徴していると考える。[20]

けれども機械と身体の関係を物理的に考えるためには、キャリーやハーストウッドの心情や人生がロッキング・チェアに象徴されているのではなく、ロッキング・チェアの動きこそが彼女たちの心情や行動に影響を与えている、という関係へと主語を転換させる必要があるだろう。椅子に揺られる三人の主要人物たちの姿は、たとえば次のように描写される。

ドルーエが去ってから、［キャリーは］窓際のロッキング・チェアに座って考えにふけった。いつものように、想像力が彼女の可能性を大きく膨らませた。［……］前後に揺れながら、捨てられたときの張り詰めた悲しみや、騙されたあとの荘厳な怒りや、打ちのめされたあとの重々しい苦しみを想像した。[21]

［ドルーエは］もっとよく考えようとロッキング・チェアに座ると、片足を膝にのせ、激しく顔をしかめた。も

のすごいスピードで頭が回転した。[22]

［ハーストウッドの］頭はまだぐるぐるまわっていて、混乱のさなかだった。［……］いまだ物思いにふけった状態で手と顔を洗い、髪に櫛をとおした。それから食べ物を探し、ようやく空腹感がなくなると、快適なロッキング・チェアに座りこんだ。すばらしい安堵感。［……］すっかりくつろいで新聞をもちなおし、読みつづけた。[23]

ほとんど同じ描かれ方によって、キャリーとドルーエ（Charles Doruet）はロッキング・チェアに座り込み、考えごとを始める。椅子の揺れと呼応するように、ふたりの脳裏にはさまざまな空想がよぎり、思考の速度は加速する。一方、ハーストウッドはそれまで混乱を抱えていたにもかかわらず、椅子に座った途端にすっかり快適な気分になる。こうした変化は身体を揺らすという運動によってもたらされ、その変化を与えているのは椅子そのものである。

椅子に座るという行為自体はきわめて日常的な動作だが、椅子に座って身体を揺らすという運動は、実のところそれほど一般的なものでも普遍的なものでもなかった。山口惠里子は、「一九世紀にロッキングチェアが英米の家庭に普及するなかで、椅子が作る箱空間（siege）が揺らぎはじめ、身体空間を振動させるようになったことは、社会史上のほとんど一つの事件だった」[24]のであり、ロッキング・チェアは「椅子が定める個人固有の場所から、そこにいながらにして離れ、飛翔すること」、「椅子に身体を縛りつけながら、内的にはその空間から自由でいること」[25]を可能にしたと述べている。また、ジークフリード・ギーディオンによれば、一九世紀以降の多くの機械は可動性という共通の目標に向かって邁進していた。ロッキング・チェアというアメリカにおいて発達した機械は、そのヴァリエーションの一典型なのである。ギーディオンいわく、「完全に近い解決策が要求された新たな課題は、可動性を私たちの生理的な要求に奉仕させることだ。そこで完璧な身体のくつろぎを目指す座のモードが発達することになる」[26]。

『シスター・キャリー』が「ロッキング・チェアに座り、窓際で、決して感じられそうにない幸福を夢見るのだ」というセンテンスで締めくくられていることからもわかるように、(27)作中でくり返されるキャリーの「もっと幸せになりたい」という夢想はつねに、椅子に揺り動かされるという、この時代のアメリカにおける生活形態を典型的に指し示す身体運動のなかで生じている。それは、他の登場人物たちや作中に描かれる都市の住人たちが抱く欲望と、キャリーが抱く夢想がなんらかかわりないことの説明にもなりえるだろう。そして、その身体運動がつねにキャリーを次のステージへと突き動かす。物語はそのようにして推し進められるのである。

ドライサーが、椅子の側から身体に与える影響を、物語を駆動させる力として想定していたことは、のちに書かれた『アメリカの悲劇』(*An American Tragedy*, 1925)に再登場する椅子のモチーフからも推測できる。そこで登場する椅子はロッキング・チェアではなく、クライド(Clyde Griffiths)の命を奪うことになる電気椅子である。電気椅子は身体を拘束し、電流によって人を死に至らしめる。椅子から身体への影響関係はここではより明白かつ劇的だ。ティム・アームストロング(Tim Armstrong)は、ドライサーが人間の欲望を機械に流れる電気系統と同一視していた形跡を指摘したうえで、『アメリカの悲劇』に登場する電気椅子と人間の欲望の関係について、以下のような考察をおこなっている。

小説が投げかけた質問に、椅子が答える——欲望がすべて電気的であるなら、それが浮遊するエネルギーとなり、望んだ経路を進むために階級・人種・道徳の壁をショートさせてしまうのを防ぐものはなにかという問いである。暗黙のうちに示される答えは、そうしたエネルギーが実際には「個人的」なものではなく、その統制は国家の機能であるというものだ。[……]テクストは、個人の力の経路と、力の抑制を、ひとつの装置——同じ装置——のうちに描いている。(28)

身体を包む装置が個人のエネルギーを形成するとともに抑制してもいるという二重性については後述するが、まず確認しておきたいのは、ドライサーの小説において、椅子――ロッキング・チェアや電気椅子――という機械装置が登場人物に大きな変化を与え、物語を駆動させているという、基本的な運動の方向性である。

機械装置②――列車、馬車、エレベーター

『シスター・キャリー』の登場人物たちの感情や行動の移ろいはしばしば気まぐれに思えるが、その変化の過程には機械による身体の包摂と移動が介在する。物語中、可動性の機械としてロッキング・チェアとともにとりわけ重要な役割を果たしているのが列車である。小説冒頭、キャリーは不安を抱えながらシカゴに向かう列車に乗っている。そこでの彼女の気分の変化はめまぐるしい――「彼女が眺めていた緑色の風景はすばやく視界を過ぎ去っていき、さらにすばやい思考によってその印象が、シカゴはどんな場所だろうというぼんやりした憶測に置きかわる」[29]。移りゆく風景よりも「さらにすばやい」彼女の思考の流れはしかし、列車という機械装置なくしては存在しない。また、列車が彼女の心情を象徴しているわけでもない。そこでは明らかに、列車のスピードこそが彼女の思考の速度を上げ、振動や騒音こそが彼女の不安定な情動を増幅させ、高速で移動することとセットで生み出される車窓という特殊な風景の形式こそが、彼女に期待と不安の入り交じった高揚感を与えているのだ。物語の後半、ハーストウッドになかば騙されるかたちでモントリオールへ列車で移動する際のキャリーの様子も同様である。

飛び交う風景を眺めているうちに、彼女は自らの意に反して騙されてこの長旅に連れてこられたことも、旅に

必要な衣服をもっていないこともほとんど忘れてしまった。ときにはハーストウッドがすぐそこにいることもすっかり忘れ、質素な農家やのどかな小屋をうっとりした目で眺めた。(30)

直前に「こんなこと全部やめてしまいたい」(31)と訴えていたはずのキャリーが、いつのまにか車窓に映る風景に見惚れてくつろいでいる。列車が彼女の気分を変化させたのである。不安からくつろぎへと気分を変化させてから、キャリーの身体はモントリオールへ、次いでニューヨークへと移動し、物語は舞台を転換させる。

椅子と列車に共通しているのは、身体がその可動性の装置に包み込まれることで、もともとの身体能力や認識能力を越えた物理的・心理的運動が可能になる点である。『シスター・キャリー』はそのような運動に満ち溢れている。シカゴ行きの鉄道で、キャリーはドルーエとはじめて出会い、先述しためまぐるしい気持ちの揺れ動きのなかで思わず心を開いてしまう。シカゴでは、キャリーとハーストウッドが馬車に運ばれながら密会を重ねる。馬車のなかで身体を揺らしながら、ハーストウッドはいささか演技めいたやり方でキャリーにはじめて愛を告白し、キャリーはそれに応える。鉄道同様、馬車は重要な演出道具であり舞台装置である。極端にいえば、鉄道と馬車での振動と移動があってこそ、キャリーは恋愛対象をドルーエへ、それからハーストウッドへと移行させるのだ。一方、路面電車の存在は先述したように、マンハッタンですっかり気力を失っていたはずのハーストウッドをはるばるブルックリンまで引き寄せていた。

たえず機械と同期した身体運動を求めるキャリーやハーストウッドは、あたかも機械装置に包まれようと欲望しているかのようである。そして、物語のプロットもまた、多様な機械から身体への働きかけによって展開していく。エリッサ・ガーマン（Elissa Gurman）が「ドライサーは、登場人物を機械の法則によって決定づけられるものとして描いている」と指摘するとおり、(32)しばしば論じられる展開上の「偶然」は多くの場合、機械装置によって演出されている。

たとえば、キャリーとハーストウッドがシカゴを離れる原因となったハーストウッドの金庫破りは、思いとどまろうとしたハーストウッドの意に反して金庫の鍵がかかってしまったために決定的となる。錠前の歴史は古くまで遡るが、ハーストウッドが働く酒場に置かれていた金庫のダイヤル錠は、一九世紀後半になってライナス・エール・ジュニア（Linus Yale Jr.）が実用化させた、いわば最新の機械だった。[33] 鍵の開いた金庫の前で逡巡するハーストウッドは、「「すべし」・「すべからず」・「すべし」・「すべからず」」と鳴る幽霊のような時計のリズムに決断を促される。[34] 折島正司はこの場面を、「ハーストウッドの内面の営為は、どこか他の場所にある標準化された時計の時刻によって代行されている」と分析している。[35] 結局ハーストウッドの身体は、金庫の錠前と時計というふたつの機械に同期しようとして、最終的にそこから締めだされるのだ。

あるいは、一八九〇年代にニューヨークにはじめて登場し、アパートやビルに次々と設置されることになった貨物運搬用小型エレベーターが、キャリーとヴァンス夫人（Mrs. Vance）を引き合わせる。作中で「もっぱらアパートメントの構造によってもたらされた」と語られるこの出会いこそが、[36] ニューヨークでのキャリーの欲望を刺激し、さらには夫人のいとこであるエイムズ（Bob Ames）と出会うきっかけをつくりだす。もちろんその出会いを単なる偶然といってもよいのだが、「家という、伝統的に他とは隔絶された家族の空間において、突然、至るところで知らない者同士が出会うようになるとすれば、それはまさにエレベーターの中でこそ起こるのである」と説明されるこの時代の変化を踏まえれば、[37] それは機械装置がもたらす社会史的な必然でもあったはずである。一方、もはやほとんど自ら行動する能力を失ったハーストウッドが最後にありついたホテルの仕事においても、彼はポーターとしてエレベーターにその身体を運ばれ、やがてそこからも締めだされる。そのすぐあと、すでに女優として成功を収めていたキャリーは再会したドルーエに別れを告げると、新築の高級ホテルのエレベーターをひとりで上昇していく。キャリーやハーストウッドの身体はつねに機械に運ばれ、小説の筋もまた機械によって運ばれていくのである。

そのような運動の形態が、「キャリーは自分から動く力をほとんどもっていなかった。だがそれにもかかわらず、変化の波を捉えて楽に運ばれていくことはできるようだった」と書かれるキャリーの性質ときわめて密接に関わっているのは明らかだろう。[38] キャリーは自分の意思では動かないが、機械に包まれて変化の波に乗ることができる。そしてその性質は、他の登場人物たちにもほとんど共通している。長谷川一は、列車に揺られて車窓を眺めるような動作を「アトラクション」と名づけ、その運動を次のように説明する。

圧倒的に巨大で精巧無比である世界に震撼するあまり、そこで自己を墨守するために、みずから世界に身をまかせ、自己が包摂されることを受け容れることで、楽になろうとするのだ。［……］そのなかで「わたし」の身体は解体され、世界の一部品へと改変されてゆく。そこでは快楽や癒しや安心といった肯定感は得られるかもしれないが、引き替えに、「わたし」は「わたし」以外との差異の集合でしかなくなり、その固有性や単独性は失われるだろう。[39]

「アトラクション」としての動作が、「快楽や癒しや安心」と引き換えに身体を「世界の一部品へと改変」させ、自己の「固有性や単独性」を失わせるという長谷川の議論を利用することで、これまでに観察してきたキャリーやハーストウッドの物理的な運動は、ようやく抽象的なレベルで把握される。機械に身体を運ばれる運動の果てに、キャリーの名はブロードウェイの看板のなかで白熱灯に照らされて浮かび上がり、その姿は等身大の肖像画として張り出される。ハーストウッドは同じく機械に運ばれる運動の果てに浮浪者の集団に埋没し、バワリーで死を選ぶ。ふたりの運命の過剰なまでの対照性は、ともにロッキング・チェアのようなリズミカルな機械に自己を包摂させたふたつの身体の運動が、一方は都市の中心で自らの身体から遊離したイメージを複製されるポップアイコンとなることで、もう一方は貧民街で職や地位や金銭という記号をすべて失ったすえに自らの生命そのものを否定することで、両極端のかたちで「固有性や単独性」を失くすことへ帰結したのだと解釈できるだろう。

機械装置③――観覧車、ローラーコースター

ひとつの比喩について考えてみよう。『シスター・キャリー』が出版される七年前にあたる一八九三年、ドライサーはシカゴ万国博覧会に新聞記者として足を運んでいる。のちに自伝のなかでも「人生のなかで、シカゴと博覧会での最初の数日の眺め以上に、鮮やかさと色彩と美しさを含んでいるものは、ほかになにひとつ思い当たらない」と述懐されるように[40]、万博は大都市の象徴としてドライサーにきわめて強烈な印象を与えた。遊園地の歴史を仔細に分析するサルバドール・アントン・クラベエ（Salvador Anton Clavé）は、シカゴ万博が「都市の理想像」を増幅させて体現したものであり、会場に通じる路面電車や会場内の動く歩道など、交通手段とアトラクション両方の性質を併せもつ機械装置によって特徴づけられていたと分析している[41]。

機械装置のなかでもっとも注目されたのが、一八八九年パリ万国博覧会の目玉となったエッフェル塔に負けじと設計された、世界初のモーター駆動による機械式巨大観覧車フェリス・ウィールだった。フィッシャーはそれが、タワーを円形にして動かすことでエッフェル塔の驚異を「アメリカ化」したものだったと論じる[42]。一五〇万人の来場者が二〇分間のスリルを味わうために観覧車に殺到した。ドライサーが『セントルイス・リパブリック』紙に発表した記事には、彼もまた万博会場に到着した直後に「回転するこの偉大なるバスケット」に乗ったと記されている[43]。そうであるならば、数年後に執筆されたドライサーの都市小説のなかに登場する都市像や、都市に溢れる機械装置のイ

メージのなかに、シカゴ万博や観覧車での経験が反映されている可能性を検討しておいてもよいはずである。
観覧車の移動は目的地をもたない。移動することそのものが唯一の目的となる。しかしその移動によって見慣れた風景は布置を変えて乗客の驚異を引き出し、機械装置に身体を包摂され運ばれること自体が気分の高揚を促す。実際にはスタート地点に戻ってきただけであるにもかかわらず、その移動は特殊な経験となる。ただしその特殊性は、フェリス・ウィールに乗った者であれば誰もがほとんど同じように経験する、没個性的な特殊性でもある。いうなれば観覧車は、旋回という新しい運動形式によって、先に見た列車の運動から「目的地」さえも抜き取ってしまうことで、その運動自体に含まれる快楽をいっそう純化させた機械装置だ。マーク・セルツァー（Mark Seltzer）はまさに、列車と身体の関係を観覧車と結びつけて論じている。

鉄道のシステムは運動性と幽閉を結びつける。機械的な原動力によって駆動する機械のなかに、静止しているか静止させられた身体をとじこめる。鉄道はエレベーターと同じく、あるいは（そのレクリエーションの形式において）フェリス・ウィールと同様に、静止させられた身体を運動にまきこむ。こうした移動技術がそれぞれのかたちで可能にしているのは、ひとときに拡張されながら停止させられる主体のスリルとパニックだ。(44)

ここで指摘されているとおり、機械のなかでスリルを味わう身体は、運動を経験しながら静止させられているという二重性を孕むことになる。高架電気鉄道をはじめて導入した場でもあるシカゴ万博が提示してみせた、理想像を過剰に増幅させた都市の姿は、一九世紀末アメリカにおいて生み出された身体運動の二重性を現実以上の純度によって暴き出していた。それはまた、先述した都市のセンセーショナリズムの正確な表象でもあった。
目的地をもたず、動きながらも静止しているという観覧車がもたらす運動の特徴は、これまでに見てきた『シスター・キャリー』の運動のありかたと一致している。折島が指摘しているように、キャリーやハーストウッドの運動は「いつもどこかに行こうとする途中」であり、[45] 小説の構造自体が「出発点と終着点とを欠いた、境界線という中間的移行状況だけを構造原理としたプロット」になっている。[46] たしかに、列車による舞台の移動だけを見ても、キャリーがなぜシカゴに向かわなければならなかったのか（キャリーは幸福になりたいという漠然とした夢以外、具体的な計画はなにももっていなかった）、なぜ次の目的地がニューヨークでなければならなかったのか（職も家族も失って逃亡者となったハーストウッドはやはりなにももたず、あえて知人と遭遇しやすいニューヨークを選ばなくともよかった）、そこに強い必然性を見出すことはできない。彼女たちはたえず運ばれていくのだが、明確な動機が先に立つわけではない。その意味において、そもそもどこにも移動のできないロッキング・チェアの運動も、目的地に必然性をもたない乗り物での移動も、本質的には同じ無目的性に貫かれているといえるだろう。そうした目的地のない運動と物語のありかたを、機械と同期した移動そのものが目的であり快楽ともなっていた万博の交通ネットワークや観覧車の機構に重ね合わせることは、おそらく難しくない。

シカゴという都市はドライサーにとって、万博が示した「都市の理想像」によって把握されている。さらにシカゴ万博翌年の一八九四年、ドライサーがはじめてニューヨークを訪れたときに目撃した、道路やフェリーや列車を埋め尽くしながらビーチに向かって流れていく群集の様子は、万博の思い出と並べられ、ともにかつて経験したことのない場面として、のちに自伝のなかで回顧されている――「たまたまシカゴの万国博覧会で見た様子を除けば、これまでどんな場所でも、こんなふうに海に向かっていく群衆を目にするような経験はしたことがなかった」。[47] ふたつの光景は関連をもって記憶され、ともに特権化しているのだ。そのようにして、機械に包摂された身体が移動していく場としての都市のイメージは、ドライサーのなかでシカゴからニューヨークへと持ちこまれたのだった。あたかもその連続性を追体験するかのように、『シスター・キャリー』のプロットにおいて、キャリーとハーストウッドはシカゴからニューヨークへ運ばれていくのである。

シカゴ万博にあらわれたフェリス・ウィールは、実用性をもたない移動装置の役割をはじめて積極的に人びとに示す機械となった。観覧車はその後すぐに、アメリカ各地の遊園地に導入されていく。一方、コニーアイランドを代表とする各地の遊園地で観覧車以上に「スリルとパニック」を体現していたのは、多種多様なスライダーやローラーコースターである。ドライサーはのちのエッセイで、「車はコニーアイランドのヘルタースケルターを走る船のように揺れた」という比喩を用いて、[48]旅行中の自動車での移動を遊園地のアトラクションの経験と重ね合わせている。ローラーコースターは現在まで遊園地の遊具の花形でありつづけているが、とりわけコニーアイランドにとっては最初期からアトラクションの代名詞だった。一八八三年には、まだ遊園地ができる前のコニーアイランドに早くも回転軌道を描く「ループ・ザ・ループ」が登場して人気を博し、翌年には上昇と下降をくりかえす「スイッチバック・レイルウェイ」(Switchback Railway) が設置されている。[49]その後も各地の遊園地に「シーニック・レイルウェイ」(Scenic Railway)、「ミニチュア・レイルウェイ」(Miniature Railway) など、無数のローラーコースターのヴァリエーションが生み出されていった。鉄道の運動を過激化したこれらのアトラクションは、ハーストウッドがにわか操縦士として直面するような移動中のアクシデントやスリルを、ケーブルカーや路面電車が都市に十分普及するよりも早くから機械装置に組み込んでいた。アーヴィング・ルイス・アレン (Irving Lewis Allen) は、コニーアイランドが都市の公共交通機関のパロディだったと説明している。[50]巨大観覧車が未来の都市のかたちを提示する万博という場においてまず登場した点を考えてみても、遊園地のアトラクションは都市の刺激を先取りするシミュレーションの役割を果たし、移動機械の最大の目的が運動そのものにあることを予示していたといえるだろう。

むろん、こうした機械との同期による快楽を味わう運動のすべてを、個人の単独性の喪失という働きのみにおいて捉えることはできない。自動車の旅とローラーコースターの運動をつなげる比喩や、『シスター・キャリー』のなかのハーストウッドの路面電車でのドタバタや、先に引用したストライキのコミカルな新聞記事からもわかるとおり、ドライサーがさまざまな移動機械を、その無目的性や身体の静止状態をシリアスに表現するばかりでなく、展開の意外性やユーモアを強調するために用いていた点も今いちど確認しておくべきである。先に見たキャリーの機械装置との同期による急激な気分の変転はなによりまず、ユーモラスな気まぐれとして読み手の印象に強く残る。都市生活と遊園地のイメージを重ねることでより鮮やかに浮かび上がるこうした気まぐれの楽しさは、一面においては、工場労働や資本主義社会を推進させる機械から生産性や合理性を抜き取ることで、自由の領域を対抗的に増幅させる働きをもっていただろう――たとえその自由が、結局のところ体よく機械の支配下に収まる危険とつねに隣り合わせだったのだとしても。いずれにしろ『シスター・キャリー』は、シカゴとニューヨークという巨大都市のなかで、機械装置が遊園地のアトラクションのように出現して人びとの運動を大きく変化させた世紀転換期という特殊な時期にこそ、新鮮な驚きをもって描かれた物語だったはずである。ドライサーはそこに、新しい都市文化における新しい身体運動のありかたと、外的な力によって物語を駆動させる文字どおりの「機械仕掛けの神」とを、ともに発見できたのではないだろうか。

機械装置④――劇場、都市

キャリーやハーストウッドは、世紀の狭間に出現した現代都市のなかで機械に包摂され、機械と同期して運ばれることでそれぞれの運命を決定づけられていく。その運動は彼女たちの気分を高揚させ、想像力を活性化させるが、その均一な――まさしく機械的な――運動こそが、彼女たちを自分自身から引き剝がしてしまう。自分と異なる人物に扮して身体を働かせる役者という仕事をキャリーが選ぶことは、そして他者になりきる振る舞いに彼女が快楽を覚えることは、それゆえきわめて示唆的である。照明装置や舞台装置で身体を包み込み、彼女を女優へと変貌させる劇場は、作中のもっとも寓意的な機械装置だ[51]。キャリーはそこで自己を女優に変えるだけでなく、巡業を通して都市から都市へと物理的にも運ばれていく。ロッキング・チェアにしても列車にしても劇場にしても、あるいはヒュー・ケナー（Hugh Kenner）が「ヨーロッパと北アメリカ北東部の大都市は巨大な機械と化していた」と表現してみせるように[52]、この時代の都市全体をひとつの機械と捉えてみても、それがいずれも身体の運動を過剰化させながら制御する機構へと向かっていったことはもはや明らかである。

ではそのように、巨大な機械のなかに自閉しているように見える身体運動には出口がないのだろうか。作中で唯一、目的をもたない運動から自由であるように描かれるのがエイムズである。エイムズは自律して動き、機械装置と同期することを欲望していない。キャリーとはじめて会った日の帰路、エイムズはキャリーやヴァンス夫人とともに馬車に乗らず、徒歩で帰る。たったそれだけの動作にキャリーは驚いてしまう――「キャリーはほかになにも言えなかったが、どういうわけかその展開に衝撃を受けていた」[53]。『シスター・キャリー』のなかで機械と同期することを否定するのは、それほど困難な行動なのだ。電気関係の会社に勤め、のちに実験所を開設し、「発明家」とも書かれているエイムズは、登場人物のなかでただひとり機械を制御する側に立つ人間である。エイムズがこの人工世界を司る神であると捉えるのは大げさにせよ、キャリーに「自分は彼の人生のなかにはいないし、なにひとつとしてその人生にまじわるものがなかった」[54]と思わせるこの青年が、他の登場人物たちと位相を異にしているのはたしかである。機械に包摂されて移動するという、他の人物たちにとって物語中デフォルトとなっている身体運動のありかたを、そこから唯一超越したエイムズの存在こそがかえって浮き彫りにし、機械が人間を動かすという、小説内の基本的な物事の展開の仕方をメタ的な立場から読み手に知らせているのだ。

物語の終盤でキャリーに再会したエイムズはキャリーを椅子に座らせ、自身は椅子から立ち上がって直立の姿勢をとることで、その身体的な所作の対照性を強調する。機械を司る側にいるエイムズが、機械から自律した身体によってキャリーを「揺さぶろう」[55]とするという二重性は、機械の力を借りて運動することを欲望するキャリーが、身体的には静止しているという二重性の、論理的に正確な対偶を示しているように思える。そのエイムズがキャリーに命じたのは、コメディではなく本格的な演劇に進出することだった。それは、一面においては舞台という機械装置との同期をつづけろ、という勧告である。だがもう一面においては、機械装置に運ばれるままに安易に動くなという勧告でもある。そこには、機械に包摂された身体運動を基本的に肯定しつつも、機械と身体の主従関係を転換させるわずかな可能性が指し示されている。

柴田元幸は、「もっとドラマチックな役を演じろ／遠くにあるものに焦がれるな」という矛盾した二つの命令を下すエイムズが体現しているのは「変われ／変わるな」という欲望のダブルバインドだと述べている[56]。ここでの議論に即していうならば、それは機械に従って「動け／動くな」という作動のダブルバインドでもあるだろう。都市という機械装置は、たえずヒトとモノの主体性と受動性の関係を揺さぶりつづける。アトラクションを巧みに乗りこなせ、というのがエイムズの命令なのであり、現代都市の命題でもあるのだ。結局、ハーストウッドは路面電車の操縦席から追いだされて以後まともな職にありつけなかったし、キャリーはロッキング・チェアに収まったまま本格的な演劇に踏みだせずにいるのだから、そこには命令をこなす困難が表れているのだが、運動をめぐる身体と機械の駆け引きの緊張関係が物語中で完璧に失われてしまっているわけではない。たとえば冒頭で確認したように、ハーストウッドがスト破りの電車を運転していた日、キャリーは劇場という機械のなかで決められたとおりに別の人間を演じながらも、たまたま発したアドリブの台詞によって観客の心をつかむ。その瞬間、キャリーは自分自身からも決められた役柄からも少しずつ離れた位置にいて、かつ自らの身体性でもって少しずつ両者を融合させている。それは、与えられた規則をわずかにズラすことで機械のリズムを乗りこなす瞬間だといえるだろう。

モハメド・ザヤニ（Mohamed Zayani）は、『シスター・キャリー』のなかで現代生活のリズムがさまざまなかたちで強調されている様子を丹念に分析する。[57] そのリズムはたいてい、金庫破りをしようとしたハーストウッドが囚われていたような、機械や時計に押しつけられる近代社会の反復的テンポである。ハーストウッドはいつもリズムに乗りそこねる。第一章でも確認したように、リズムを感じる、あるいはリズムに乗るという行為は受動的であると同時に能動的でもあり、むしろ主体と客体の境界が溶けだした先に生じる態度だと考えられるだろう。そして、遊園地の観覧車とローラーコースターではスピードも周期も異なるように、馬車と電車が刻む音はそれぞれ不規則に異なるように、都市のセンセーショナリズムはそのままリズムの多様性や豊かさを表してもいる。都市生活を送るには、断片的なリズムをつかんでその都度自分のものにしなければならない。キャリーとハーストウッドがともに機械に身体をゆだねながら真逆の方向へ運ばれていくのは、電車の変則レバーをうまく扱えないハーストウッドよりも（「それは想像したよりずっと簡単に動いたけれど、結果的に車はガタガタと急発進して、彼はうしろに投げ出されてドアにぶつかった」[58]）、舞台でとっさにアドリブを返せるキャリーの方が（「けれどもキャリーは経験と自信からくる大胆さでもって、優美にお辞儀をしてから返事をした」[59]）、リズム感がよいからだ。ドライサーが強い影響を受けたハーバート・スペンサーの『第一原理』は、宇宙から社会にいたる森羅万象をリズムの作用のもとに説明しようとしたが、『シスター・キャリー』においては、ふたりのキャラクターがもつ身体の俊敏さとしてのリズム感こそが問題となっているのである。

機械装置⑤――自転車

最後に考えておきたいのは、それではなにがキャリーとハーストウッドの運動の成功と失敗を分けているのかという点だ。機械を乗りこなすリズム感をいったん運動神経と言い換えたうえで指摘できるのは、二〇世紀転換期は都市化とともにスポーツという娯楽が飛躍的に発達した時期であり、かつそこには人種と男女の性差をめぐる複雑なイデオロギーが絡み合っていたということである。都市化によって自由に運動をおこなえる空間が失われ、オフィスワークの出現と肉体労働の減少によって体力が低下し、大量の移民流入や女性の社会進出により自らの地位が脅かされると感じていた白人男性は、スポーツによって「男らしさ」を誇示しようとした――一九〇一年に大統領に就任し、「男らしさ」を合言葉にしていたシオドア・ルーズベルト（Theodore Roosevelt）が、狩猟やボクシングや柔術をこよなく愛していたことを思い出してもよいだろう。大衆文化において、ボクシングやレスリングが初期映画の題材となり、「近代ボディビルの父」であるユージン・サンドウ（Eugen Sandow）がアメリカに進出しサーカスやボードヴィルで活躍したのも同じ時期である。[60] 一方おもに中産階級の女性たちは、社会改良運動や女性参政権獲得運動に携わり、大学に進学し、結婚や家庭に縛られない恋愛や労働や専門職の場に進出するなど、従来の「女らしさ」からの脱却を果たしつつあった。こうした「新しい女性」（New Woman）のイメージは、新聞や雑誌のイラストにも盛んに登場するようになり、とりわけゴルフやアウトドアなど多様なスポーツを楽しむ女性の姿が多く描かれ、憧れの対象となった。つまり、ビル・ブラウンが「スポーツはフェミニスト的現象にも男性主義者的現象にもなりうるものだった」と述べるとおり、[61] 人種や階級の限定を伴いはするものの、この時期に多くの女性と男性は、それぞれの動機をもってスポーツを自らのジェンダーのありかたに組み込もうとしていたのである。かつ、こうしたごく簡単な構図からもわかるように、男性は「古さ」を取り戻そうとスポーツを求め、女性は「新しさ」を手に入れようとスポーツを求めるという逆方向への志向が際立っていた。

当時流行していた多様なスポーツのなかで、特別な意味を帯びていたのが自転車の運転である。章の冒頭で、ハーストウッドとキャリーが使用した偽名が「ウィーラー」（Wheeler）であることの象徴性に触れたが、作中に登場せずとも世紀転換期の文化を代表していた車輪機械のうち、もっとも大きなものが間違いなくフェリス・ウィールだったとすれば、もっとも小さなものがおそらく自転車だった——一八九六年七月の新聞記事に、ニューヨークの街を埋め尽くす自転車や自転車用の服を着た人びとや自転車の広告を見たスティーヴン・クレインが、「なにもかもが自転車だ」と記した事実は有名である。[62] ドライサーものちにエッセイで、一八八〇年代のアメリカに変化をもたらし、自身が強烈な印象を受けたもののリストに、電灯や路面電車などとともに自転車を挙げている。[63]「新しいスポーツ用具のなかでなにより重要なもののひとつが自転車であり、都会の振る舞いのなかにどこにでも望むときに向かえる個人的な移動手段を与えてくれた」と解説されるこの新たな機械装置は、[64] 一八六五年にフランスで発明されてすぐにアメリカに持ち込まれ、クレインが観察したように都市風景を構成するだけでなく、群集のなかで画一的な運動を強いるモダニティから遠くへ逃れるための手段にもなった。さらに重要なことに、自転車はたちまち「新しい女性」のアイコンにもなっていく。新聞や雑誌の数多くのイラストにはサドルにまたがる女性たちが登場し、娯楽と社会の変化をめぐるさまざまな議論の的になったのである。パトリシア・マークス（Patricia Marks）が「自転車に乗った「新しい女性」として、［……］女性はそれまでよりも根源的なパワーを行使し、交際と付き添い、結婚と旅行のしきたりを変化させた」と述べるとおり、[65] 自転車は女性が従来のジェンダー規範から自由になるための役割をも果たすことになる。一方で、男女の差異が消失してより原始的な社会状態へ「退化」するといった危惧を表明する論調も見られた。[66] 社会進化論の影響のもと、娯楽がアメリカ人を退化させるという議論は当時ごく一般的になされていたが、とりわけ自転車という身体を運ぶ機械装置をめぐっては、本章で見てきたエネルギーの解放と抑制の二重性の論理が、ジェンダーに関わるイデオロギーを巻き込みながらいっそう複雑に展開していたのである。

物語中で「交際と付き添い」のしきたりも「結婚と旅行」のしきたりも突破していくキャリー・「ウィーラー」は、観覧車だけでなく二輪車の化身でもあるはずだ——フェリス・ウィールを目にしたジュリアン・ホーソーンが、「最新型の自転車の車輪を真似たものだ」という感想を述べているように、[67] 観覧車と二輪車は都市のイメージをともに代表する「ウィーラー」だったのだから。機械装置と同期して移動することにはつねに自律と他律の両義性が伴うにしても、少なくとも相対的に自律性をより強く発揮させる自転車が「新しい女性」の象徴だった歴史的状況は、新聞を読み耽って過去に身を沈めようとする「古い男性」ハーストウッドより、舞台女優として未来の幸福を夢見る「新しい女性」キャリーの運動神経が優れている理由の一部を裏書きしているだろう。都市のなかで機械との同期をつづける作中人物たちは、主体と客体をはっきり分離したうえで措定される自律性というものを信用してはいない。誰よりも機械から自律しているはずのエイムズの存在感が明らかに作中でもっとも薄いことが逆説的に物語っているのは、外的な力と同期しない主体性など存在しえないという事実である。それでも、「変化の波」を捉えるのがうまいキャリーは、波に乗るという実際の動作を想像すればわかるように、波のリズムと自らの身体のリズムを必死につなぎ合わせようとしている。『シスター・キャリー』という小説のリズムとなり波となるプロットは、都市を生きる住人たちの日常生活がそうであったように、人物たちと機械装置が絡み合うことで複雑に形成されてく。遊園地の来園者たちの行動も、自転車を漕ぐ女性たちの運動も同様である。だから、機械に包摂されて運ばれる人間がたとえ静止しているように見えたとしても、ダブルバインドの中間で彼女たちの身体は揺れながらもがいている。

第三章

集合住宅とオーディエンス

スティーヴン・クレイン『街の女マギー』

テネメント

世紀転換期アメリカの爆発的な人口増加の主要因は移民の大量流入だった。一八九〇年代の一〇年間で約三六八万人、一九〇〇年代には約八七九万人の移民がアメリカで暮らすようになった。一九〇七年には移民の増加数が約一二八万人を記録している。[1] 北西ヨーロッパからやってきた「旧移民」に対し、南東ヨーロッパのラテン系・スラブ系を中心とした移民たちは「新移民」と呼ばれ、おもに労働者階級を形成してアメリカの産業社会を支えるようになる。職を求めてシカゴやニューヨークに大量の移民が押し寄せた結果、都市はその人口を支えきれなくなりつつあった。国勢調査によると、ニューヨーク市の人口は一八八〇年に一九一万人を越え、一八九〇年には二五〇万人、一九〇〇年には三四三万人、一九一〇年には四七六万人に到達している。同時に、一九世紀中葉以降の都市部ではすでに貧富の差が拡大していたが、貧しい移民労働者がさらにその格差を際立たせるようになる。一八九〇年にはニューヨーク市の人口の実に四二パーセントが移民だった。こうして、安価な賃料で大量の住人を居住させる新たな建築の必要性が高まっていった。一八六五年頃までに技術用語として定着していた「テネメント」(tenement)という言葉が、次第にスラム地区などに集中する安アパートを指す一般名詞となっていく。[2] 最低限の設備に最大限の人数を詰めこむ目的で建てられた集合住宅であるテネメントは、一九〇三年にはニューヨークにおよそ八万二〇〇〇戸まで増加した。[3] ザカリー・J・ヴィオレット(Zachary J. Violette)が、「鉄道路線、蒸気機関、工場、百貨店、エレベーター、摩天楼と同じく、テネメントは社会・経済・文化の劇的な変化の時代である一九世紀ニューヨークやボストンの都市化のプロセスにおいて、鍵となる役割を果たした」と述べるとおり、[4] テネメント建築は人種や階級の問題と絡み合いながら、大都市のなかで単なる「家屋」以上の存在感をもちつづける。

貧しい家族のためにつくられたもっとも古い集合住宅地域のひとつに、一八五〇年に建てられたゴッサム・コート（Gotham Court）がある。六軒の六階建てテネメントが二列に並び、もともと一四〇世帯を収容できるように設計されたが、一八七九年には二四〇世帯が暮らしていたとされる。建物は最低限の換気口や採光口しかもたず、昼でもランプが必要なほどの暗さで、過密な人口、衛生状態の悪さ、コレラなどの病気の蔓延がつねに問題視された[5]。同じ頃から、もともと二階建てだった邸宅に強引な建て増しをしたり部屋の細分化をして、複数の家族が住める借家にする事例が増えていった。一九世紀後半のアメリカの大都市にはこうしたテネメントが建ち並ぶ区域が増加し、多くがスラムと化していく。同時にテネメントといえば怪しい移民たちが暮らす危険で猥雑な場所を指すというような、アラン・メイン（Alan Mayne）が「スラム・ステレオタイプ」（slum stereotype）と名づけるセンセーショナルなイメージが、新聞や小説などのメディアを通して急速に広まっていった[6]。テネメントを「外」から眺める人びとは、しばしば現実の具体的な多様性を差し置いてそこに暮らす人びとを他者化し、画一的なイメージを押しつけるようになる。そうして、テネメントは住む場所であると同時に、見る場所としても広く——極端に偏ったイメージとともに——認識されるようになった。

ステレオタイプ化を招きやすかったのは、テネメントが密集するエリアとそれ以外のエリアとが地理的に分離していたことにもよるだろう。世紀転換期に完成に近づいたメトロポリスは、居住区域によって階級やエスニシティが明確に仕切られていた。とりわけニューヨークの中心であるマンハッタンは、番地の数字でわかりやすく貧富の差を可視化してしまう。たとえば『シスター・キャリー』のなかで、キャリーと恋人ハーストウッドが最初に住んだアパートメントは七八丁目のセントラルパークの西側で、比較的裕福な人びとが暮らす地区だったが、次に引っ越したロウアー・マンハッタンの一三丁目では明らかに住居は狭くなり、生活の質もはっきりと低下する。一九世紀後半、裕福な人びとが移民の流入から逃れるようにマンハッタンの北側へ移動していったためである。それゆえキャリーは一三丁目に引っ越すなり、七八丁目で友人になったヴァンス夫人と連絡を取るのをやめてしまう——「七八丁目に住んでいるあいだはヴァンス夫人と文通していたが、一三丁目に引っ越さざるを得なくなったときには、生活状況の悪化のしるしと受け取られるのをおそれて、住所を知らせずにすむ方法はないかと思案した」[7]。キャリーが女優として成功を収めたのちに暮らす高層の高級ホテルはもっとも繁華なブロードウェイのすぐそばに位置し、ハーストウッドが放浪のすえにたどりつくのは、主に移民労働者が暮らしたバワリーである——東四丁目からさらに南に延びる、安宿や安アパートが密集していたスラム街だ。大都市が形成される前に引かれたグリッドによって幾何学的に土地を区切られたマンハッタンは、摩天楼がひしめいて資本が集積されるエリアから、テネメントが連なって安価な労働力としての移民を囲い込むエリアまで、ストリートとアヴェニューを表す数字によって細かく腑分けされていた。それゆえ移民・貧困・危険といった記号がロウアー・マンハッタンにほとんど機械的に付与され、テネメント建築はその記号をわかりやすく象徴する存在とみなされてしまう。

本章で扱うスティーヴン・クレインの第一長編『街の女マギー』（以下、『マギー』）の舞台もバワリーのスラム街である。テネメントに暮らすジョンソン家の娘マギー（Maggie）は、酒場でバーテンダーを務めるピート（Pete）と付き合って家を出るものの、やがてあっさりと捨てられ、最終的に「街の女」となる。バワリーの悲惨な状況を捉えるこの物語が書かれた頃、スラムの環境はすでに大きな社会問題になっていた。『マギー』には、社会改良家ジェイコブ・リース（Jacob Riis）が一八九〇年に発表したルポタージュ『世界のもう半分はどう生きているか』（*How the Other Half Lives*）の影響がしばしば指摘される[8]。バワリーを含むマンハッタンのロウアー・イーストサイドのスラムを取材し、さまざまな移民たちの過酷な生活を、誕生したばかりのメディアである写真とともに描きだしたリースのノンフィクションは、スラムの生活やその住環境を克明に伝え、問題として認識させる役割を果たした。先述したゴッサム・コートを最終的に解体させたのも彼の功績だった。一八八〇年代から九〇年代にかけて、リースをはじめとする運動家たちがスラムの貧困問題や住環境問題に積極的に取り組んでいたため、テネメントの問題は解決すべき課題として広く認知されていったのである。

とはいえ、「おそらく都市における病の七五パーセントはテネメントで生じ、しばしばより裕福な地域に持ちこまれている。こうした住居で生まれた子どもの九〇パーセントは、青年期を迎える前に死ぬ」といった根拠の示されていない誇張をふくんだ社会改良家たちの報告書には、[9]リチャード・プランツ（Richard Plunz）が指摘するように非科学的なポピュラリズムや、[10]先の章でも見たセンセーショナリズムの影響が見つかることは否めない。実際、スラムの「問題」は裕福な人びとにとって「娯楽」の側面をもっていた。ゴッサム・コートは当時、スラム見学のための観光地ともなっていたのである。一八九〇年代には商業的なスラム・ツアーが組まれるようになり、[11]バワリーのテネメントが人気スポットになった。一八九一年にはミュージカル演劇『チャイナタウンへの旅』（*A Trip to Chinatown*）、一八九四年にはメロドラマ演劇『オン・ザ・バワリー』（*On the Bowery*）などの「スラム劇」がニューヨークでヒットしている。こうした演劇は表面上スラムの悲惨な現実を問題とする姿勢を示しながら、実質は派手な見世物としてスラムの生活や犯罪や火災などをセンセーショナルに表象していた——たとえばバワリーの酒場のオーナーを主人公とする『オン・ザ・バワリー』は、ブルックリン・ブリッジからのジャンプやテネメントの火事などの見せ場が連続し、「救出と再会で幕を閉じる、スリルと興奮と笑いに溢れた追跡劇」である。[12]

里内克巳は、『世界のもう半分はどう生きているか』のなかでスラム街の荒くれ者たちが煽情的な大衆小説を読んで芝居じみたヒロイズムを身にまとうことを批判するリースが、その一方で「社会改革の大義からやや離れて、荒くれ者たちの犯罪を糾弾する代わりに彼らの生態をやや興味本位に書いている」箇所があると指摘する。リース自身もまた、ルポルタージュのなかで「感傷性やセンセーショナリズム」を利用しているのである。[13]そして、クレインの『マギー』もまた、センセーショナリズムと演劇性をめぐる物語でもある。不思議なことにというべきか、スラム街を描くことはしばしば演劇性を描くことになり、そのテクストや表象自体もまた演劇性を帯びていく。

本章ではそのような演劇性の連鎖の理由を、観劇することと見世物にされることが幾重にも折り重なったバワリーのテネメントがもつ特殊な地理的条件と物理的構造に求める――その建築物は特殊であると同時に、都市そのものが遊園地に似た見世物と化していくプロセスをもっとも濃密に可視化する磁場でもあった。また、自分の目に映るとおりに人物を描く以外いかなる目的ももたなかったと語るクレインが、(14)現実と表象をまたいで表出する演劇性を利用することで、ノンフィクションのなかにセンセーショナリズムを露呈させてしまうリースとは反対に、センセーショナリズムが孕む問題をフィクションの構造そのものに巧みに埋め込んでいた可能性を検討したい。里内は「スラムを一種のスペクタクルとして提示する」「社会改革を旗印にした一連のテクスト」と同じように、「貧民や移民をあくまで〈向こう側〉にいる他者として思い切り突き放して描いているように見える」この小説の「グロテスクなまでの描写の過剰さ」が、「逆に、操り人形を動かしている側の階級的価値観や形骸化したキリスト教への批判として機能してもいる」と述べている。(15)本章で最終的に考えたいのは、そのような「批判」が小説内の構造を通して読者をこそ巻きこんでいるという点だ――バワリーの集合住宅を「劇場」に見立て、小説を「演劇」として提示することは、「オーディエンス」=「読者」の存在を作品の構成要素として認識させることにつながるはずだからである。『マギー』という小説はおそらく、テネメントの「観客」とテクストの「読者」が気まずく出会ってしまう地点を目指して書かれている。

クレイン、行楽地、見ること／見られること

兄ジョナサン（Jonathan Townley Crane）の薦めで本格的に執筆をはじめた一〇代半ばのスティーヴン・クレインが最初に取り組んだのは、自身が断続的に暮らしつづけたニュージャージー州マンモス郡の海辺の町アズベリー・

パーク（Asbury Park）についての報告記事だった。一八七一年から資本家ジェイムズ・A・ブラッドリー（James A. Bradley）によって開発が進められたアズベリー・パークは、海水浴場、パヴィリオン、メリーゴーラウンド、ローラーコースター、多数のホテルなどを擁する典型的なリゾートとなり、夏にはニューヨークやフィラデルフィアから多くの観光客が押し寄せていた。クレインは一八九〇年前後に『ニューヨーク・トリビューン』紙などに多くの記事を執筆し、この地の観光スポットや見世物やパレードの様子などについてさまざまに書き連ねている。クレインにとって書くことは、はじめから娯楽や見世物を観察することと密接につながっていたのである。

一八九二年に配信されたある記事では、なぜ人びとが電灯に照らされた海辺に集まってくるのかが考察されている。「一瞥してみれば、どんな風であれ、誰も海を見たりそれについて考えを巡らせてなどいないのは明らかだ。アズベリー・パークの群衆は座ってぼんやり海に見とれているのではない」とクレインは述べ[16]、海と同じく背後から流れるバンドの演奏も観光客にとって二の次なのだと指摘したうえで、「人びとは人びとを見にくるのだ」と言い切る[17]。ここにはクレインが長く取り組みつづけるテーマの萌芽を見て取れる。群衆が集まる空間において、互いに「見ること」と「見られること」のあいだに特別な意味が生じる過程を、クレインはその後もくり返し活写していくのである。クレインが滞在していた頃、アズベリー・パークに多くの貧しい労働者や移民や黒人が押し寄せることへの反発が生じ、隔離策を取ろうとするブラッドリーとのあいだに緊張関係が生じていた。国内の無数の遊園地で同様の事態が起きていたように、リゾートはつねに「他者」の混淆と排除がせめぎ合う焦点となる。それはまさに、人が人を「見る」からこそ――「見た目」によって誰が「他者」であるかを判断しようとするからこそ――生じる問題だった。そして、海を見たり音楽を聴いたりするのが主目的ではないにしても、その空間を彩る照明や海や音楽といった演出効果が、互いを見合うという行為にいっそう特別な意味づけをもたらす。その意味づけが、「他者」とのあいだに引かれたラインをさまざまに揺さぶるのである。

アズベリー・パークとおぼしきリゾートの小さな遊園地を舞台としたクレインの短編「若者のペース」(“The Pace of Youth,” 1895)では、群衆のなかでの視線の交換が主人公たちの恋愛感情を育み、嫉妬心を刺激する。経営者スティムスン(Stimson)の娘でありチケット売り場で働くリジー(Lizzie)と従業員であるフランク(Frank)は、それぞれの持ち場を離れることなく、スティムスン自慢のメリーゴーラウンドと多くの来園者越しに、視線のやりとりだけで濃密なコミュニケーションをとるようになる。

このひそやかな求愛は、きらびやかな機械に群がる群衆の頭上で交わされた。若者のすばやくかつ雄弁な視線が、音もなく誰に見つかることもなく、メッセージを伝達する。とうとうふたりのあいだに、繊細な理解と親交を伝え合う、こうしたやり方が確立した。ふたりは感じたことをなんでも正確に伝達できた。男は愛を語り、敬意を語り、未来の変化への希望を語った。女は愛していると言い、愛していないと言い、愛しているかわからないと言い、愛していると言った。(18)

実際の言葉を一切交わさずに求愛や喧嘩や仲直りが進行していく様子は明らかなファンタジーだが、ここで重要なのは、リゾートや遊園地という空間が、まさしく現実においてファンタジーを生じさせる場だという点である。短編のなかに描写されるメリーゴーラウンドの回転や豊かな色彩や群衆の賑わいが、ふたりの視線の交換によって生じる無言のロマンスをもっともらしい出来事に仕立て上げている。それゆえ、作品全体の半分以上にわたって一言も言葉を発することのないふたりの空想的な恋愛模様が、かろうじてリアリズムの枠内で成立しているのである。

スペクタクル空間で互いを見ること/見られることは、そのように強い情動を孕む。最終的にスティムスンの監視と追走から解放されて駆け落ちを果たす「若者のペース」で、その力が階級差を乗り越えた恋愛の実現というかたちでポジティヴに作用する様子が描かれているとすれば、反対に特定のステレオタイプへと人物たちを嵌め込むかたちでネガティヴに作用する様子を描いているのが『マギー』である。主人公マギーが暮らすバワリーがスペクタクル空間とみなされていたことはすでに簡単に確認したが、彼女たちにとってその空間で互いを見たり見られたりすることは強烈な呪縛となる。都市が遊園地のような娯楽施設と同じ特殊な視線の交錯地点となり、かつ階級や人種やエスニシティの異なる人びとが互いを見合う状況が生まれるとき、そこには（フランクとリジーのように）固定化されていた社会的役割が取り除かれる契機が生じる場合もあれば、（マギーたちのように）外面的な装いと振る舞いばかりが人物を強固に規定するスティグマになる場合もあるのだ。

『街の女マギー』と演劇性

『マギー』には見ることと見られることがはっきりと主題化しているが、すでにたびたび論じられているように、その主題はさまざまなレベルでの演劇性を通して表現される。マギーとピートがバワリーの劇場で観る演劇の説明には、単純な勧善懲悪、視覚的な派手さ、明快なハッピーエンドといった、この時期アメリカで大流行していたセンセーショナルなメロドラマ演劇に典型的な特徴が盛り込まれている――あたかも小説の参照点をわかりやすく示しているかのようである。

観る者の心をとらえるヒロインが、美しい感情をもったヒーローによって、意地悪く彼女の財産をねらう後見人の豪華な邸宅から救われるのだ。ヒーローはほとんどつねに薄緑色の吹雪にさらされながら、ニッケルメッキの銃をふりまわし、悪党たちから見知らぬ老人を救出していた。(19)

そして、こうしたメロドラマを熱狂的に信奉するマギーが、ヒロインである自分を救ってくれるナイトだと思い込んでいたピートにあっさり捨てられ、娼婦となって街をさまよった挙句に死んでしまうという結末は、小説中最大のアイロニーになっている。さらに、マーティン・スコフィールド（Martin Scofield）が、『マギー』一章の派手な喧嘩の場面の描写からすでに演劇的要素が込められていると指摘するとおり[20]、作中でくり返される激しい抗争や家庭内暴力の場面は、悪と戦うヒーローの大立ち回りによって演出されるメロドラマの見せ場がアイロニカルに現実化した場面と捉えられる。

さらに、『マギー』の演劇に対する意図的な目配せが日常生活の場面にまで徹底していることも、くり返し検討されてきた。一五章でマギーの母メアリーがテネメントの自室でマギーを責め立て、そこに他の住民たちがこぞって見物にやってくる場面で、人物たちの行動は観客／役者の役割にはっきりと分かれ、描写にも演劇を指し示す表現があからさまに用いられる。集まった子どもたちは「まるで劇場の最前列を陣取ったように」[21]居並び、メアリーは「口のうまい興行師のように」[22]建物中に声を響かせ、「芝居がかった指の動き」[23]でマギーを糾弾してみせる。部屋を出たマギーを追い掛ける住人たちの視線には、「彼女の行く先の暗闇を詮索するように照らす幅の広い光線」[24]という舞台照明を思わせる表現が用いられる。九章では子どもたちの集団が帰宅しようとするメアリーを追い回し、メアリーが怒り狂うとアパートの住人たちが「見物人」[25]として全員一斉にドアから顔を出す。メアリーもまた、語り手に「ラム横丁のテネメントハウス」[26]と総称される見物人たちをつねに意識して大声をあげる。人物たちのふだんの振る舞いまでもがつねにドタバタと滑稽さを含み、居住空間全体が過剰に演劇的なのだ。

ドナルド・パイザーは、観客を前にしているかのような登場人物たちの行動が、作中に描かれるメロドラマ演劇の役者の振る舞いと重ね合わされていると指摘している[27]。ただしまだ十分に検証されていないのは、なぜこれほど過剰に人びとが演劇的に振る舞うのか、あるいはクレインはなぜこれほど演劇性を強調するのかという点だ。国中で流行していた大衆小説やメロドラマ演劇といった娯楽に彼らが頻繁に接していたというだけでは、この物語の過剰さの説明にはならないだろう。このあとの議論を先取りしていえば、クレインが実際に足を運んで観察した一九世紀末バワリーの環境は、観劇が主な娯楽であり多くの貧しい移民生活者たちの心のよすがにさえなっていた状況と、彼らを取り囲む生活環境そのものが擬似演劇的な住人同士の関係性によって成り立っていた状況とが、特殊な地理的・建築的条件を通して奇妙な二重映しとなって浮かびあがる空間だったのである。『マギー』が描くテネメントを中心とした空間のなかで、いかに見ることと見られることが折り重なっていたのかを順に検討してみよう。

演劇的な振る舞い──「見られること」への呪縛／空虚な道徳

演劇的であるとは、見られていると意識することである。『マギー』の登場人物はみな、見られることに対して過剰な自意識を抱えている。たとえばピートがバーテンダーを務める酒場の描写には、彼が自分をよく見せることに執着している様子が象徴的に表れている。

店の内部には、革の模造品であるオリーブ色とブロンズ色の壁紙が張られている。見せかけの巨大さを誇示する、光り輝くバーが部屋の端まで延びていた。そのうしろには、マホガニーらしく見えるサイドボードが天井まで到達している。棚にはチラチラ光るグラスが、決して乱されることなくピラミッド状に並ぶ。サイドボード前面に取りつけられた鏡が、グラスを何倍にも増殖させていた。(28)

「模造品」の革、「見せかけの」巨大さ、マホガニー「らしく見える」サイドボード、といった偽物で外見を取り繕うとともに、「光り輝く」バー、「ちらちら輝く」グラスとそれらを「何倍にも増殖させる」鏡などの演出によって、ピートが仕切る空間は何重にも光が飛びかう一種の舞台に仕立てあげられている。ピートが価値を置く「ちゃんとしていること」[29]は、こうした外面的な装いによって支えられているのだ。

見栄えにこだわるピートと恋人に選ばれるマギーの交際のなかで、見られることへの意識はもっともわかりやすく表出する。「若者のペース」のフランクとリジーとは異なるかたちで、ここでも恋人たちの関係は視線を軸に展開していくのである。ピートとマギーの関係を視線のやりとりに注目しながら簡単に整理しておこう。五章ではじめてマギーの前に現れるピートは、「気取った歩き方でその場に姿をあらわした」という[30]、いかにも観客を前にした役者が舞台にあがるような描かれ方で、ジョンソン家の部屋に入ってくる。マギーがピートを見て（「マギーはピートを観察した」[31]）、ピートがマギーの視線を認識することで（「ピートはマギーに気づいた」[32]）、ふたりの関係が始まる。マギーの兄ジミー（Jimmie）を相手に、自分がいかに強い男であるかを自慢していたピートは、マギーの視線を意識していっそう虚勢を張る――「彼女が耳をかたむけていることに気づくと、ピートはますます雄弁になり、これまで自分の身に起きたさまざまなできごとを話して聞かせた」[33]。

数日後、ピートは服装を整えてマギーのもとに現れ、マギーにも「見た目」に気を配るように促す――「「金曜夜は一等いい服を着てきな。そしたらショーに連れてってやるからよ」／ちょっとのあいだ自分の服を見せびらかしてから、ピートはマギーの布飾りをちらりと見ることもなく姿を消した」[34]。こうしてマギーもまた「見られること」に過敏になり、つねに自分の服装や外見を他人と比べながら生活するようになる。ピートに対しては「彼の身なりによって富と繁栄が示されていること」[35]を感じる一方で、自身の服装をみすぼらしく思い、街中で優雅に振舞う女性を見ては、彼女たちが身に纏う装飾品こそが女性にとって非常に大事な武器になると感じる。[36]マギーもまたピートの視線を意識することで役者的自意識を強くもつようになるのだ。ただし、自分に視線を投げかけるピート以外の男たち全員を悪者と考えることで、マギーがピートを特権的なヒーローとみなすのと正反対に、ピートは男たちがマギーに向ける視線を誇りに感じているのだから、ふたりが望む自分たちの「見られ方」はそもそも大きく隔たっている。

外面をたえず気にしながら男たちの視線に怯え、ピートただひとりからの視線を望むマギーの様子は、「彼女の目はピートの目を追い、自らほほえみかけては、情に溢れた視線が返ってくることを期待した」といった描写に見て取れる。[37] しかしそのような、相手や他人の視線を意識することだけで成り立っているふたりの関係は、同じ場面でマギーよりも見栄えのいいネリー（Nellie）がミュージックホールに登場すると簡単に破綻してしまう。黒いドレスを完璧に着こなして洒落た格好をしているネリーを見たマギーは、自分の「見た目」が彼女に及ばないとすぐさま悟り、呆然とするしかない。その後、ピートは一度もマギーに視線を向けることなくネリーとともにホールを去っていく。よりて「見た目の良い女性」（good-looker）を連れ添わせられるならば、ピートにはマギーと過ごすことへの未練などないのだ。[38] ヒーローを失ったマギーは「悪者」たちの視線にいっそう怯えるようになる。見た目に気を遣うように命じたピートに捨てられてもなお、マギーは「見られること」から逃れられない――「しばらくして、彼女はガタガタと車が走る大通りを去り、厳粛と堅固をその表情に貼りつけた家々の列を抜けた。その目が残忍にも自らに注がれているように感じて、彼女はうなだれた」。[39] そのあとの場面でも「並んだ建物が目をもっているようだった」と書かれるように、[40] 最終的に居場所を失って娼婦としてさまようマギーは、街が「目」をもっていると感じながら死んでいくのである。

むろん、他人の視線や自らの見た目を意識して振舞うことは、恋愛関係や人間関係においてある程度までは普遍的な行動であるだろう。だが、マギーやピートがともに自分自身の見た目や他者の視線を執拗なまでに気にしつづけ、作中で外からの視線がふたりを翻弄する唯一の要因であるかのように描かれるとき、それは明らかに異様な特徴として浮かびあがってくる。彼女たちは「見られること」に逃れようもなく呪縛されているのだ。

自分の外面をよく見せようと過度に意識することは、やがて自らの行動の根拠となる〈内面＝価値基準〉とのズレを膨らませることにつながり、酒場を模造品で取り繕うように出来あいのモラルを身に纏うに至る。うわべばかりの道徳を『マギー』のなかに見出すことはたやすい。たとえば、メアリーが娘の死を知らされてもなお食事をつづけてコーヒーまで飲み干してから、おもむろに大声で泣きだし、集まってきた住人たちの前でマギーに許しを与える物語最後の場面には、プライベート／パブリックな振る舞いの極端なズレが可視化している。アパートの住人たちの行動にも、体面としてのモラルばかり重視する様子が目立つ。みなマギーが未婚のままピートと関係をもてばさかんに悪口を言い立てて軽蔑を露わにし、娼婦となったマギーが死ねば態度を一八〇度変えて嘆き悲しんでみせるのである。

こうした価値基準から主人公であるマギーも自由ではいられない。むしろマギーこそが虚構にもとづく価値で自らを満たしている人物であるのは――たとえそれが「泥の中に咲いた花」と表現される彼女の並外れた純粋さに起因しているとしても――通俗的なメロドラマを観劇したのちにヒロインから「文化と上品さ」を学べるだろうかと真剣に悩むところからも明らかだ。[41] マギーがはじめてピートに好意を抱く場面の描写も、自分をメロドラマのヒロインであると信じ込んでいるかのように夢想的である。

マギーは美しき理想の人間がここにいるのだと感じた。ぼんやりとした彼女の思考はいつも、はるか遠くの国を探し求めていたのである――そこでは神の言うとおり、明け方にいくつもの小さな丘が歌いあっている。夢の園の木々のふもとを、いつでもひとりの恋人が歩いていたのだ。[42]

この場面で、実際にはピートが延々と自慢話をしていたにすぎないことを思い返してみれば、マギーがいかに現実から遊離したまま世界を眺めているかが際立つ。のちにミュージックホールに出かけた場面では、ウェイターに「けっ、どっか行っちまえ」と悪態をつくピートに対し、マギーは「高い階級の習慣からくるあらゆる気品、あらゆる知識を、自分のために持ちだしてくれている」と感じる。[43] その認識のズレはほとんどコメディに思えるほど大きい。マギーは現実の状況とは無関係に、自分を貧しい環境から救い出してくれるはずのピートはヒーローであり、それ以外の男たちは悪党であるという構図を強化しつづけてしまう。

すなわち、『マギー』の登場人物はみなメロドラマ的な振る舞いに外面から内面まで支配されているのである。先述した、マギーの死をメアリーや住人たちが嘆き悲しんでみせる場面も、あからさまなメロドラマのパロディになっている。[44] メアリーは何度も同じ台詞をくり返したうえで大袈裟な許しをマギーに与え、別の女性も「伝道教会」(mission church) から引き出された語彙でマギーの死を嘆く。それは、作中で「彼はそれまでに捨て去った敵全員を許すのだ」と説明される、[45] メロドラマのヒーローの行動様式をそのままなぞったものだ。スコフィールドは、メアリーと住人たちのやりとりに、演劇の終幕を模したコール・アンド・レスポンスを見出している。[46] もちろんそのクライマックスには、メロドラマを真似て、演劇のリズムに身を委ねることでしか表現できない、母親や住人たちの文字どおりドラマティックな悲しみが表出しているだろう。けれどもその切実さは、その表現がまったくの借り物であり、舞台の場面のように瞬時に切り替わってしまうものである虚しさと表裏一体の切実さなのである。

劇場のオーディエンス——バワリーの特殊性

ではなぜ、彼女たちはたえず「見られること」を前提として振る舞い、劇場で演じられる表層的な「モラル」を

「演じる」ことしかできないのだろうか。そこには物語の舞台であるバワリーの状況が関わっているはずだ。『マギー』には劇場、ミュージックホール、酒場など、さまざまなショーや見世物が展開する娯楽施設が登場する。ピートがマギーを連れて遊ぶようになる七章以降、八章、一二章、一四章と、ふたりがともに過ごす場面はすべて娯楽施設が舞台になっている。ふたりの交際は、つねに「見物人」である群衆のなかに身を置くことで成立していた。そのような物語の設定と、クレインがあくまでバワリーの「現実」を描き出そうとしていた事実を照らし合わせてみると、登場人物たちの「演劇性」と実際の「演劇」とのあいだに存在したはずの特殊な影響関係が浮かびあがってくる。

娯楽施設が頻出することにはまず、世紀転換期アメリカにおいて、中産階級や労働者階級の人びとが、商業化した余暇を楽しむようになった社会状況が反映されている。遊園地、ヴォードヴィル、サーカス、映画、演劇、ミュージックホール、ダンスホール、酒場など、多種多様な娯楽が労働者にも手の届くアクティヴィティとして生活に組み込まれるようになるなかで、労働者階級の女性が娯楽を通じて男性との交際を楽しむ習慣も徐々に一般化していた。『マギー』に見られるように、こうした場で男性におごってもらうこと、対価として性的関係を結ぶこと、娼婦とみなされることのあいだに、絶対的な境界線が引けるわけではなく、娯楽施設は女性の経済的な自由と依存、性的な解放と抑圧がせめぎ合う空間ともなっていたのである。

『マギー』の舞台であるバワリーは、一九世紀から二〇世紀の初頭にかけて、多様な出し物を提供するミュージックホールや酒場が密集する歓楽街だった。[47] マンハッタンとボストンをつなぐ幹線道路となったこの地区は、一九世紀前半まで裕福な住人たちで賑わい、彼らに娯楽を提供するために多くの文化施設がつくられていた。劇場に関しても、一八二六年にオープンしたバワリー劇場（The Bowery Theater）を筆頭に、マンハッタンのなかでもブロードウェイと双璧をなして多くの劇場が建ち並ぶ地域となった。しかし一九世紀後半に移民が大量に流入しはじめると、比較的裕福な層は居住地をアップタウンなどに移し、バワリーは次第にスラム化していく。一八七八年に激しい騒音を立てる高架鉄道が開通したことも、マギーが働いていた工場の描写にも表れているように（「すすけた窓は高架鉄道が通過するためにたえずガタガタ揺れた。そこは騒音と悪臭で満ちていた」[48]）住環境の悪化を促進し、ゆとりのある人びとを遠ざけた。その結果バワリーは、主に移民からなる貧しい労働者階級の住人たちが暮らす地域となり、安酒場や売春宿などいかがわしい店が増え、治安の悪い風俗街の様相を呈するようになった。

そのように、多くのミュージックホールや劇場が軒を連ねていた地域がのちにスラム化したことで、厳しい環境下に暮らす住人たちにも演劇や演芸など豊かな見世物文化を享受する下地ができていたのである。裕福な人びとがバワリーから移動し、ブロードウェイの劇場が中流階級や上流階級の観客に特化した演劇を提供するようになるのと反対に、バワリーの劇場は移民や労働者階級の人びとをターゲットとする空間となり、ヴォードヴィルの多彩な演目など も混ざり合って、安価でセンセーショナルな出し物が提供されるようになった。なかでも人びとの心を強く惹きつけたのがメロドラマ演劇である。観客たちが劇場でメロドラマに熱狂する様子は、『マギー』に以下のように描写される。

　喧しい観客たちは圧倒的に不幸な者たち、虐げられた者たちの味方だった。苦闘するヒーローを叫び声ではげまし、悪党を罵り、その頬の髭を野次ったりからかったりした。青緑色の吹雪のなかで誰かが死ねば、観客たちは嘆き悲しんだ。飾り立てられた悲惨さを求めては、同胞の悲惨さとして抱きしめるのだ。[49]

もともと一九世紀アメリカの演劇において、観客の演劇への介入はめずらしい現象ではなかった。一八三二年にバワリー劇場で『リチャード三世』（*King Richard III*）が上演された際には、約三〇〇人の観客が舞台にあがって劇の世界に入りこんだという。[50] 世紀転換期のいっそう大衆化した観客たちも、劇中に繰り広げられる悪行を一斉に糾弾し、舞台上のヒロインに迫りくる危機をみなで警告していた。そこには、〈貧者＝善〉が〈金持ち＝悪〉の支配から自由になるという典型的なメロドラマの構図への強い共感があった。キャシー・ペイス（Kathy Peiss）は、客席から感情を露にする熱狂的な振る舞いによって、人びとが自分たちと俳優のあいだに一体感をつくりあげていたと指摘している。[51]バワリーの劇場に足を運ぶ観客のうちには共同体の感覚や親密さが形成され、劇場は労働者たちを結束させるという文化的役割を果たすことになったのである。

一九世紀アメリカで人気を集めたメロドラマはアメリカ国民のナショナル・アイデンティティを確認する装置であったともいわれるが、[52]移民を中心とするバワリーの観客たちに植えつけられた一体感は、一八世紀フランスに始まったメロドラマ演劇が体現していたより本来的な価値観に近いものかもしれない。ピーター・ブルックス（Peter Brooks）によれば、メロドラマはフランス革命後に宗教への信仰が失墜し、それによって生じた価値観の空白を埋めるために発生した劇形式だとされる――「メロドラマは、ポスト聖性時代の本質的なモラルの領域をあばき、示し、効力をもたせるための主要なモードになる」。[53]それぞれの風習も言語も信仰も場合によってはばらばらであり、また貧困ゆえに正規の教育を受けることができず識字率も低かったバワリーの住人たちにとって、わかりやすい勧善懲悪によって示されるメロドラマの簡易な「モラル」は、住人同士の規範の空白を埋めるインスタントな共通言語となっていたのではないだろうか。ジャン・マリ＝トマソーが「メロドラマの作家たちは、教養の低下とその拡散が認められた歴史上のこの一時期に、道徳と文化を伝達するという役割を断固として引き受けようとしていた」と分析するとおり、[54]メロドラマにはもとより教育的な目的が込められていた。

こうして、バワリーにおいて観劇が日常的な娯楽になるとともに、メロドラマ的価値観が見世物を通して住人たちに共有されていったと考えられる。だがむろん、メロドラマにおける善悪の価値基準を内面化すれば、実際にスラムのモラルが向上するわけではない。むしろ、舞台のうえで見たにすぎない借り物のモラルを承認し合うのは、現実に根ざさない価値観をコミュニティのなかに流布させ、結局のところ実質的なモラルを空洞化させる行為に他ならないだろう。「いかがわしい人間」(55)さえも観劇中は悪人に反感を覚えていたという記述からもわかるように、ドラマのなかの悪を憎むことと現実において正しく行動しようとすることは直結しない。それはジェイコブ・リースが取材する、煽情小説を読んでうわべばかりのヒロイズムを身にまとう荒くれ者の姿と正確に重なり合う。最後に貧しい善人が裕福な悪人に勝利するメロドラマの世界と、スラム街の厳しい現実の世界のズレを無視することで、実態と乖離した建前ばかりが強化されていくのである。

いずれにせよ、バワリーの住人たちは生活区域内で上演されるメロドラマに深い影響を受けていた。そして逆にいうと、生活空間と階級がはっきりと仕切られたマンハッタンにおいて、住人たちの余暇はロウアー・マンハッタンの限られた娯楽に閉ざされていた。ロバート・マイヤーズ(Robert Myers)が指摘するとおり、「ニューヨーク・シティの居住者たちの空間的隔離」がなによりも人びとの行動を決定づけていたためだ。先に見たように、「厳粛と堅固をその表情に貼りつけた家々」にマギーが見られていると感じたのも、あてもなく歩いて入りこんだ裕福な人びとの暮らす空間を、身なりの良くない女性が歩いてはならないという心理的な規制の表れである(56)。中流階級・上流階級の居住区から明確に区別されたバワリーのスラムでの彼女たちの行動には、たえず空間的な制限と意味づけがつきまとっていた。作中でほとんど唯一、ロウアー・マンハッタンから離れた場面として描かれるのは、マギーとピートが足を運ぶアッパー・ウェストサイドのセントラルパーク(Central Park)である。ただし、セントラルパークは下層階級の人びとを「文明化」させようとしてフレデリック・ロー・オルムステッド(Frederick Law Olmsted)が創設した公園だったのだから、その娯楽空間にさえも強い階級的な意味づけが張りついていたことがわかる(57)。

バワリーと演劇との影響関係を示すもうひとつの要素は、そのようにほぼスラム区域に行動範囲を定められていた彼女たちが、事実としてあたかも舞台を見るような視線を向けられていた点である。本章の冒頭で述べたように、一八八〇年代にはスラムを見に行くことが白人にとっての娯楽となり、九〇年代には多くの「スラム劇」が上演されるようになる。同じ時期には、エドワード・タウンゼント『テネメントの娘』（Edward Townsend, *A Daughter of the Tenements*, 1895）やジョージ・マッデン・マーティン『テネメントの天使』（George Madden Martin, *The Angel of the Tenement*, 1897）など、スラムやテネメントの生活を描く大衆小説がヒットし[58]、さらに二〇世紀に入ると『蓋を開けたら』（*Lifting the Lid*, 1905）、『偽スラミング・パーティー』（*The Deceived Slumming Party*, 1908）といったスラム・ツアーを主題とした映画が公開される[59]。移民を中心とするスラムの暮らしは白人たちが娯楽として「見るもの」になっていたのである。一八八〇年代半ばから一九一〇年代初頭まで、バワリーはスラム見学のもっとも人気が高い目的地だった[60]。J・クリス・ウェストゲイト（J. Chris Westgate）は、前述したメロドラマ演劇『オン・ザ・バワリー』の公演がおこなわれていた一四丁目の劇場に足を運んだ観客が、終演後にそのまま本物のバワリー見学に出かけることが十分可能であり、演劇の表象をもとに実際のバワリーを観察するという転倒した受容が生じていた可能性を指摘している[61]。

そのようにフィクションのなかで移民たちの貧しい暮らしのイメージをつくりあげ、自分たちとの人種的・空間的な境界線を確認するという眼差しは、万国博覧会の展示において国家的につくりだされたイデオロギー装置のいっそう大衆的なヴァリエーションだと捉えられるだろう。もちろんそれは、コニーアイランドをはじめ国内各地につくられた遊園地の数々のパヴィリオンで繰り広げられた、異国文化の奇異さや野蛮さを強調した見世物に向けられる視線とも連続している。あるいは、すでに述べたとおり、遊園地はあえて接触・衝突を促すアトラクションや空間の過密性によって来園者同士の人種や階級の境界線を溶解させる役割をもっていたが、マジョリティに属する人びとはひとときの境界線の消失にスリルやパニックを感じていたのであり、その感覚は危険なスラムに足を運んで貧しい移民たちと交わる「娯楽性」と通底していた。新聞、演劇、小説、映画、遊園地などを通して、人びとは「もう半分」の暮らしをしばしば好奇の目で眺め、そのいっそうディープなヴァージョンとして現実のスラムを「見学」していたのである。そのような暴力的な視線を、スラムの人びとは受けとめなければならなかった。バワリーの人びとはメロドラマ演劇を熱烈に「見ること」と、演劇の主題として熱烈に「見られること」のねじれのなかに存在していた。

テネメントのオーディエンス——建築の特殊性

「見ること」と「見られること」の連鎖は、マジョリティである白人とマイノリティである黒人や移民との関係のうちだけに生じていたわけではない。デイナ・ブランド（Dana Brand）は、一九世紀後半以降のニューヨークというメトロポリスそのものが巨大な展示ホール、見世物、パノラマと類似した空間として人びとに理解されていたと分析している。[62]『シスター・キャリー』を論じるなかでも確認したように、消費資本主義が行きわたった都市生活においては、誰もがたえず外面へと意識を向けさせられるのだった。したがって、当然スラムの住人同士でも「見ること」と「見られること」は連鎖する。『マギー』のスラムの住人たちが示す演劇的な振る舞いは、コミュニティの内部にも過剰な視線のやりとりが存在していたことを示している。しかし、前節で見たようにメロドラマ演劇の価値観に強い影響を受けること、もしくは白人たちから好奇の目にさらされていたことと、普段の生活や家族のうちでさえ演劇的に振る舞うこととは、ふつう因果関係では結ばれない。ここではそのような振る舞いのさらなる理由を、テネメントという建築の特性から考えておこう。

物語冒頭の子ども同士の喧嘩の場面からすでに、興味ぶかげに眺める住人たちの姿が描かれるように、『マギー』の登場人物たちの行動はつねに多くの住人たちの視線にさらされている。マギーとピートの交際の場がことごとく群衆の集まる娯楽空間だった点はすでに確認したが、それ以外の日常生活の場面にもいつでも見物人が姿を現す。そのような状況が生じる原因はまず、最小限のスペースに最大限の人数を詰めこむことを目的とするテネメントの過密性にある。ジェイコブ・リースは、一八五〇年代以降にマンハッタンの土地所有者が利益を増やすために安アパートを敷地ぎりぎりまで乱立させた経緯を振りかえり、世界のどこよりもイーストサイドの人口密度が高くなったことを強調してこう述べている――「ほかの時代、ほかの国での最大限の金欲をもってしても、同じだけの空間にその半分の人数を集めるのがせいぜいだった」[63]。一八六〇年代になって状況を改善するための法規制がつくられるものの、法律制定以前の建物には効力がなく、一八八〇年代にイタリア、ロシア、ハンガリーなどからの移民が急増すると、ニューヨークのスラムはますます超過密な人口を抱え込むようになる[64]。くわえて、テネメントの室内は窒息するほど空気が淀み、光も差しこまず、極端に狭い場合も多かった。それゆえ住人たちは大半の時間を家の外で過ごさざるを得ない。そのようにして、バワリーの通りや路地はつねに人で溢れかえる空間になっていた。

屋外だけではない。貧弱な間仕切りしかなく、生活音も筒抜けであるテネメントの一室で暮らすマギーたちジョンソン家には、室内にいるときでさえプライベートという概念がない。喧嘩があれば隣人にたちまち伝わり[65]、騒ぎがあれば聞きつけた住人たちが断りなく部屋のなかまで入ってくる[66]。リースは自分たちと「もう半分」との境界線のひとつが「人種」だと述べたうえで、もうひとつの境界線を通常の集合住宅である「フラット」(flat)とテネメントの物理的差異に求め、「「もう半分」はいつでも開いたドアで受け入れる」という表現で、その違いが鍵のかかった扉の有無にあるのだと説明する[67]。プライバシーの不在が世界を二分する決定的な要素なのである。マギーたちが暮らすテネメントでも屋外/屋内の境界は限りなく薄く、どこにでも見物人が待ちかまえている。ベッツィ・クリマスミス(Betsy Klimasmith)が、音や言葉や香りなどの「感覚的なメッセージによって廊下は、都会の見世物がパブリックに上演される劇場やミュージックホールと同じような場所に変わる」[68]と指摘するとおり、安アパートの住人たちは見世物を観るように互いの生活の一部始終を廊下から覗き見し、そこでメロドラマ的価値観にもとづいて自分たちの「モラル」を確認しあう。見られる側からしても、そのような環境では室内にいてなおパブリックに借り物のモラルを演じざるを得ない。『マギー』の登場人物たちはみな、その歪さを引き受けながら行動しているのだ。後述するように、住人同士の「演技」からもっとも遠い存在として描かれているジミーでさえ、妹の「堕落」について思いを巡らせた際、最終的には「パブリック」な判断を下す。

もちろんジミーは、社会的な水準を高く見せるために人前では妹をこきおろした。けれどもあれこれ考えて、思わぬ方へよろめきながら、もっと道理をよく知っていればあいつはしっかりした善人になっただろうという結論に一度は達しかけた。しかし、そんな考えをもっておくわけにはいかない。ジミーは慌ててその考えを脇に放りやった。[69]

屋外にいても室内にいても、言動がたちまち住人たちに伝わってしまう空間では、本音と建前を使い分けることさえできず、結局は見られていることを前提とした建前で自らを覆い尽くすしかない。子ども時代のジミーとマギーが、母の暴虐ぶりに怯えて身体を寄せあう場面に見られたような兄妹間のごく自然な情愛も、コミュニティ内の体面との天秤にかけられたのちには許されないプライベートな感情として唾棄されてしまうのである。

前節で確認した、住人たちの生活が外部からの好奇の視線を集める一因にもテネメントの建築としての特殊さが関わっている。ヴィオレットによれば、一九世紀末のテネメント建築を多数手掛けたヘルター・ブラザーズ（The Herter Brothers）など、ユダヤ系建築を推進した建築会社や移民建築家たちは、当時のニューヨークのシナゴーグに採用していた、「あまり立派ではない劇場」や「庭園やパヴィリオンやサマーハウス」に使われるような「エキゾチック」な装飾を積極的にテネメントに用いて、「意図的にそれらの建築と住人たちの他者性を強調していた」。[70] そのような意匠がのちにはユダヤ系建築のアイデンティティの確立にもつながっていくのだが、少なくともスラム地域を「見学」しようという目的をもつ人びとに対しては、その建築がまさしく「見世物」であることを印象づける効果を発揮してしまう。劇場や遊園地のパヴィリオンと同じモードでテネメントを眺めるように、建築の外観が促していたのである。

さらにいっそうのスペクタクル化をもたらしたのは、テネメントの燃えやすさだった。強引な建て増しによってできた簡素な台所はとくに出火しやすく、しばしば使われていた藁のベッドがたちまち火事を広げた。防火耐性のない集合住宅が密集するスラム地域は容易に延焼を招き、かつ消火も困難だった。一八八五年には、ロウアー・イーストサイドにある九一九四軒の住居のうち六三三軒で火災が起きている。[71] 火災と消火活動の現場が多くの人びとにとってスペクタクルとなったのはもちろん、新聞や雑誌に掲載される火事のニュースもまた、センセーショナルな「娯楽」として都市以外に暮らす人びとにまで消費された。クレイン自身が、ロウアー・マンハッタンで目撃した火事の様子を『ニューヨーク・プレス』紙の記事にしている——「人びとがあらゆる方向からぞろぞろ出てきて、暗い群衆の塊からすばやく熱っぽい無数の叫び声が上がった」と記される記事で重きが置かれているのは、[72] 火事の詳細や被害状況ではなく、集まってきた群衆の様子である。一九世紀末のメロドラマ演劇においてテネメントの火事が見せ場となっていたことはすでに述べたが、二〇世紀に入ると、集合住宅の火事というスペクタクルが本格的に遊園地に持ち込まれ、ますます注目を集めるようになる。一九〇四年とその翌年、コニーアイランドでもっとも人気のあったアトラクションが、テネメント風の建築の火事を再現した見世物「ファイア・アンド・フレイムズ」(*Fire and Flames*)と「ファイティング・ザ・フレイムズ」(*Fighting the Flames*)だったのである。[73] 大量の役者を使って連日演じられた大規模な見世物は、ヒーローである消防士が火災に見舞われた貧しい住人たちを救出するという、きわめて単純なメロドラマの構造を採用していた。そのうえコニーアイランドの遊園地自体が度重なる火災による焼失と再建をくり返してきたために、群衆にとって現実の遊園地の火事と見世物のテネメント風建築の火事の境界もきわめて希薄になっていった。[74] 一九一一年にドリームランドが大規模な火災で最終的に焼失した際にも、多くの来園者がその光景をショーであると思い込んだのみならず、オーナーのウィリアム・レイノルズ（William Reynolds）も焼け跡を見に来る訪問者から観覧料を徴収したのだった。そのように、ショーであれ本物の火事であれ、エンターテインメントとして楽しもうとする演劇や遊園地の貪欲な「消費者」の視線は、翻って実際のテネメントの火事を娯楽として楽しむ意識をいっそう強化することになったはずである。

過密性、住環境、建築の装飾、燃えやすさといったテネメントをかたちづくるさまざまな物理的要素が、建築の内部からも外部からも、住居を「劇場」として、住人を「役者」として「見られる」存在に仕立てていた。そのため、少なくともクレインの目に映る現実のなかで、スラムに暮らす人びとは、メロドラマ観劇によって形成した表層的なモラルを、自身がたえず見られていることを意識しながら、テネメントというスペクタクル空間において上演しつづけるしかなかったのである。柴田元幸が指摘するとおり、「クレインの世界にあっては、内面とは虚構によってみたされるべき空洞であり、人びとはただ単に出来合いの役割、ステレオタイプ化された物語を演じているにすぎない」。[75] そしてこれまでに確認してきたように、そのような特徴は、バワリーという空間の特殊性とテネメントという建築の物理的構造にかなりの程度起因している。マイケル・マガー（Michael McGerr）は、世紀転換期アメリカにおいて、過剰な人口をかかえる労働者階級の家が、子どもたちに個性や自律性といった感覚をもつことを困難にさせていたと指摘する。[76] 物語の冒頭でまだ幼い子どもだったマギーやジミーたちの自我は、建築が及ぼす強い力によって空洞化させられていった。そうして生じた空白が、メロドラマの虚構によって補塡されていくのである。

視線の地獄への抵抗――マギーとジミーの「降板」

クレインはバワリーの「現実」を描くにあたって、メロドラマ的空間における「見ること」と「見られること」の呪縛から抜け出すための道を用意してはいない。散々マギーを非難していた母親たちによってマギーに許しが与えられる最後の場面が幾分喜劇めいているとしても、その空虚なドタバタによって照射されるのは救いのない悲劇である――もちろんそれは、マギーにとってだけでなく、ほかの表現をもちえなかったメアリーの悲劇でもあるだろう。だが少なくとも、メロドラマのインスタントな勧善懲悪やドタバタを模倣しながら反転させ、その虚しさを提示するアイロニーによって、安易なセンセーショナリズムを連鎖させるスラムの構造を小説自体が相対化しているとはいえるはずだ。そして、テネメントの制約を逃れるのは不可能であるにしろ、わずかにその制約から外れていく主人公たちの姿を書きこむことで、『マギー』は単なる「現実」のドキュメントではない「物語」になりえているのではないだろうか。マギーとジミーの結末における振る舞いを、閉ざされた演劇的空間に対する最大限の抵抗であると考えてみたい。

ピートに捨てられ、家からも追いだされ、娼婦となったマギーが街を練り歩く一七章は、劇場から流れでた群衆が、電灯に照らされながらいまだ舞台の輝きに心を燃やしていると説明されることで、演劇との連続性が強調されている。さらにラーザー・ジフ（Larzer Ziff）は、マギーが階級の高い男性から低い男性に順々に視線を向けられながら街を歩いていく描写が、「一夜の出来事ではなく、娼婦としてのキャリア全体の推移」を表現していると分析する。[77] ひとつの場面のなかに複数の時空間を凝縮する手法は、舞台上で時空間の移りかわりを表現しなければならない演劇の演出を想起させる。[78] そして、そのように場面設定においても表現形式においても演劇モードを充満させた空間でもっとも重要なのは、マギーが娼婦としての「演技」に失敗しているという点である。マギーはその空間で娼婦として見られることを選ぶが、視線を向けた男たちはみなマギーから最終的に目を逸らす。先にいちど引用した、街の建物が「目」をもっているという描写さえも、「[その目は]彼女をさっと見て、それから彼女の先、他の物どもを見つめるのだった」とつづくように、(79)すべての視線が彼女を通り越していくのだ。この章で固有名を用いられずに「ひとりの少女」(a girl)と呼ばれるマギーは、「マギー」としても、「ヒロイン」としても、「娼婦」としても誰からも向き合われずに、舞台から疎外されていく。疎外の果てにマギーは死を選ぶのだから、この場面こそが最大の悲劇に他ならないが、その悲劇のさなかでマギーは視線に呪縛された「舞台」からとうとう降ろされるのである。他殺なのか自殺なのかさえ曖昧に描かれるマギーの死は、バワリーの地獄のようなスペクタクル空間に命を奪われた側面と、命と引き換えにその空間から脱出した側面の両義性を湛えている。

一方、ジミーは別のかたちでバワリーの演劇的空間への抗いをこころみている。そもそもジミーはバワリーの「演劇性」に、おそらく作中でもっとも自覚的な人物だ。ジミーの人格形成に決定的な影響を与えた瞬間として、四章には伝道教会でおこなわれていた説教の欺瞞に気づく場面が描かれている。(80)フェイ・E・ダッデン(Faye E. Dudden)は、一九世紀アメリカに、教会の説教をメロドラマの演技と比較して揶揄する風潮があったと述べているが、(81)『マギー』のなかでも教会の説教とメロドラマのモラルは、現実と無関係であるにもかかわらず住人たちが表層的に用いる価値観として同じ役割を果たしている。(82)ジミーが教会の説教の欺瞞を見抜いて「魂を鎧で固めた」(83)ことは、それゆえ他のバワリーの人間がとっくに空洞化させた「魂」を保ち、バワリーに蔓延するメロドラマ的「モラル」に疑いの目を挟むことを可能にした。

とはいえ、酒浸りの父親の行動をなぞり、ピートのシニカルな態度に影響を受けて女性を冷たくあしらうジミーが、現実に根ざしたモラルの持ち主であるわけではもちろんない。バワリーの環境の力からジミーも決して自由ではない。それでも、ピートの振る舞いは正しいものなのか、妹は本当に「堕落」しているのかといった内面的な逡巡をみせるのは、作中でジミーただひとりである。また、「ある星が輝く夜」にジミーが「あの月、たいしたもんじゃねえか」[84]とつぶやく場面には、物語のなかで例外的にロマンチックな雰囲気が漂うが、それ以上に重要なのは、『マギー』においてその場面がほとんど唯一、誰にも「見られない」状況のなかで発せられた演技ではなくドラマティックな台詞である点だ。ジミーは演劇空間の自閉性をしばしば相対化するのである。先述したピートの酒場の「見せかけ」に満ちた「舞台」を滅茶苦茶に破壊してみせるのもジミーの役割だった。

『マギー』最終章でメアリーと住人たちがマギーの死を嘆いてみせる場面がいかにメロドラマ的かはすでに述べたが、そこでも重要なのは、演劇的雰囲気が色濃く醸成された空間からジミーが無言で退場していく点である――「彼は帽子を手に取ると部屋を出て、気乗りしない様子で足をひきずっていった」[85]。自らもマギーを見捨てる選択をしたジミーは、妹の死を知ったあとも特別な反応を示さないが、メアリーや住人たちの「見せかけ」の感情や、その場を支配していたコール・アンド・レスポンスのリズムにも同調しない。空虚な終幕のなかでマギーに許しが与えられるという物語のアイロニーに寄与しないジミーの沈黙は、「見ること」と「見られること」に閉じ込められた救いのないメロドラマ的空間への、かすかな抵抗を垣間見せている。

『街の女マギー』という小説のオーディエンス

以上に見てきたような「見ること」と「見られること」の暴力的な連鎖は、当然『マギー』という小説そのものにも向けられるだろう。それはまず、この小説もまたバワリーの人びとを「世界のもう半分」として「見世物」にしているのではないかという疑問となり、さらには小説を読む私たち読者の態度が問われることになる。視線の不均衡を物語の重要なモチーフとしているクレインが、この小説が孕むそのような構造に無自覚であるとは考えがたい。スラム見学のような行動が「娯楽」となり、万博や遊園地でパヴィリオン内の人びとをスペクタクルとして観察する文化が一般化した一九世紀末に誕生したのは、「見られる」人間だけではなく「見る」人間でもあった。そして小説の構造において、もっとも外側にいる「見る」人間が、読者という存在である。エリック・ソロモン（Eric Solomon）の指摘するとおり、この小説が、労働者階級が愛読した大衆小説のパロディを意図したものであるとすれば[86]、なおのことそうした相対化は、パロディという意図を汲む読者を大衆小説の読者よりも高次の存在として特権化するだろう——そのように想定された読者の視線は、テネメントを労働者たちの生活の場ではなく「劇場」と捉えて観察する視線と同種のものではないだろうか。

『マギー』を自費出版した翌年の一八九四年、クレインは『ニューヨーク・プレス』紙にコニーアイランドを舞台としたスケッチ風の記事を発表している。夏季シーズンを終えようとする遊園地のアトラクションやミュージックホールについて書かれた記事のなかで、「とても偉大な賢者」（very great philosopher）と名乗る「よそもの」（the stranger）は、遊園地を見つめながら語り手に自らの悲観的な哲学を語って聞かせる。群衆を「虫」のように観察して辛辣な言葉を浴びせる「よそもの」に、ひとりの人物が食ってかかる場面には、「見ること」と「見られること」の不均衡が戯画化されている。

「なに見てやがる?」男が聞いた。「友よ」よそものは言った。「もしもこの世界の誰かがきみに本物の興味を示したならば、それを真剣な学びと内省の機会と受けとめるがいい。ある人間が自分以外の誰かに興味をもちうるのだと知って、おおいに驚くんだな」喧嘩腰の人物はすっかりまごついた。「こいつおかしいぞ!　なんだって?　ワケがわかんねぇな。「学び」とかなんとかって!　頭のネジがいかれてらぁ!」[87]

見世物的空間である遊園地のなかで、クレインは「見ること」の欺瞞と「見られること」の当惑をほとんど暴力的に描いている。虫のように見つめられることに憤り、喧嘩をふっかける荒くれ者よりも、観察者の立場をとる「賢者」の勝手な理屈の方が奇妙な強さを帯びてしまうのだ。その不均衡は、スラム見学をおこなう者とテネメントの住人の関係と重なり合う。翌一八九五年、クレインはアズベリー・パークの遊園地を舞台とする「若者のペース」とともに、南北戦争を題材とした長編『赤い武勲章』(*The Red Badge of Courage*)を発表している。志願兵である主人公ヘンリー・フレミングが戦争と無関係に負った傷を栄誉の傷と勘違いされるというこの小説もまた、メロドラマ的なヒーローの物語をアイロニカルに反転させたものだといえる。エイミー・カプラン(Amy Kaplan)は、南北戦争以降のジャーナリズムの発達によって戦争が一種のスペクタクルと化し、戦場での振る舞いが「演劇的」になった状況に対するアイロニーとしてこの小説を読み解いている[88]。

ヒロイックな戦争というスケールアップしたメロドラマは、報道や映画で伝えられるばかりでなく、のちには遊園地でもテネメントの火事と同じようなパニック・スペクタクルとして再現されていく――たとえば一八九八年の「マニラの戦い」(*Battle of Manila*)や「サンティアゴの戦い」(*Battle of Santiago*)などが、各地の遊園地でも上演された[89]。南北戦争後にスペクタクル化した大衆娯楽といえば、西部開拓のヒーロー興業主となったバッファロー・ビルことウィリアム・フレデリック・コーディ(William Fredrick Cody)によるワイルド・ウェスト・ショーもまた、各地を巡業しながら西部における射撃、狩猟、軍隊の戦闘、実際の戦争などの場面を誇張して上演してみせた。ショーの筋書きの多くは、ネイティヴ・アメリカンによる襲撃を危機一髪で軍隊が救うというような、メロドラマの構造を採用したものである。あるいは一九〇四年のセントルイス万博で公開された「フィリピン村」は、一八九八年の米西戦争を経たフィリピン統治の成功をアピールする民族学的な「スペクタクル」だった。テネメントと戦争は、遊園地やサーカスや万博などの大衆文化を経由して、「見ることによって消費する」というひとつなぎの想像力で結ばれていたのである。

スラムの移民たち、虫のように見られるコニーアイランドの荒くれ者、スペクタル化した戦場の兵士と対象を変えながらも、クレインはつねに不均衡に「見られる」側の人びとを扱ってきた。その事実は小説の構造上、作者や読者をともに「見る」側に位置づけ、リースが「もう半分」と自らが属する「こちら半分」を躊躇なく区別するように、見られる対象を構造上の「他者」にしてしまうように思われる。平石貴樹は、『赤い武勲章』のなかでヘンリーが語り手によって単に「若者」という普通名詞で呼ばれることを取りあげ、「名前で呼ばないほど作者によって卑小化・平凡化された少年の話を、読者がどうして読みたがると考えたのか、理解するのはむずかしい」と批判する。[90] 敷衍するならば、それは登場人物の個性より環境が個人に振る舞う力を重視する自然主義文学のモード自体が孕む問題でもあるだろう。『マギー』に対しても、出版当初から「マギーの内面がほとんど見えてこない」といった批判が多く提出されている。[91] すでに見たように、内面の空白こそがマギーの特徴なのだから、そうした特徴をもって作品を非難するのは不当であるともいえるが、登場人物への感情移入を求める読者にとってその空白は、読み手と作品のあいだの埋めがたい溝ともなりうる。

けれどもそのように、読者がヒーロー／ヒロインらしからぬ主人公たちへの興味や共感をすっかり投げ出そうとする瞬間をこそ、クレインは掴みとろうとしているのではないだろうか。「ヘンリー」がときに「若者」となり、「マギー」が「少女」となるのは、作者による「卑小化」であるというだけでなく、読者と登場人物の距離の取りかたを呼称によってコントロールすることで、読者に自らの視線が孕む暴力性を認識させるための仕掛けでもあるはずだ。クレインは、小説における「オーディエンス」＝「読者」という機能をきわめて自覚的に作品の構造に取り込んでいる。一八九六年に出された改訂版『街の女マギー』には、「あなたがた」(yous) という呼びかけを使って説教をくりだす牧師の欺瞞にジミーが気づく場面に、一八九三年版にはなかった次のようなやりとりがつけ加えられていた

――「あるときひとりの賢者がこの男［牧師］に、なぜ「あなたたち」のかわりに「私たち」と言わないのかとたずねた。男が答えた。「なんだって？」」[92]。コニーアイランドでの賢者と荒くれ者の関係が、ここで転倒して再登場しているとも捉えられるだろう。クレインは物語序盤に「あなたたち」と「私たち」の分裂という、「見ること」が孕む問題の核心を提示することにしたのである。そして、物語終盤にはもうひとりの牧師が登場する。ピートからも家族からも見放されたマギーが街をさまよい、路上で見つけた牧師に助けを求めようとするが、牧師はマギーに話しかけられると驚いて逃げだしてしまう。「目の前に救うべき魂がある」ことがこの牧師には見えないのである[93]。その直後に始まる一七章で、マギーは『赤い武勲章』のヘンリーが「若者」と名指されたように、名前のない「少女」として描かれる。読者はそこで困惑せずにいられないだろう。テクストの文字列のなかにマギーという固有名を見失い、「卑小化」された少女しか見出せない自らの視線を、「私たち」と「あなたたち」を厳格に区別し、目の前の「魂」に気づけない牧師の視線と重ね合わせざるを得ないからだ。

その視線は、テネメント建築とそこに住む労働者階級の移民たちの暮らしをスペクタクルとして楽しもうとするスラマーや、遊園地の火災ショーと現実の火災を等しく娯楽として消費する来園者と同じものだろう。そして現代の読者もまた、その視点を逃れがたく共有してしまう――ヴィオレットは、実際には世紀転換期以降に徐々に改善され多様化していったテネメント建築が、現在に至るまで当時の社会改良家が主張したようなスラム・ステレオタイプをなぞった認識（すなわち、テネメントを住人ごと他者化する眼差し）でしか捉えられてこなかったと指摘している[94]。それゆえクレインがここでたしかに問題にしているのは、マギーを探すことと見過ごすことのはざまに立たされた私たちの視線なのである。

第四章

高層ビルとスタイル

カール・サンドバーグ「摩天楼」

摩天楼

一九世紀末アメリカの急激な人口増加に対するひとつの解は、テネメントのように建物内を小さく分割していくことだったが、もうひとつの解は高層化を推し進めることだった。イギリスの劇作家ウィリアム・アーチャー（William Archer）は、ニューヨーク生活をはじめて最初の驚きを次のように述べている――「アメリカ人は実際、空間にあらたな次元をつけくわえた。［……］ちょっと混み合っていると感じたら、単にストリートをまっすぐ立たせて、それを摩天楼と呼ぶのだ」(1)。都市美運動にともなう都市計画の整備や、経済発展と大企業の登場、不動産業の発達、フロンティア消滅後の上空への拡張志向、電灯・換気・配管・暖房などの技術革新といったさまざまな要素が重なり合った地点に、建築の高層化は実現される。

新しい技術のうち、もっとも重要なのはエレベーターの実用化と鉄骨構造の適用だった。エレベーターは、一八五三年から五四年にかけて開催されたニューヨーク万博で、イライシャ・オーティス（Elisha Otis）が安全を示すための派手なパフォーマンスをおこなって以来、実用化と普及が進み、動力も蒸気から電気へと改良されていく。鉄筋構造は、南北戦争後の工業化の進展によって鉄の安価な大量生産が可能になって実現した。それまで壁が支えていた建物の荷重を鉄のフレームで支えるようになることで、建物の超高層化が容易になり、壁は薄くなり、光を取りこむ窓ガラスの面積や床面積が増大した。レム・コールハースが「このふたつのブレイクスルーの相互的な補強によって、いまやどんな土地も際限なく増加させることができ、摩天楼と呼ばれるフロアスペースの増殖体が生みだされるのだ」(2)と述べるとおり、エレベーターと鉄骨構造によって、建物の高さと形態は飛躍的に自由になったのである。

摩天楼は主にオフィスビルとして使われた。初期摩天楼の所有者や設計者のほぼ全員が白人男性であり、建設には東欧からの移民や黒人が多く従事し、ビル内では白人を中心とした富裕層から中産階級のビジネスパーソンが働い

Showing skyline of Manhattan from Jersey City. Manhattan Island 19.65 square miles, was
purchased in 1626 from Indians for about $24.00, land values now $4,020,000,000, total realty value

【図】1911年のマンハッタンを描いたポストカード。(4)

た。とりわけ初期のオフィスワーカーには多くの白人女性が含まれていた。その巨大な空間は、多様な人種や階級やジェンダーがせめぎ合う世紀転換期アメリカのメトロポリスの縮図となっている。

かつて欧米都市でもっとも高い建物は教会と決まっていたが、アメリカでは高層オフィスビルが教会を軽々と凌駕していく。一九世紀ニューヨークでもっとも大きな建築は長らくトリニティ教会（Trinity Church）で、八五メートルの高さを誇っていたものの、一八九〇年には『ワールド』紙の本社ワールドビル（World Building）がいちはやく一〇〇メートルを突破してこの教会を追い抜いている。一九〇八年に建てられたシンガービル（Singer Building）は一八七メートル、そして一九一三年に建てられたウールワースビル（Woolworth Building）は二四一メートルである。一九〇五年に約二〇年ぶりにニューヨークを訪れたヘンリー・ジェイムズ（Henry James）は、トリニティ教会が摩天楼によって覆い隠されてしまったことを激しく嘆いた。(3)ジェイムズがアメリカを離れていた期間に、教会とオフィスビルの地位は完全に逆転していたのである。やがてウールワースビルは「商業の大聖堂」と呼ばれるようになり、都市の物理的シンボルがすでに教会からオフィスビルへ完全に交代していることのみならず、精神的シンボルもまた、「信仰」ではなく「商業」に移行しきっていることが印象づけられた。

一九一〇年代に第一次高層化を実現したニューヨークには、すでに現代とそれほど大きく異ならないスカイラインができあがっている（前頁の【図】）。そのようにしてアメリカのメトロポリスは、摩天楼の時代を迎えることになった。大恐慌下の一九三一年に完成した、四四三メートルの高さを誇るエンパイアステートビル（Empire State Building）――その建設には、同時に三四〇〇人の労働者が従事し、総労働時間は七〇〇万時間に及んだ――からマンハッタンを眺めたF・スコット・フィッツジェラルドが、あまりの高さゆえにビル群の果てを見てしまい、ニューヨークという街に「限りがあるのだ」と気づく教訓話めいた皮肉が生じる瞬間まで[5]、少なくとも都市は無限に思える拡張と発展をつづけた。

摩天楼と怪物

一九〇六年にシカゴの遊園地ホワイト・シティ（White City）でおこなわれた見世物「シカゴ大火」（*The Chicago Fire*）は、火事によって燃え落ちた街が最新の摩天楼都市として復活を遂げる様子を上演するスペクタクルだった[6]。ただし、ショーの題材になる以前から、摩天楼は見世物的な要素を多分に有している。「スカイスクレイパー」（skyscraper）という語は、かつては背の高い船や競争馬などに使われていたが、一八九〇年前後を境にもっぱら高層ビルを指すようになった。だからその言葉がもつイメージには、あらかじめ乗り物と同じように身体を揺さぶる感覚、見世物と同じように喚起される高揚感が含まれていた。まるで遊園地の新しいアトラクションのオープンが報道されるかのように、巨大な摩天楼が新たに建設されるたび、新聞や雑誌はそれを大きなニュースとして報じた。次から次に高さを増しながら建てられていく高層ビルは、都市のなかで文字どおり最大級のセンセーショナルなスペクタクルであり、建設現場を眺めること自体が人びとにとって流行の娯楽だったのである。一九〇九年の新聞には、「次々とフロアが増えていき、終わりをむかえることなどあるのだろうかと思ってしまうような、建設途中の摩天楼を眺めること」が、興味ぶかいスペクタクルの例として挙げられている。[7] あるいは一九一二年の記事には、摩天楼をキノコにたとえたうえで、男女が「あのビルはなに?」「わからないよ。昨日はなかったんだから」という会話を交わすエピソードが掲載されている。[8] 一方、シカゴ万国博覧会において新しい都市像を提示したホワイト・シティの高層建築群の多くは、会期終了後の解体を前提とした「使い捨て」の建物だった。船や馬がいずれも移動する存在だったように、いつもどこかで建設中あるいは解体中であった高層ビルは、上空での動的な変化のなかでこそ「空をこするもの」(sky/scraper)と認識され、その「運動」が一種のショーとして受容されていたのだ。

そのような運動はさらに、摩天楼の擬人化を促すことになる。建築史家トーマス・ファン・レーウェン(Thomas van Leeuwen)は、摩天楼が「王者」や「巨人」などと表現される例を多数挙げながら、「擬人化というテーマ」が摩天楼の歴史には欠かせないのだと述べる。レーウェンは、人体の形状と一致する建築物の垂直性が人間の美徳や価値のヒエラルキーを体現し、〈垂直にそびえる塔やビル＝偉大な人間〉という、建築と人間の一体化が摩天楼の表象に見られることを指摘している。[9] 一方、擬人化のひとつの形態として摩天楼とセットで使われたのが、「怪物」(monster)、「怪物的」(monstrous)という表現だった。新聞や雑誌はしばしば摩天楼を「怪物」と呼び、[10] 批評家・建築評論家モンゴメリー・スカイラー(Montgomery Schuyler)も高層ビルを「我々がつくりだした怪物」と書き記していた。[11] 序章でとりあげた永井荷風の短編でも、シカゴのビル群は「よくいう通り怪物《モンスター》とより外にいい方は有るまい」と書かれ、ヘンリー・ブレイク・フラーも『崖の住人たち』のなかでシカゴの摩天楼を「現代の怪物」と表現した。ヘンリー・ジェイムズもまた、ニューヨークの摩天楼を「単なる市場の巨人」、「単なる市場の怪物」と呼んでいたのだった。[12] さらに、漫画家ウィンザー・マッケイは、一九二一年に制作したアニメーション映画『レアビット狂の夢——ペット』(*Dreams of Rarebit Fiend: The Pet*)において、巨大化したペットが摩天楼を襲うという、『キングコング』(*King Kong*, 1933)を一〇年以上も先取りするような場面を描き、「怪物と摩天楼が並び立つ」という現代までつづく主題をいちはやく作品化している。

なぜ摩天楼は怪物と結びつけられるのだろうか。途方もないスケールの巨大さ、伝統的建築と比べたときの無骨さ、機械装置としての醜悪さなど、外面的な理由が第一に挙がるだろう。あるいは、当時大流行した社会進化論の思想に典型的に表れていた、個人の意志を超える大きな力によって人間の運命が決められるのだという決定論的な認識から、摩天楼のような圧倒的に巨大な構造物が、卑小な個人に怪力を振るう擬似的な「生き物」として前景化してきたのだともいえるかもしれない。いずれにしろ、怪物という表現には、一般的な価値基準での捉えがたさが表れている。事実、摩天楼はしばしば言葉による表象をすりぬけてしまう。世紀転換期のシカゴやニューヨークでの高層ビル建設ラッシュが短期間で都市風景を一変させる出来事だったにもかかわらず、とりわけ文学作品中で初期摩天楼の存在感は希薄である。アルフレッド・スティーグリッツ（Alfred Stieglitz）などの写真家や、ジョセフ・ペネル（Joseph Pennell）などの画家が、二〇世紀初頭から摩天楼を主題に据えた作品を数多く製作していた事実に比して[13]、詩や小説で同じ時期に摩天楼を大きく取りあつかった作品は決して多くない。エイドリアン・ブラウン（Adrienne R. Brown）はそうした状況を、「瞬きをしている間に、アメリカのカノンとなるようなモダニズム文学から摩天楼をすっかり見落としてしまうかもしれない」と揶揄している[14]。視覚芸術と言語芸術での扱いのギャップには、摩天楼を言語で表象する難しさが表れている。

むろん、単に難しかったというだけではない。作家たちは意図的に「書かない」という選択をしているように思える。たとえば、ユダヤ系移民作家エイブラハム・カーハン（Abraham Cahan）は、ニューヨークに移民として暮らす主人公を描く『イェクル――ニューヨークのゲットーの物語』（*Yekl: A Tale of the New York Ghetto*, 1896）や『デイヴィッド・レヴィンスキーの出世』（*The Rise of David Levinsky*, 1917）にくり返し世紀転換期の都市を描きながらも、その風景に高層建築の存在をほとんど書きこまない。『デイヴィッド・レヴィンスキーの出世』の主人公レヴィンスキーが船でニューヨークへと到着する希望に満ちた場面は、次のように書かれている。

その六月の澄み渡った朝、目の前に姿を見せた光景の壮麗さを、私は心に思い起こす。スタテン島の緑草。海と空のやわらかな青。堂々たる動きで通り過ぎていく船舶。［……］何もかもが、私がこれまで目にしたり、夢に見たりしてきたものとまるで異なっていた。[15]

この場面は「自身の二度目の誕生」としてレヴィンスキーの記憶に強く焼きつけられ、美しい自然や海上に浮かぶ船の仔細な描写が積み重ねられていく。その一方で、スタテン島のすぐ先にあるマンハッタンのスカイラインは、アメリカ到着後の記憶からいっさい抜け落ちている。「これが、それじゃあ、アメリカなんだ！」[16]と思わず叫んでしまうレヴィンスキーにとっての「アメリカ」は、壮麗なユートピア的自然であって、高層建築がひしめく情景では決してない。希望に満ちた移民にとっての理想の都市像を打ち立てるために、カーハン作品から建築の不気味さが取り除かれているのだと、クリストフ・リンドナー（Christoph Lindner）は論じている。[17]

巨大な建物の不気味さというのは、たしかに摩天楼を「怪物」・「巨人」と書きたてる新聞や雑誌記事にも見られるひとつの共通認識だったはずである。ただし、見た目の不気味さだけでは十全な説明にならない。ヘンリー・ジェイムズの「単なる市場の怪物」という表現がおそらく当時の多くの作家たちの視点を象徴している。ここでの怪物という表現からは、やはり外見の不気味さへの非難がうかがえるが（西欧的伝統に価値を置くジェイムズにとって、この新しい建築はいっそう許容しがたいものだった）、それに加えて「単なる市場の」という形容には資本主義への批判がはっきりと込められている。大資本家の頂点に立つ鉄鋼王アンドリュー・カーネギー（Andrew Carnegie）率いるカーネギー製鋼社は、主に鉄道と高層ビルに供給する年間一〇〇万トンに及ぶ鋼鉄を生産することで巨万の富を築いていたのだから、摩天楼が批判されるのはある意味当然だった。社会主義運動家であるカーハンにとっても、急激に伸張するアメリカの資本主義の力を物理的に表す巨大なオフィスビルの存在は直視しがたいものであり、作中の希望に溢れた風景のなかに映り込むはずがなかったのである。カーネギーを筆頭に、鉄道王コーネリアス・ヴァンダービルト（Cornelius Vanderbilt）、石油王ジョン・デイヴィソン・ロックフェラー（John Davison Rockefeller）、金融王ジョン・ピアポント・モルガン（John Pierpont Morgan）など、大資本家たちが富を蓄える場であった摩天楼と、多数の移民を含む貧しい労働者階級の人びとが暮らすテネメントのコントラストは、あまりにも明確に都市産業社会における階層間の格差を映し出していた。

リアリズム・自然主義文学が隆盛していた世紀転換期のアメリカには、カーハンに限らず社会主義思想・労働運動・ジャーナリズムに関わりをもつ作家が多く、そうした作家にとって摩天楼は多くの場合批判の対象であり、資本主義の権化というフレームの外からこの建築が眺められることはまれだった。この時期の作家やジャーナリストが好んで題材にしたのはむしろ、シカゴであれニューヨークであれ、摩天楼の裏側に生み出されていたスラム街の悲惨な生活状況や、工場での劣悪な労働環境である――ジェイコブ・リースが「もう半分」と表現し、シカゴの作家アプトン・シンクレア（Upton Sinclair）が「ジャングル」にたとえた世界だ。(18) そうして、高層ビルは言説空間のなかでしばしば敵視されるか、あえて無視された。いびつな発展を遂げる都市風景は多くの作品に書きこまれても、高層ビル建築そのものは奇妙なかたちで作家の視界からはみ出た異物――怪物――となってしまったのである。

しかし同時に考えておかなければならないのは、怪物という表現に宿る両義性である。永井荷風が「怪物《モンスター》」と非難したシカゴの摩天楼を直後に称賛していたことを思い出してみても、その表現にはほとんどつねにひそかな賛美が潜んでいる。日本出身の批評家・詩人であるサダキチ・ハートマン（Sadakichi Hartmann）は、一九〇三年にマンハッタンのシンボルのひとつとなるフラットアイアンビル（Flatiron Building）が建設された直後に書いた詩「フラットアイアンへ」（"To the 'Flat Iron,'" 1904）のなかで、この建築を「怪物的」（monstrous）と形容しながらも、以下のように詩をしめくくる——「未来の世代は称えることだろう／おまえの美しさを、はっきりと／恥じることもなく」[19]。詩篇全体としてフラットアイアンを肯定的に捉えつつも、「恥じることもなく」称賛を与えるのは「未来の世代」に先送りにすることで、摩天楼はおぞましさと美しさの振幅を示されながら、最終的な評価を保留されている。ジェイムズもまた、摩天楼への痛烈な非難のなかに「不遜な崖のような崇高さ」といったひそかな賛辞を忍ばせることで、自らの態度をあえて曖昧にしている[20]。ダナ・ハラウェイ（Donna Haraway）は「モンスター」の語源が「表す」（demonstrate）という語にあると指摘し、支配的な表象を拒絶して自らによって自らをあらわす存在がモンスターなのだと述べている[21]。摩天楼という怪物はそのように、作家たちによってはっきりと指し示されることからつねに逃れるように存在しているのだ。

それゆえ摩天楼を捉えることとは、非難と称賛、美と醜といった両極からたえずズレていく運動そのものを把握することにほかならない。当時の人びとが垂直に積みあがっていく動きのなかで高層ビルを擬人化していたように、身体をもって運動する有機体として摩天楼を見る必要があるだろう。同時にそのような建築の「運動」は、摩天楼の設計思想にあらかじめ込められているものでもあった。本章では、シカゴの初期高層ビルの多くを手がけた建築家ルイス・サリヴァンの構想を辿り、もともと摩天楼に込められていた動的なヴィジョンを確認しながら、同じシカゴの摩天楼を主題としたカール・サンドバーグの「摩天楼」（1916）がもつ「スタイル」について考察する。明らかに共鳴し合うように思える両者が示しているのは、都市における環境と身体の新しい関係のありかたである。

【図】カール・サンドバーグ（左）とルイス・サリヴァン（右）[22]

サリヴァンとサンドバーグ

サリヴァンとサンドバーグはしばしばその名を並べられる。上の図は、一九四三年に製作された、ふたりの姿を描く壁画である。シカゴの著名人として主題に選ばれたこの絵は、「カール・サンドバーグとルイス・サリヴァン」（"Carl Sandburg and Louis Sullivan"）というタイトルで、現在までシカゴのアップタウン郵便局に飾られている（【図】）。実人生においてとりたてて接点をもったわけでなく、かつ異なるジャンルで活躍していたふたりがこうして「セット」に選ばれ、郵便局という都市ネットワークの結節点に展示されつづけている理由はひとまず、両者がともにシカゴという都市の創造・表象に貢献した代表的な人物だからだと考えられる。この壁画にかぎらず、シカゴを語る際、ふたりの名はしばしば同時に言及される。[23] ただし、シカゴの発達に寄与した人物や、その様子を作品に写し取った芸術家が数多くいるなかで、なぜこのふたりがまとめて取りあげられるのか、という理由はさらに考える余地がある。壁画製作者はその理由を語っていないし、ふたりの共通点が語られることもほぼない。壁画のなかで、そしてそれ以外の多くの記述のなかで、ふたりはただ漠然と並列されている。

以下で論じたいのは、壁画製作者ヘンリー・バーナム・プア（Henry

Varnum Poor）の意図を探ることではない。そうではなく、サンドバーグとサリヴァンには共通する本質的なヴィジョンがあり、それゆえ意図的であるか無意識的であるかにかかわらず、ふたりは必然的に並べられてしまうということである。そのヴィジョンを考えるにあたっては、サリヴァンの摩天楼の形式とサンドバーグの詩のスタイルを比較することが有用であるはずだ。さらに、ふたりがシカゴを象徴する存在として認識されながら、同時にその象徴性が見えにくいものとなっている状況そのものを捉えかえすことで、サンドバーグとサリヴァンが幻視し、かつ他の多くの者には見えなかった都市環境の姿を浮かびあがらせたい。

ふたりに共通しているのはまず、その知名度の高さと反比例するかのような評価の低さである。序章で述べたとおり、一八七一年の大火によって中心街の大半が焼失し、街区をほとんどゼロからつくり直す必要性に迫られたシカゴは、短期間でニューヨークに次ぐアメリカ第二の現代都市へと復興・発展を成しとげる。シカゴ派を代表する建築家であり、初期摩天楼を多数設計したサリヴァンは、間違いなくその最大の立役者のひとりだった。しかし、サリヴァン自身も設計の一部に参加したシカゴ万国博覧会の委員会が、彼の意に反して新古典主義建築で統一したホワイト・シティを演出して以来、全国に広まっていく都市美運動はサリヴァンの設計思想からかけ離れた様式主義建築を増殖させていく。摩天楼の主戦場もシカゴからニューヨークに移り、やがてサリヴァンの建築は顧みられなくなり、晩年は仕事もほとんどなくなっていた。一九二四年のサリヴァンの死後、モダニズムの機能主義建築が隆盛するなかで、皮肉にもサリヴァンがかつて唱えた「形式は機能に従う」（form follows function）というスローガンが掘り起こされ、モダニズムの旗印にさえなるが、そのメッセージが曲解されたうえでサリヴァンは自らのスローガンに従っていなかったとして非難されるのである。

一方、親しみやすい口語表現やスラングを用いた『シカゴ詩集』（*Chicago Poems*, 1916）で鮮烈なデビューを飾ったサンドバーグは、二〇世紀前半に絶大な人気を誇った。一九三四年から四一年のあいだに出版された五つの主要なアメリカ文学全集すべてに作品が収録された詩人は、サンドバーグを含めて三人しかいなかった。[24] リンカーンの評伝によってピューリッツァー賞も受賞している。しかし、そうした人気と裏腹に、アメリカのモダニズム文学以降の潮流において、サンドバーグの作品は批評的に高い評価を受けてきたわけではなかった。ゲイ・ウィルソン・アレン（Gay Wilson Allen）は、『シカゴ詩集』発表当時からサンドバーグへの否定的な批評が多く見られたことを指摘し、さらには一九六七年のサンドバーグの死からわずか五年しか経たない時点で、その死によって彼の評判がいっそう頼りないものとなったと述べている。[25] サンドバーグと同時期に活動したT・S・エリオットやエズラ・パウンド、ウィリアム・カーロス・ウィリアムズ（William Carlos Williams）らモダニズム詩人が現在まで高い評価を保ちつづけている事実は、おそらく逆説的にサンドバーグの評価が低い理由を物語っている。彼らのスタイルや主題の新しさや複雑さと比べたとき、口語とスラングに満ち、貧しい労働者たちの生活をうたいあげたサンドバーグの詩は「素朴」にすぎるとみなされた。伝統的詩型や言葉づかいにこだわらないホイットマン流のフリーバースによる詩の構成も、実験的なスタイルを追究したエズラ・パウンドや、形式性自体を主題としたウィリアムズらと比べると、「直感か気まぐれによって詩を構成していると捉えられた」のである。[26] 同時代の洗練されたモダニズム詩との比較のなかで、サンドバーグの作品は色あせて見えた。ある研究書のなかで「ミシガン州の有名な忘れられた詩人たち」に数えられているように、[27] 現在までその評価は回復しているとはいえない。

ここで確認しておきたいのは、ふたりに対する評価が不当に低いという事実ではない。そうではなく、これから論じたいのは、彼らの独自性を覆い隠すことになった様式・形式・ジャンルの枠組みこそが、彼らがまさに打ち破ろうとしたものだったということである。両者は、大火で焼けたあとの「新しい」都市のなかにこそ、そのような形式的洗練から自由になるためのヴィジョンを見出していたと考えられる。

サリヴァンの摩天楼――失われた構想

摩天楼が成立する以前のアメリカの建築は基本的にヨーロッパの伝統にもとづく様式主義に則っていたが、鉄骨の導入によって構造の自由度が格段に増したため、従来どおりのスタイルを踏襲する必然性はもはやなくなっていた。サリヴァンは、こうした変化に対してとりわけ意識的だった。「芸術的に考慮された高層オフィスビル」("The Tall Office Building Artistically Considered")と題された一八九六年の文章のなかで、彼は先述した「形式は機能に従う(form follows function)」という法則を提示する。

空中を颯爽と飛んでいく鷲も、咲き誇るリンゴの花も、仕事に駆り出される馬も、陽気な白鳥も、枝を伸ばす樫の木も、その麓を流れる小川も、漂う雲も、すべてを跨いで行く太陽も、形式はいつでも機能に従い、それこそが法則となる。(28)

このエッセイでサリヴァンは、自然界の普遍的な法則として、いかなるものも機能に合わせて形式を決定させていることを強調し、高層ビルも同じ法則に従って設計されるべきだと説いている。そこには、ヨーロッパ起源の建築様式をそのまま持ちこんできたそれまでのアメリカ建築を明確に批判する意図があった――ヨーロッパ的伝統の観点から摩天楼の新しさを批判するヘンリー・ジェイムズとは正反対のアプローチということになる。(29)

たとえば、サリヴァンがダンクマール・アドラー(Dankmar Adler)とともに設計を手掛けた、シカゴ初期の代表的摩天楼であるオーディトリアムビル(Auditorium Building, 1889)には、明確に彼らシカゴ派の思想が反映されていた。過度の様式性を排したその外見は、伝統的建築とは大きく異なっている。オペラハウスとオフィスビル、ホテルが合わさった超大型複合施設を、空調や音響の設計、最新の舞台装置の導入などによって実現可能にし、それら技術的解決策にもとづいて建築の構造が決定された。外観や内装にみられる幾何学的な装飾要素も、建物の機能と動線のダイナミズムに奉仕するようにデザインされている。すでに確立している美的様式から構造を選択するのではなく、技術的な要請と建物の用途とを適合させるために構造をその都度決定するという、設計プロセスの大きな転換が生じていたのである。その結果、形式と機能の合理的な結びつきは必然的に強化された。アラン・トラクテンバーグは、オーディトリアムビルを以下のように評価している。

内側と外側、上と下、横と斜めの運動の弁証法が、建物の基本的な区分を明かしている。つまり、劇場、ホテル、オフィスという三部からなる形態をひとつの容れ物にしている。感覚的な経験が、私たちをこの建物の支配的な発想へとみちびく——すなわち、芸術、旅行、商業という三つのモーメントを同時に含むものなのだ。(30)

そのように、まさしく形式と機能が一体となって感知されることこそがオーディトリアムビルの構想だった。建築史家ヴィンセント・スカーリー（Vincent Scully）は、こうしたサリヴァンの建築の有機的要素を捉え、「鉄の筋肉をもった大きな人間」と評している。(31) 摩天楼がたびたび擬人化される要因のひとつには、形態と機能が必然的に結びついているという有機的な感覚もあったはずである。かくして一八八〇年代後半から九〇年代初頭にかけてのシカゴには、ワッカーウェアハウス（Wacker Warehouse）、モントークビル（Montauk Building）など、サリヴァンの設計思想とおおむね一致した多くの摩天楼が建ち並ぶようになった。シカゴに林立する摩天楼は、アメリカではじめて生み出されたオリジナルな建築として認知されていく。

しかし、その潮流は長くつづかなかった。一八九三年のシカゴ万博の会場が全面的に新古典主義の様式性を押しだした荘厳な建築群となったことにサリヴァンは深く落胆し、のちに自伝のなかにこう書き記している——「万博によってもたらされたダメージは、その開催日から短くても半世紀はつづくだろう。アメリカ精神の気質の奥深くに入り込み、そこで重度の認知症を引き起こすのだ」[32]。そして、その予言はある意味正しく、万博をきっかけにアメリカ中で古典的な様式主義が重視されはじめる。次々と建てられていく摩天楼も、新古典主義・折衷主義・ネオゴシックなど、ヨーロッパ起源の伝統的様式を積極的に採り入れるようになり、建物の形式と機能はふたたび切り離されたのだった。サリヴァンが活躍したシカゴ派摩天楼の時代はきわめて短命に終わっている。

その後、サリヴァンの弟子であったフランク・ロイド・ライト（Frank Lloyd Wright）がアメリカ郊外のプレイリー・スタイル建築などで有名になり、モダニズム建築家としてヨーロッパにも紹介されるようになると、ライトを通してサリヴァンの名も建築界に広まった。さらに、このころ隆盛していたモダニズムの基本原理が合理性・機能性の重視や装飾性の否定であったため、かつてサリヴァンが述べた「形式は機能に従う」という言葉がモダニズム精神を的確に表現していると受けとめられた。この定言はモダニズムの合言葉としてもてはやされ、機能主義建築を語る際に頻繁に用いられるようになる。一方で、サリヴァン本人の建築は自身のモットーに準じていないとして、否定的に捉えられがちだった。モダニズム建築において積極的に取り除かれた装飾性を、サリヴァンが排除していなかったためである。機能と装飾は相反するはずであり、サリヴァンは主張と実作の間に矛盾を抱えこんでいるとみなされた。建築史家ケネス・フランプトン（Kenneth Frampton）も、サリヴァンの建築が理解されなかった理由を「並存する錯乱と抑制」にあったと指摘している[33]。ただし後述するように、サリヴァンにとって建築の機能と装飾は本来まったく矛盾する要素ではなかった。いずれにしろ、サリヴァンが構想した摩天楼とその正確なヴィジョンは、高層オフィスビルの歴史からほとんど抜け落ちてしまう。とはいえもちろん、実際にシカゴに建ち並ぶサリヴァンのビルに、そのヴィジョンを感取する人びとは存在してきたはずである。サンドバーグの詩のなかには、そのたしかな痕跡が見て取れる。

サンドバーグの「摩天楼」――流動する有機体

サンドバーグが同時期のモダニズム詩人と比べて低い評価を与えられてきたことはすでに確認した。第一章でもパウンドの印象的なイマジズムの詩「地下鉄」を引用したが（「群衆のなかに出現するこうした顔――／濡れた、黒い枝についた花びら。」）、同じくイマジズムに括られることのあるサンドバーグとのスタイルの違いは明らかである。サンドバーグがやはり二連の短い詩のなかで地下鉄でのふとした瞬間を切りとった「地下鉄」（"Subway," 1916）は、「疲れた旅人たちは／肩を落とし、背中を丸めて／笑い声を労苦のなかに投げ込む。」[34]という、より現実的なイメージに寄りそったものだ。美的に洗練されているのは明らかにパウンドの方であり、優れているとみなされてきたのもパウンドの方である。ただし、パウンドがつねに実験性に重きを置いていた一方、サンドバーグの主眼はそもそもイマジズムという方法論を突き詰める点にはなかった。むしろこの詩からもわかるとおり、サンドバーグは美的洗練とはあえて距離をとり、シンプルな言葉とイメージで生活者の現実感を把捉することを自らのスタイルとしていた。

そのように、サンドバーグの詩はしばしば「主義」の不徹底ゆえに批判される傾向にある。その作品を自然主義に位置づけようとする批評もあるものの、さまざまな作風が混ざったサンドバーグの詩をひとつの潮流に分類しようとすることは、論者も認めているとおりきわめて限定的な評価にしかならない[35]。さらには、社会主義運動家としてのサンドバーグと芸術家としてのサンドバーグの齟齬、すなわち政治的プロパガンダと純粋な美的表現の分裂を否定的に読みこもうとする批評も多数ある[36]。それぞれの視座から眺めたとき、たしかにサンドバーグはいずれの主義も徹底してはいないように見える。だが、サリヴァンがシカゴの街に様式性から自由な建築の可能性を見出したように、サンドバーグもゼロからの発展を遂げたシカゴの街に、洗練や様式とは異なった方向の「新しさ」を見ていたのではないだろうか。

サンドバーグの「摩天楼」は以下のように始まる。

昼のあいだ、摩天楼は煙と太陽のなかから姿を現し、魂をもっている。
草原や渓谷が、都市の街路が、人びとをそこに注ぎ込み、二十の階層のあいだで
　彼らは混ざり合い、再び都市の街路へ、草原や渓谷へと注ぎ出される。
男と女、少年少女たちが、一日じゅう出ては入って、その建築に夢想と思考と
　記憶で溢れた魂を与えているのだ。(37)

この詩の「新しさ」は、ほぼ同時期に発表されたアドルフ・ウルフ（Adolf Wolf）の「ウールワースビルへの詩行」（"Lines to the Woolworth Building," 1913）と比べることでいっそう明確になるはずである。ウールワースビルは当時世界一の高さを誇り、大きな話題を呼んだ。ウルフの詩はビルが完成した直後に書かれたものである。

青白く磨き上げられた石は
大聖堂のごとく厳粛さを湛える
汝の直線的な壮麗さは私の魂を畏れさせ
我が身を震わせる！
怪物めいた冒瀆よ、おお、かつて

これほど大きなものがこれほど小さな目的でつくられることがあっただろうか？(38)

サンドバーグが平易な言葉を使い、ウルフが仰々しい言葉を使っているのは単なる作風の差ではない。ウルフが二〇世紀にはすでに古臭くなっていた詩的言語をあえて用いてユーモアを醸しだそうとしている側面があるにしても、ウールワースビルの様式主義を表現するためには、こうした伝統的な詩のかたちを借りる必要があったのだ。時代錯誤にも思える仰々しさは、ウールワースビル自体が抱えていたものだといってもいい。一方、サンドバーグが表現したシカゴの摩天楼は、伝統的な詩の形式や言語からは遠く隔たっている。歴史的様式主義からの自由は、サンドバーグの特質であり、シカゴの初期摩天楼の特質でもあった。だからその違いはそのまま、ニューヨークのネオ・ゴシック様式摩天楼とシカゴの初期摩天楼の違いでもあるだろう。

「魂」の使われかたも対照的である。ウルフにとっての摩天楼が見る者の魂を萎縮させるものであるのに対し、サンドバーグの場合、人びとの出入りによって摩天楼自体が魂をもった存在となる。ウルフが摩天楼を擬人化する際のクリシェといえる「怪物的」という表現でこの建築の不気味さを強調するのに対し、サンドバーグはむしろその親密さを強調する。『シカゴ詩集』の五五篇の詩を集めた最初のセクション「シカゴ詩篇」は「摩天楼」で終わっているが、冒頭を飾る「シカゴ」（"Chicago"）と題されたもっとも有名な詩では、シカゴの街全体が「荒々しく、しゃがれ声で、けんか腰の、大きな肩をもつ都市」と表現されている。(39)つまり、セクションを通して擬人化された都市シカゴをクローズアップしていくと、魂をもった存在である摩天楼が最終的に立ち現れてくるのである。

ここで、サリヴァンが「形式」・「機能」と呼んだものについてもう一度考えてみよう。先の引用で、サリヴァンが「形式は機能に従う」という原則を説明するための例に挙げていたのは、「空中を颯爽と飛んでいく鷲」、「咲き誇るリンゴの花」、「仕事に駆り出される馬」、「陽気な白鳥」、「枝を伸ばす樫の木」、「その麓を流れる小川」、「漂う雲」、

「すべてを跨いで行く太陽」であり、いずれも有機物だった。それら有機物が、飛んだり、咲いたり、伸びたり、流れたり、漂ったりする様子が「機能」と表現されている。ここでの「機能」とはしたがって、こうした有機物の「うごき」と言い換えられるだろう。ひらたく言うならば、サリヴァンの格言が伝えようとしているのは、有機物の「うごき」と「かたち」は対になっているのであり、建築もそうあるべきということだ。[40] 一方、サリヴァンの死後、モダニズム建築の機能主義が標榜した「機能性」は、あくまで建物のなかに住む人にとっての利便性・合理性を指していたのであり、両者のあいだには大きなズレがあった。サリヴァンの建築における装飾が言行不一致として批判されたことも、そのズレから生じた誤解だった。サリヴァンが否定した装飾性はあくまで伝統的様式性にもとづいた装飾である。サリヴァン特有の植物的な幾何学的装飾は、「うごき」と「かたち」を一体化させるための表現として、むしろ必要だったのである。

サンドバーグの詩は魂をもった有機的な存在として摩天楼を描くことで、サリヴァンの構想と重なり合っている。詩の第二スタンザでは以下のようにビルが表現される。

エレベーターはケーブルを滑りおり、管は手紙と小包を受け取って、鉄のパイプはガスと水を運んで下水を吐き出す。
電線が秘密を抱えて上へと伸びて、光を運び、言葉を運び、恐怖と利益と愛情を伝えてくれる——事業計画に取り組む男たちの罵りも、恋愛戦略に嵌り込む女たちの問いも。[41]

第一スタンザが人の流れを描いていたのに対し、ここでは手紙・ガス・水・秘密・言葉・愛情など、モノや情報、感情の流れが描かれている。サリヴァンの摩天楼が「鉄の筋肉をもつ大きな人間」とたとえられていたことを思い出してもよいが、さまざまなモノを運ぶ「エレベーター」や「鉄パイプ」や「電線」は、すでにビルを擬人化した後であるのだから、容易に人間の血管や神経を連想させるだろう。人やモノや情報の循環に同期し、あたかも生命体のように脈動するビル――それはまさしく、サリヴァンが摩天楼に求めた、「かたち」と「うごき」が一体化した状態といえる。こうして、サリヴァンとサンドバーグの理想は一致をみる。

シカゴの摩天楼に込められた構想を的確に読み取って言語表現に置き換えているように思えるサンドバーグの詩は、はたして「直感と気まぐれ」によって構成されたものだったのだろうか。第三スタンザは以下のようにつづく。

刻一刻、潜函は大地の下の岩石に届き、回転する惑星に建物を固定させる。
刻一刻、桁は肋骨の役目を果たし、ぐんと伸びて床と石の壁を結びつける。
刻一刻、石工の手とモルタルが、建築家が提案した形へと、かけらや部品を
　留めていく。
刻・刻、太陽と雨、空気と錆、幾世紀におよぶ時間の圧力が、建物の内や外
　を刺激して、ビルを消費する。

杭を埋め込みモルタルを混ぜた者が眠る墓に、風が吹きすさび言葉のない野生の歌をうたっている。
それから電線を張ってパイプや管を取り付けた者も、連なっていく階層を見上げていた者も。
皆の魂はここにある。煉瓦を運んだ者が何百マイルも離れた家々の裏口で物乞いをしていようとも、
　煉瓦積み工が酒を飲んで別の男を撃ち殺したかどで州刑務所に送られていようとも。(42)

ここでは摩天楼を通して流れていく時間が描かれる。時間と空間を自在に拡張させながら、建物の物理的な「かたち」が表現されている。さらに、「刻一刻」という行頭の反復が積み重なっていく様子は、ビルの階層の幾何学的な積み重なりを連想させる。詩そのものの「かたち」でもって、摩天楼の形態を表現しているのだ。そしてそのように積み重なる時空間を、音節数の少ない具象的な単語がリズムよく「うごき」まわっている。内容のメタレベルにおいても、「形式は機能に従う」という摩天楼の定式を実践しているといえるだろう。サンドバーグの詩の文体は、伝統的な韻律という意味でのリズムではなく、対象を正確に捉えるために要請される言葉のリズムをもとに形成されている。

資本主義の象徴という形而上的なフレームをいったん取り払い、物理的な構造の記述に徹したのちにはじめて、多くの作家たちの目には映っていなかった「杭を埋め込みモルタルを混ぜた者」、「電線を張ってパイプや管を取り付けた者」、「煉瓦を運んだ者」、「煉瓦積み工」といった、実際にビル建設を支えてきた多様な労働者たちが摩天楼に堆積する時空の層に含まれていることが見えてくる。かつ、彼らが今では墓に眠っていたり、物乞いをしていたり、刑務所に収容されていたりする様子が描かれる瞬間には、高層階のビジネスパーソンと、地面や地下に位置する労働者たちの「階層」の違いがシビアに可視化されもする。(43)ただし、人もモノも時間もたえず流動しつづけるこの詩のなかでは、両者の位置関係の隔たりよりは繋がりが強調されているだろう。

テーマとなる対象に形式そのものを肉薄させていくこうした手法は、単なる「気まぐれ」ではありえない。むしろ主題とスタイルを有機的に結びつけようという明確な企図こそ、サンドバーグが認めた摩天楼の本質であり、シカゴという都市の「新しさ」であり、サンドバーグとサリヴァンが時を隔てて共有しているヴィジョンだった。この詩は最初の一行に対応した、「夜のあいだ、摩天楼は煙と星々のなかから姿を現し、魂をもっている」という行で幕を閉じる。(44)詩集の中心をなすセクション全体で捉えたシカゴの活況と混沌や、人とモノ、労働者と資本家、ホワイトカラーとブルーカラー、男と女などの混淆とせめぎ合いが、無数の階層が織り込まれた摩天楼の一日の活動に凝集しているのだ。ある一日を描きながら、それがたえず反復される日常であることが同時に示されている。昼と夜、建築前と建築後、生と死、労働時間と余暇など、異なるリズムの時間軸が巧みに繋ぎ合わされ、循環してく。ユハニ・パッラスマー（Juhani Pallasmaa）は、建築とは「社会的な制度にも日常生活の条件にも同様に、概念的かつ物質的な構造を与えるもの」であり、「建築が一年の周期、太陽の運行、一日の時間の経過を具象化している」と述べている。[45] サンドバーグの「摩天楼」はまさに、こうした建築の構造を、詩の構造によって正確に写し取っているのである。

サンドバーグは『シカゴ詩集』のなかで、スタイルについてこう書いている――「ぼくのスタイルを持っていかないでくれ。ぼくの顔なんだ。あんまり素敵じゃないかもしれないが、ともかくぼくの顔だ。［……］ぼくはそれで話し、それで歌い、それで見て、食べて、感じる。なぜそれを守ろうとするか、ぼくにはわかってる」。[46] ここでサンドバーグが重視しているのは、素朴であっても等身大のスタイルを透徹すること、そこに有機的な生命力の発露を見て取ることだ（「話し」「歌い」「見て、食べて、感じる」という「うごき」こそが、彼にとっての「スタイル」＝「文体」＝「かたち」の実践なのだから）。クリス・ベイヤース（Chris Beyers）は「スタイル」と題されたこの詩について、「伝統的な韻律の欠如や不規則なスペースは語り手の個性を強調するばかりであり、またこの詩はスタイルについて書かれていて、語り手が自身のスタイルをもっていると伝えることを意図しているのだから、形式と内容の間には容易につながりを見出せる」と述べている。[47] 形式と内容の一致そのものを主題に据えようとする、サリヴァンときわめて似通った信念が、サンドバーグにシカゴの都市環境に込められた構想をも感取させたのだろう。

身体と環境の一体化――リズムと触覚

サリヴァンとサンドバーグの摩天楼への視線に共通しているのは、両者が対峙した環境のなかで、自然と人工という区別をしていない点である。サリヴァンが建築の「うごき」と「かたち」を一致させようとするとき、摩天楼は比喩ではなく有機物そのものと捉えられていた。それは、これまでの章で見てきた一元論的な世界観のもっともラディカルな形式といえるかもしれない。サリヴァンが抱いていたのは、「有機的建築」というキーワードを発展させたライト以上に徹底した環境観だった。しかし、植物・動物・無機物が同じ「法則」で貫かれているならば、人間（主体）と環境（客体）の関係はどのように築かれていくのだろうか。サリヴァンは自身の遍歴を三人称で綴る自伝のなかで、次のように語っている――「ルイスは長年のあいだ、自然の世界と人間の世界に、同じ本質として認められるふたつのリズムに強い印象を受けてきた。そのふたつのリズムを彼は「成長」と「衰退」と呼んだ」[48]。「自然」と「人間」という一見異なる次元を、サリヴァンは「リズム」というキーワードで結びつけようとする。サリヴァンにとって、リズムこそが自己と世界と建築を貫く究極の原理であるようなのだ――

オクラホマとデラウェアとニューイングランド北部以外のすべての州に滞在し、彼は幅広い要素から自らが生まれた土地の鳥瞰図を獲得した。それから一体どれだけの人びとが自らの国の全体を思い描けるだろうかと考えた――あらゆる壮大な距離と広がりに多様な地形、変化していく植物相、山脈の連なり、丘陵地、広大な草原、大きな川と湖、砂漠と肥沃な土壌、その土壌のなかや上や下にある莫大な富。彼は主なるリズムを思い描いた――南から北へ、北から南へ。大陸を横切るさまざまな並行線として東から西へ、西から東へ。壮麗な横断図が手に入る。[49]

サリヴァンはアメリカの原生自然からも大都市からも同じようにさまざまなリズムを受け取り、反対に自らがつくる装飾や建築物にリズムを与える。一見対立的な二項の中間にリズムを介在させることで、リズムのたえざる交換のなかに「うごき」と「かたち」、自己と他者、主体と客体、身体と環境の関係が築かれていくのである。

サンドバーグもまた、シカゴの環境のなかで、人工物と自然を明確な境界なく見つめていたことは「摩天楼」から明らかである。ジュリア・E・ダニエル（Julia E. Daniel）は、『シカゴ詩集』と建築家ダニエル・バーナム（Daniel Burnham）が記した都市計画書『シカゴの計画』（*The Plan of Chicago*, 1909）を並べて論じながら、「サンドバーグのシカゴの描写は、建築と自然の要素をひとときに併せもち、生きて息をする都市というバーナムの構想を再現している」と述べている。[50] バーナムはシカゴ万博の総指揮を担当し、古典主義建築の復興や都市美運動の推進を先導した人物であり、サリヴァンにとっては思想を異にする宿敵だったが、そのバーナムの都市計画にさえ、サリヴァンと同じく自然と文化を区別しない調和的な環境観が存在していたことをダニエルは指摘している。言い換えれば、大草原に瞬く間に築かれていったシカゴという新興都市の環境のありかたが、異なる立場の建築家に同じ視座を与え、サンドバーグにも同一の視点を獲得させたのである。

サンドバーグの詩における自己と環境の関係は、身体の問題として検討しなおせるだろう。これまでの批評のなかでサンドバーグは、必ずといってよいほどウォルト・ホイットマンと比較されてきた。すでに確認した口語的で荒々しい言葉づかいや民衆への賛歌のなかにホイットマンの影響があるのは間違いない。しかし、ここで整理のためにあらためて比較しておくならば、両者の身体性には大きな違いがある。ホイットマンはたとえば、自己を以下のようにうたいあげる。

ウォルト・ホイットマン、ひとつの宇宙、マンハッタンの息子、
狂おしく、肉づきよく、ふしだらで、よく食べ、よく飲み、よく産んで、
感傷家でなく、男と女の上に立つ者でもなく、彼らから離れもしない、
下品でもなく上品でもない。[51]

ここにはホイットマンの強烈な自己が感じ取れる。詩の中心に確固とした詩人の身体性が存在しているのだ。それに対して、先にも引用したサンドバーグの「シカゴ」は以下のように始まっている。

世界の豚屠殺者、
道具製作者、小麦の積み上げ人、
鉄道の賭博師にして全国の貨物荷役。
荒々しく、しゃがれ声で、けんか腰の、
大きな肩をもつ都市[52]

この有名な書き出しも、やはりイメージの強烈さが印象に残る。「豚屠殺者」、「小麦の積み上げ人」といった仕事や、「鉄道」や運ばれていく「貨物」から想像されるダイナミックな動きと、「しゃがれ声」「けんか腰」、「大きな肩」といったリアルな身体性も伝わってくる。しかしそのとき、詩の中央にいる「ウォルト・ホイットマン」とちがって、サンドバーグは自らの存在をシカゴという都市に溶け込ませている。サンドバーグの荒々しい身体は、シカゴという都市の身体と完全に同期している。同様に、「摩天楼」にも一見すると詩人の姿は見当たらないが、建物の喧騒、リズム、

ダイナミズムが荒々しく描かれるとき、そこに詩人の知覚がたしかに感じられるだろう。それは視覚的・聴覚的というよりもっと総合的な身体性である。その身体性を触覚的と言い直すならば、主体を不在にしつつ環境と接続する知覚のありかたは、第一章で確認したエリオットが描くプルーフロックの身体感覚と通じている。「それで話し、それで歌い、それで見て、食べて、感じる」というように、身体とつながった先に想定されるサンドバーグのスタイルは、都市や建築といった環境の拍動のなかにこそ築かれていく。

建築と知覚の関係を考察するパッラスマーは、触覚を「世界の経験と自分自身の経験を統合する感覚のモード」と定義したうえで、[53]別の箇所では、建築を知覚する行為を以下のように説明する――

建築的なスケールを理解する際には、無意識にであれ、身体を使って物体や建物を測定し、その建物に自らの身体の機構を投影して測定している。身体が空間のなかで共振するのを感じるとき、私たちは喜びを覚え、護られている感覚を抱く。建築の構造を経験するとは、無意識のうちに自らの骨と筋肉でもってその形態を模倣することなのだ。[54]

すなわち触覚とは、直に触れた感触だけでなく、「自らの骨と筋肉」を建築と重ね合わせて感じ取るという、いわば非接触的な「交流」を通して得られる感覚でもある。全身を通じて建築を感知することで、あるいは建築の構造に身体を同期させることで、人は建築と一体化する。シカゴの摩天楼はそのような触覚の働きを激しく刺激する建築だった。そう考えたとき、サンドバーグの文体＝スタイルとは、言語でもって都市そのものの身体性に肉薄し、建築と（詩人自身や読者を含めた）人びとを媒介するものだったとまとめられるだろう。サリヴァンとサンドバーグは、自身と都市の運動をリズミカルな相互作用と見ることで、人と建築、人工と自然、主体と客体の対立関係を切り崩す環境観を提示していた。そしてまたそのように、遊園地のアトラクションや仕掛けに満ちた建築物のごとく、環境からの働きかけがはっきりと前景化するのが、すでに見てきた有機的な摩天楼都市の特徴でもあった。

環境と社会

こうした環境のありかたと捉えかたを確認したうえで立ち返って考えておかなければならないのは、サリヴァンやサンドバーグが、「摩天楼」＝「環境」から具体的な「社会」のディティールを捨象しているわけではないということだ。人とモノの混淆という大きなスケールで環境を捉える視点には、階級や人種やジェンダーなど人間社会の差異や階層が見えにくくなる危険が孕まれる。エイドリアン・ブラウンは、摩天楼の出現が人びとの人種への認識や感覚に与えた影響を検証している。上空から地上の人だかりを見下ろすような視界の変化、高層建築の暗い影に覆われた街路への人びとの密集、多様な国から集まった移民労働者の集中といった新しい距離とスケールは、「人種の認識と差異化にとっての障害」となる[55]。そうした変化は両義的であり、社会的現実に揺さぶりをかけることにも、問題を覆い隠すことにもつながりうる。巨大なスケールから建築を眺めるサンドバーグやサリヴァンの実社会への態度を最後に検討しておきたい。

サッシャ・クライン（Sascha Klein）は、高層ビルの抽象化・概念化を拒んで人間もそれ以外の要素も対等に描くサンドバーグの詩を、ブルーノ・ラトゥール（Bruno Latour）らが提唱するアクターネットワーク理論を援用しながら分析している。アクターネットワーク理論は、人間・非人間を含めた「アクター」の連関のなかでのみ事象を記述しようとするアプローチである。この理論は、文化や習慣や政策など事象の背景にある「社会的なもの」を所与の前提にすることを強く批判するため、たとえば摩天楼を分析するときに「資本主義」や「階級」のような抽象化した枠組みが用いられることはない。クラインはサンドバーグの「摩天楼」についてこう述べている――「摩天楼をなにか別のものを意味する象徴や暗喩として読むかわりに（非常に多くの文学テクストがそのようにしているが）、サンドバーグは主題を単にそのものとして扱う――複雑で、混成的で、動的な、人間と非人間によるネットワークだ」[56]。こうした見方は、本章での分析の有力な傍証ともなる一方で、この詩が有する「社会」への視線を覆い隠してしまう可能性も含んでいる。これまでに述べてきたとおり、この詩が資本主義や格差の象徴という固定的な解釈を拒んでいるのは事実だが、サンドバーグがあらゆる人・モノを同一平面上に置きながら活写した「うごき」の背後には、労働への信念ともいうべき「社会的」な眼差しがたえず存在しているからだ。

スウェーデン移民の貧しい家庭に生まれ育ち、一〇代前半から多種多様な職種に従事してきたサンドバーグは、従軍を経たのちもさまざまな労働をこなした。やがて新聞記者となって執筆活動をおこないつつ、ミルウォーキーでは社会民主党に加わり、社会主義を標榜する市長の秘書を務め、そののちにシカゴでジャーナリストとなる。こうした経歴からもわかるように、サンドバーグは徹底して労働のなかに身を置き、また労働者の立場を支持してきた。詩のなかに単純な資本主義批判を持ち込まなかったことと、詩のなかで労働者の味方でありつづけたことは矛盾しない。「摩天楼」において、サンドバーグはオフィスビルを無視も敵視もせず、階級間の格差を糾弾もせずに、多様な人やモノを混淆させながら動的な循環のなかに配置するスタイルを選択した。だがその振る舞いは社会階層の差異を消し去るのではなく、むしろ資本や投機や情報のような富裕層のビジネスの想像しがたい抽象性を、ビル建設などの肉体労働とひとしく物理的な「うごき」＝「はたらき」の次元に引き摺りおろすことで、ビル内のあらゆる要素をひとつなぎの労働の過程として言祝いでみせるものだ――そうしてビル全体が、アンタッチャブルな怪物ではなく、ひとりの「労働者」に化身するのである。その意味でサンドバーグは、人間／非人間も人工／自然も混じり合った「環境」全体を、労働という基盤によって要素と要素の関係が切り結ばれていく「社会」と捉えている。資本家と労働者、富者と貧者、書類仕事と肉体労働、モノと働きなどのあいだにある境界線を結び目に変えて「労働」のネットワークを組み上げ直そうとする姿勢こそが、サンドバーグの環境観だったといえる。

ともすれば一種の神秘主義と捉えられがちなサリヴァンの思想もまた、巨大建築の役割を再定義することで、公共空間や多様性の意味と認知に変化を生じさせうるものだった。たとえば、いち早く伝統的様式からの脱却を図ったオーディトリアムビルにおいて、サリヴァンは男女の役割分担と考えられていた要素（男らしさの象徴であるビジネス／女らしさの象徴である文化と教養）を、オフィス（ビジネスの領域）とホテルや劇場（余暇と文化の領域）を組み合わせて意図的に融合させようとしていた――「サリヴァンは、男性–女性の伝統的な二分法の布置を変えることで、この問題をアメリカの商業文明・厳格な合理性・自然の否定に対する批判につなげようと願っていたものと考えられる」[57]。あるいは結果的に深い失望を味わうことになったシカゴ万博において、サリヴァンがアドラーとともに設計を担当した交通館（Transportation Building）は、ホワイト・シティを構成する新古典主義の白い建築群のなかで例外的に三〇を超える豊かな色彩を用いていた。幾重にも巨大なアーチが重なる「黄金の扉」に象徴される繊細な装飾と鮮やかな配色は、アメリカの力として「白さ」の屹立を強調しようとした万博のメッセージに、内側から「多彩な色」の曲線でもって対抗するものである。それは数年後にW・E・B・デュボイスがおこなう不自然な人種の「カラーライン」への異議申し立てを、帝国主義的・人種主義的なアメリカの姿勢が示された万博という空間において、物理的に先取りする行為だったと解釈できるだろう。

主義や様式からの自由を目指すサンドバーグとサリヴァンのスタイルは、伝統的な規範や観念を維持しようとする保守的な力に対する社会的な闘争という側面をもっていた。伝統に背く有機的な巨大建築は、社会に存在する人種や性差や階級などの固定化した境界を撹乱し、混淆を促す方向に作用しうるのである。一例を挙げると、実際のオフィスビルで当初、階段やエレベーターから職務に至るまで男女の隔離を徹底しようとする動きが見られたが、そのような道徳的規律は長く機能しなかったという――

入念な企業の規則があろうとも、男女両方の労働者のあいだで私的な交流が日々生じていた。社会の性的な道徳観そのものが変わりつつあり、摩天楼がそれを阻む要塞ではなく、むしろ変化の中心地であることが明らかになったのである。(58)

あるいは、ハーレム・ルネッサンスを代表する作家のひとりネラ・ラーセン（Nella Larsen）の長編小説『パッシング』（*Passing*, 1929）では、混血によって肌の色が薄くなった黒人であるアイリーン・レッドフィールド（Irene Redfield）とクレア・ケンドリ（Clare Kendry）が、シカゴの白人用ホテルに「パッシング」をして入り込む。アイリーンはエレベーターで上層階に運ばれ空調の冷風に吹かれることで、地上で自らを縛る「ワン・ドロップ・ルール」という人種のくびきから解き放たれる――「魔法の絨毯に乗って別世界にふわりと運ばれてきたみたいだと彼女は思った。心地よくて静かで、下に残してきた蒸し暑い世界とは奇妙に隔たった世界」。(59) 物理的にも心理的にも大きな変化を促す摩天楼はそこで、人種と階級のせめぎ合いの場となるばかりでなく、ふたりの女性のセクシュアリティの揺らぎを生じさせる背景にもなる。その境界線のせめぎ合いには大きな困難や悲劇が伴うことになるとはいえ、建築のたえざる「うごき」がしなやかな「かたち」を要請するのである。

本章で確認してきたような摩天楼の機能と役割を踏まえるならば、サリヴァンが遊園地の設計に携わっていたというやや意外な事実にも十分な必然性を認められるはずだ。一九〇七年、フィラデルフィア州のペティアイランド（Petty Island）に、コニーアイランドに対抗するアイランドシティ（Island City）の建設計画が持ちあがり、すでに第一線を退きつつあったサリヴァンが設計を引き受ける。コニーアイランドのドリームランドにそびえ立つ建築群が、サリヴァンの嫌悪したシカゴ万博のホワイト・シティにおける新古典主義建築をモデルにしていた事実を考えると、遊園地の設計はサリヴァンにとって人工的な様式主義へのアンチテーゼを提出するためのまたとない機会だった。実際、大型ホテルや劇場やカジノなどを含む巨大リゾートになることが宣伝された投資家に向けた新聞広告では、「アイランドシティは美しい庭園と麗しい建物の見事な調和によって、世界のどんな遊園地も敵わない、風景と建築の見事な結びつきをご覧にいれます」と謳われ[60]、そのテーマが「自然」と「人工」の融合にあったことがうかがえる。数年にわたってサリヴァンは精力的に敷地や個々のパヴィリオンの設計図を描き、その一部を建築雑誌などに発表している（次頁の【図】）。椎橋武史と小林克弘は、サリヴァンの設計図について、遊園地全体のデザインに浮遊性を強調する装飾を一貫させることで、サリヴァン自身がかつて語っていた「動的平衡」（mobile equilibrium）という意匠が見られると指摘する[61]。「動的平衡」というキーワードは、成長と衰退のリズムが平衡した状態を示し、「世界の隠れた本質としての動性」を表すものだ[62]。こうした考えは詩的でこそあれ非科学的すぎると思えるかもしれないが、たとえば現代においては福岡伸一が「動的平衡」という用語をもちいて生命現象を論じている。デカルトによる機械論的な生命現象の捉え方を否定し、ルドルフ・シェーンハイマー（Rudolph Schoenheimer）が一九三〇年代に提唱した「動的な状態」（dynamic state）という概念を援用しながら、福岡はその状態を「環境にあるすべての分子は、私たち生命体の中を通り抜け、また環境へと戻る大循環の流れの中にあり、どの局面をとっても、そこには動的平衡を保ったネットワークが存在している」と説明する[63]。無機物と有機物を貫くリズムを構想したサリヴァンの思想は、のちの生化学的な思想をある面で先取りしていたといえるだろう。「外的世界としての環境」と「内的世界としての生命」という固定化した対立が解消する世界を[64]、サリヴァンは遊園地というスケールの大きな空間——あるいは小さな「都市」——において実現しようとしていた。

動きのなかに平衡を見出すヴィジョンは、たとえばサンドバーグが一九二〇年に発表した詩集『煙と鉄』（*Smoke*

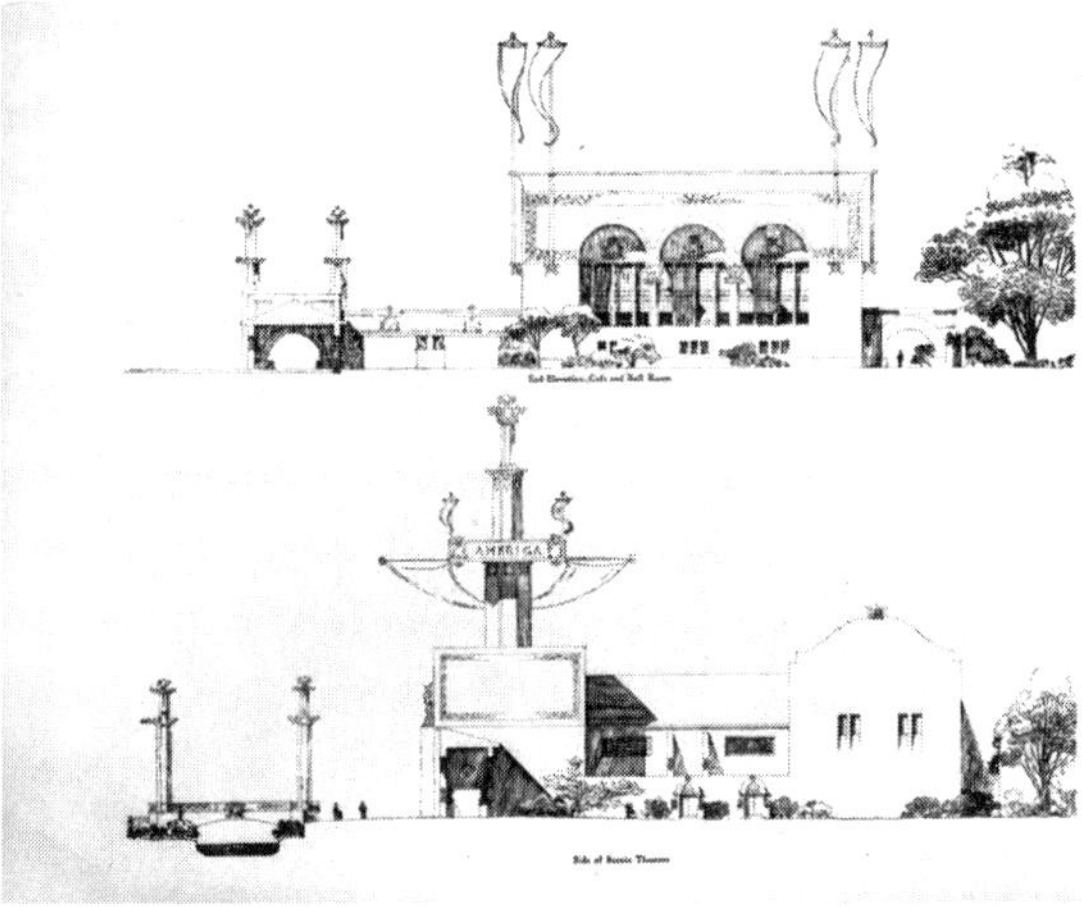

【図】（上・下）：サリヴァンによるアイランドシティのデッサン[65]。

and Steel）に収められた「誘惑的な少女たち」（"Baby Vamps"）のなかで、男性に声をかけてまわる奔放な女性たちと冬のスケートリンクと夏の遊園地のローラーコースターを重ね合わせ、「8の字が刻まれていくところ」として等しく捉える視線にも通底している。[66] 遊園地ほど、人の「うごき」と構造物の「かたち」の一致が印象づけられる場所はないだろう。そして、たとえば遊園地のローラーコースターが、その構造のみによってではなく、人びとがその軌道に一体化しつつ身体を運ばれることによってはじめてその役割を果たすのだという当然の事実から翻って考えるならば、摩天楼や都市もまた、その構造物のかたちを、たえず出入りする無数の人びとがなぞりながら活動することで、はじめて摩天楼となり都市となるのである。ただし、サリヴァンが設計した都市《シティ》の名を冠する遊園地が、その意味で都市になる日は訪れなかった。アイランドシティの計画は実現に至らずに立ち消えてしまう。その出来事は彼の晩年の不遇をいっそう加速させたともいわれている。[67] それでも、少なくともサリヴァンが設計した摩天楼が実際に建ち並ぶシカゴの街に、人びとの荒々しい動きを受け止め、同時にたえず激しい動きを与えつづける遊園地のヴィジョンがすでに内包されていたことはたしかだ。そのようなヴィジョンに触発されながら、サンドバーグが詩のスタイルを築いたこともまたたしかだろう。

第五章

遊園地とナラティヴ

F・スコット・フィッツジェラルド『グレート・ギャツビー』

遊園地

ここまでの章は一九一〇年代前半までに書かれた文学作品を扱い、主に一九一〇年代までの都市に限定した文化事象に言及してきた。それは、第一次世界大戦（一九一四―一九一八）以前と以後で、本書で扱っているモダニティがもつ意味が大きく変わってしまうためだ。すなわち、急速な発展を遂げてきた機械文明の極地には、いまや世界規模の戦争が存在することになったのである。同時にその事実は、本書のなかで都市の象徴に据えてきた遊園地という磁場が大戦後にはセンセーショナリズムの中心的役割を終え、都市文化を先導する意義を失ったことも意味している。最新兵器やさまざまな軍事技術を駆使した大戦を経験したのちに、遊園地を未来のテクノロジーの可能性を示す「実験室」として楽観的に眺めておくことはもはやできなくなっていた。あるいは世界大戦という壮大な悲劇ののちに、万博の帝国主義的な眼差しを引き継いだ遊園地の擬似コスモポリタニズムに含まれる虚偽性を意識せずにいるのは困難だった。災害や戦闘を再現するショーも、当然ながら支持を失っていく。[1] さらには、たとえば都市の機械文明を賛美した芸術運動であるイタリアの未来派が戦争賛美を強めていくなかで、機械と身体の関係はもはや個人の運動のありかたから遠く離れた全体主義へと吸収されていくようになる。そのとき人びとが一九世紀末に誕生した遊園地に向ける視線は、すでに過去のものとなった空想的な「楽園」への憧憬である。ジョン・F・キャソンが指摘するように、一九二〇年代にはブルックリンの地下鉄延長も一因となってコニーアイランドの来園者数はむしろ増加するのだが、そこに「独自の法則のもとで作動する特別な領域に入っていくという独特の感覚」はもはやなくなっていた。[2]

もちろん、戦争だけが原因ではない。一九二〇年代のメトロポリスのさらなる発達が、かつて遊園地が描いた未来を追い越してしまった点も重要である。都市人口が農村人口を追い抜いたこの時代、アメリカの大都市は高くなる一方の摩天楼に覆いつくされ、大半の家庭が自動車や電気洗濯機を所有するようになり、一九二〇年に放送を開始したラジオやますます部数を増やした新聞・雑誌などのメディアがいっそうセンセーショナルな情報を伝え、ジャズやミュージカルや映画などの洗練された大衆文化が花開いていた。コニーアイランド以外の全米の遊園地に関しても、交通網の発達によって格段にアクセスがよくなったものの、遊園地でしか味わえない経験は少なくなっていた。多くの場合、鉄道や路面電車のルートに沿ってつくられていた遊園地は、自動車による移動の自由がいっそう促進されると、定番のリゾートから外されるようになった。そうして、人びとがその場所に求めるものは一種のノスタルジーに変質していく。この時期以降、遊園地は回顧的な視線を注がれる場となり、大恐慌を迎えた一九三〇年代以降になると数自体も激減していった(3)。一九三七年に発表されたデルモア・シュウォーツ(Delmore Schwartz)の短編「夢で責任がはじまる」("In Dreams Begin Responsibilities")が、主人公の両親にとっての、若かりし日の思い出の地としてコニーアイランドを描いているのは象徴的である——そこに登場する遊園地は、青年が見る夢のなかの映画館で上映されるサイレントフィルムの映像というかたちで、もはや何層にも現実から距離を隔てられている(4)。

遊園地が示した未来像と都市社会の現実の関係がちょうど逆転し——本書の議論に即していうならば遊園地のモードが終わりを迎え——都市文化が成長から成熟へと移行しつつあった一九二五年に書かれた作品が、F・スコット・フィッツジェラルドの『グレート・ギャツビー』(以下、『ギャツビー』)だった。この小説には、これまでに見てきたような照明装置による演出効果、乗り物によるセンセーション、スペクタクルとしての建築といった要素が、作中のあらゆる場面に横溢している。それはつまり、遊園地的な都市のヴィジョンがすでにことごとく現実化しきっていたことを意味する。換言すれば、『ギャツビー』はかつて見た「未来」が行き詰まりを迎えた時代の物語である。もしくは、この時代の都市の「文化的変化に気づいていなかった」とされる主人公ジェイ・ギャツビー(Jay Gatsby)の人生を(5)、変化に敏感であったニック・キャラウェイ(Nick Carraway)が語りなおす物語でもある。第一次世界大戦以降、遊園地を眺める視線が過去への憧憬に浸されていった事実と並行するように、ニックはすべての出来事が終わった地点からギャツビーという人物について回顧的に語ろうとする。その作品にとって、あるいは成長のピークを迎えた都市社会の機微を重層的に描こうとする都市文学にとって、語る主体と語られる対象の距離を適切にコントロールすることはきわめて重要だった——すでに過ぎ去ったものを描き出すためには語りが必要となるのだ。本章では、遊園地のモードの終わりが刻印された『ギャツビー』という作品を、ニックによる「ナラティヴ」の操作に着目しながら分析する。

ラーマン版『ギャツビー』と強調される遊園地

バズ・ラーマン（Baz Luhrmann）が監督を務めた映画『華麗なるギャツビー』（*The Great Gatsby*, 2013）は、フィッツジェラルドの原作小説に独自の解釈や演出を加えたアダプテーションである。３Ｄ撮影された映画は、自動車による激しい走行シーンや、事故の衝撃、ギャツビーの屋敷で開催されるパーティーにおける歌やダンスや出し物のセンセーションを徹底的に強調しているため、作中のドラマ以上に映像の刺激やスピード感が観る者に強い印象を与える。そのような演出は「物語」よりも「ショック」を強調する初期映画の形態であった「シネマ・オブ・アトラクションズ」を彷彿とさせるだろう。[6]二〇一〇年代には、ＩＭＡＸシアターの隆盛や３Ｄ映画の活況など、「シネマ・オブ・アトラクションズ」への回帰ともいうべき状況があり、『ギャツビー』もこうした流れのなかに位置づけられる。

とはいえ、この映画が「アトラクション」的要素をことさらに強調しているのは、近年の潮流に沿っていたことだけが理由ではない。ラーマンによる演出は『ギャツビー』という物語の重要な象徴として、「アトラクション」によって構成される遊園地を利用しているのだ。激しい自動車走行のスリルとスピードや刺激的なパフォーマンスを３Ｄによって感覚的に経験させる映像形式の特徴は、そのまま遊園地のアトラクションの再現にもなっている。形式面だけではなく内容においても、ラーマン版『ギャツビー』は遊園地を意識させる台詞を原作に付け加えている。たとえば、原作の「きみの屋敷は万国博覧会みたいだな」(7)というニックの台詞は「きみの屋敷は万国博覧会みたいだな……それかコニーアイランドだ！」と改変され、ギャツビーの屋敷でのパーティーに対してもニックに「こりゃ……遊園地みたいだ」と言わせ、さらには終盤の回想シーンにも同じ台詞が配置される。パーティーの場面で演奏される音楽が意図的なアナクロニズムを含んだ現代的音楽であることも、遊園地さながらの非現実感・虚構性を強調した演出と考えられるだろう。

そのように、映像そのものを遊園地の疑似体験としての「アトラクション」に仕立てるのみならず、台詞や音楽を通しても、ギャツビーの屋敷を中心とした物語世界が遊園地のごとき人工空間であることを、映画は何度も伝えようとする――むろんそうした演出は、「家柄」や「資産」や「学歴」などのステータスをもたなかったジェイ・ギャツビーという物語の主人公が、ゼロから自らを再創造することで上流階級に属するデイジー(Daisy Buchanan)を手に入れようとして失敗する悲劇の派手さと虚しさを(もしくは、豪奢な屋敷や派手なパーティーが急ごしらえの「仕掛け」にすぎないことを)アイロニカルに表現しているわけである。そしてそのアイロニーは、もうひとりの主人公であり物語の視点人物となるニックが、アメリカ東部に対して、ニューヨークに対して、ギャツビーに対して感じる魅惑と幻滅の二重性の表現にもなっている。したがって、ニックと視点を共有するこの映画の観客は『ギャツビー』という物語を、遊園地に入り込んでスリルと興奮を味わいながら同時にその過剰な虚構性に辟易するような経験として享受することになる。

以上のようなラーマン版『ギャツビー』の強調点をひとつの足がかりにしたうえで本章が確認したいのは、『ギャツビー』の原作においても遊園地という磁場がきわめて重要な意味をもっていたのではないかということである。「狂騒の二〇年代」(Roaring Twenties)と呼ばれ、先にも示したとおり資本主義経済や消費文化・大衆文化がいっそう進展する社会のなかで、フィッツジェラルドやアーネスト・ヘミングウェイ（Ernest Hemingway）ら、第一次世界大戦という未曾有の惨劇を経た同時代の作家たちがロストジェネレーション（lost generation）と呼ばれたのは、華々しい戦後社会の「狂騒」の裏に既成の秩序の崩壊やはげしい虚無感を見て取っていたためだ。そのように考えたとき、スリルと快楽を追求するための巨大施設であった遊園地が一九二〇年代の時代精神――「狂騒」と「虚無」――を映し出す鏡として作中の象徴的要素に選び取られるのは、いたって自然であるように思える。本章では、『ギャツビー』がニックによる語りを通して遊園地というモチーフを随所に登場させていることを、「家」と「車」の表象に着目しながら検証したい。そのうえで、なぜ遊園地が『ギャツビー』という物語とナラティヴにとって重要であるのかをあらためて考える。

ヴォードヴィルから遊園地へ――大衆文化を模倣する『ギャツビー』

『ギャツビー』のリアリズムを逸脱した過剰さは、しばしば当時の大衆文化の表現と重ねて論じられる。キャサリン・クンス（Catherine Kunce）とポール・M・レヴィット（Paul M. Levitt）は、『ギャツビー』とヴォードヴィルの構造を比較し、九章からなるこの小説の各章の内容に、同じく多くの場合九幕構成をとっていたヴォードヴィル劇場での定番の出し物が意識されていることを順々に指摘している――たとえば、一章で肉体的強靭さと知的な愚鈍さを強調されるトム・ブキャナン（Tom Buchanan）は筋肉と肉体美を強調する「怪力男」、二章で登場するマートル・ウィルソン（Myrtle Wilson）とキャサリン（Catherine）の姉妹は「双子の姉妹のコーラス」と重ね合わせられている、というように。(8)『ギャツビー』に登場する各キャラクターの過剰な性質や行動はたしかに、「見世物」の模倣という企図を踏まえると理解しやすくなる。クンスとレヴィットは、一九世紀後半から一九三〇年代半ばまでの都市文化においてヴォードヴィルがいかに重要な文化装置だったかを強調したうえで、『ギャツビー』の執筆と同時期に戯曲も手がけていたフィッツジェラルドの劇場文化への強い関心を物語のなかに読みとろうとする。[9] パーティーの舞台を整えるギャツビーを演出家、ギャツビーの恩人ダン・コーディー（Dan Cody）を興行主と捉え、[10] 作品全体をヴォードヴィル劇場の九つのショーとして再構築する解釈は魅力的である。ただし同時に、その解釈から抜け落ちてしまう要素についても補って考えておく必要があるだろう。

ひとつは、貧しい家庭に生まれながら頻繁に豪邸でパーティーを開催する財力を手にしたセルフメイド・マンとしてギャツビーを描きつつ、結局は超えられない壁としての階級差を強調するこの物語は、そこに描かれる空間の差異によって登場人物たちの文化や境遇の違いを表しているという点だ。つまり、順々に物語に登場するニックの借家、トムとデイジーの暮らす邸宅、自動車修理工ジョージ・ウィルソン（George Wilson）の粗末な家、ギャツビーの屋敷、デイジーがかつて住んでいた豪邸といった建物が、それぞれ異なる空間に位置する異なる建築であることが、物語の構造のうえでも大きな意味をもっている——たとえば、ロングアイランドから突き出たふたつの架空の土地ウェストエッグ（West Egg）とイーストエッグ（East Egg）は、前者が新興住宅地で、後者が元々の富裕層が住む住宅地であるという設定によって、前者に巨大な屋敷を構えるギャツビーの力が結局のところ、後者にさらに巨大な邸宅をもつトムの資産に及ばないことが地理的に示されている。同じ舞台で連続的に演目を上演するヴォードヴィル劇場を小説の構造として把握することで見えなくなってしまうこうした空間的差異は、『ギャツビー』という物語にとってきわめて重要であるはずだ。

もうひとつ補うべき視点は、自動車の移動という要素の重要性である。『ギャツビー』のなかで深刻な話や打ち明け話はしばしば車内で語られ、恋愛感情も自動車での走行中に育まれる。車の移動には、たとえば次の引用のように象徴的な意味での関係の移行が表されもする——「［トムの］妻と愛人は、一時間前までは堅固に守られていたのに、いまや急速に彼の支配からすり抜けようとしていた。直観的に、トムはデイジーに追いついてウィルソンから遠ざかろうという二重の目的のもと、アクセルを踏みこんだ[……]」[11]。自動車はスリルとスピードを表現し、実際のアクシデントを引き起こしもする。一九二〇年代は自動車が本格的に大衆化した時代であり、同時に自動車事故が爆発的に増加した時代でもあった。一九〇〇年に発表されたシオドア・ドライサーの『シスター・キャリー』では馬車や列車に運ばれることがプロットを推進させていたが、四半世紀を経た『アメリカの悲劇』では、たびたび起きる自動車事故がプロットの転換点となる。『ギャツビー』においても、自動車事故が作中で最大の悲劇を引き起こすのである。「不注意な人たち」をキーワードとする『ギャツビー』が、実のところ「不注意な運転手たち」の物語であることは、たとえばニックの恋人ジョーダン・ベイカー（Jordan Baker）がふたつの自動車メーカーの名前を併せもつ事実などとともに（The Jordan と The Baker）、すでにくり返し指摘されてきている[12]。

したがって、各章が純粋なリアリズムとしては捉えきれない見世物のごとき過剰さと演劇性を表出させていることを前提にするとしても、それぞれの場を別個の意味を帯びた空間として捉え、かつ自動車による移動とアクシデントという登場人物たちの運動にも意識を注ぐ必要があるはずだ。そのように考えると、〈ヴォードヴィルの演目を鑑賞する経験を模倣する『ギャツビー』〉というクンスとレヴィットが示した構図は、劇場・見世物小屋・パヴィリオン・アトラクションをすべて含んだ〈遊園地を巡る経験を模倣する『ギャツビー』〉として捉えなおした方が適切であるように思われる。

序章で確認したように、映画やヴォードヴィルや遊園地などの種々の娯楽は、一九世紀末以降、独立して発達したというよりも、つねに重なり合いながら裾野を拡大してきた。フィッツジェラルドの映画や演劇への興味と関わりはたびたび論じられてきているが、そうした関心も必ずしもジャンルごとに完全に切り分けられるものではなかったはずである。実際、ニックはギャツビーの屋敷で開かれるパーティーに集まる人びとを「遊園地での振る舞い方のごときものに沿って行動していた」と形容している。[13] ギャッツビーのパーティーは、きわめて総合的なライヴ・エンターテインメントだったのだ。以下においては『ギャッツビー』の物語空間を、ヴォードヴィル劇場そのものを含む多数の劇場やスペクタクルを内包し、かつローラーコースターが危険と快楽とともに人びとを運んでいく遊園地的な場として——そのようにニックが語った場として——整理したい。

「家」＝パヴィリオン

『ギャッツビー』に登場する数多くの土地や家が、居住空間としてよりも見世物的空間として描かれていることから確認しておこう。小説の最後にロングアイランドの家々を眺めたニックが「家屋という本質的でないもの」と呼ぶように、[14] この小説のなかの家に確固とした生活の跡は存在しない。もちろん、そもそもデイジーが「ある夜、パーティーにふらっと迷い込むことを期待して」屋敷を購入したであろうギャッツビーにとって、[15] 自宅が人寄せのための「見世物」であるのは当然なのだが、そうしたありようはギャッツビーのみならず、他のキャラクターたちの家にも当てはまるのだ。そして、小説の語り手であり視点人物であるニックは、遊園地内の個々のパヴィリオンを見てまわる来園者のように、次々と「家」から「家」を訪れては、特異な空間を目撃し、誇張を交えながらその様子を語っていく。たとえば、二章に登場する「灰の谷」の描写は際立って不気味である。

ここは灰の谷——小麦のように灰が育ち、尾根となり、丘となり、グロテスクな庭園となる奇妙な農園である。灰が家や煙突や立ちのぼる煙のかたちをとり、やがて超越的な努力の果てに灰色の人間のかたちをとるのだ。[16]

さらに、「灰の谷」にある唯一の建物は「荒地の果てに建つ小さな黄色い煉瓦のかたまり」と表現され、そこにガレージを構える自動車修理工ジョージ・ウィルソン（George B. Wilson）の様子は「生気がなく」、「無気力」だと語られる。[17] ウィルソンの妻マートル（Myrtle Wilson）は「まるで彼［ウィルソン］が幽霊であるかのように」その横をすり抜けていき、[18] その後ウィルソンは壁のセメント色に溶け込んでしまう。[19]

「灰の谷」やガレージやウィルソンの様子には一貫して非現実的な雰囲気が漂うが、過剰な描写がくり返される『ギャツビー』のなかでは、こうした表現が読み手に恐怖を与えるよりも、過度の虚構性を感じさせる――だからこそ、その空間は「見世物」となる。コニーアイランドのスティープルチェイスパークには一九〇〇年代から幽霊屋敷がつくられていたし、ドリームランドにはボートで「地底世界」を探訪するアトラクション「ヘル・ゲート」（Hell Gate）が設置されていた。同種のアトラクションは各地の遊園地に存在し、園内の劇場ではしばしば定番の演目として「幽霊ショー」がおこなわれた。意図的な誇張であることが伝わってくる「灰の谷」のイメージには、本物の怪異や恐怖ではなく、こうした人工的なホラー空間の雰囲気こそが再現されている。

同じ二章には、トムが浮気相手であるマートルとの逢瀬に使用しているマンハッタンのアパートメントの一室が描かれている。この空間においてニックの語りが強調するのは、スケールの過剰さである。

アパートメントは最上階にあった――小さなリビング、小さなダイニング、小さな寝室に小さな浴室。リビングには、タペストリーで装飾された家具がドアまでところせましと並べられ、どれもがあまりに大きすぎるため、動こうとするとひっきりなしに、ヴェルサイユの庭園でブランコに乗る婦人たちの光景につまずくことになった。[20]

空間の小ささと物質の大きさのちぐはぐさによって、ひっきりなしに（continually）つまずくという運動が生じていることに加えて、ブランコという遊具のイメージがコミカルに登場してくる点にも注目すべきである。部屋でのマートルの様子はさらに次のように説明されている——

彼女の笑い声や、身振りや、主張がより攻撃的で気取った様子を帯び、その姿が膨張していくにつれ、周囲の部屋は次第に小さくなり、やがて彼女は、煙っぽい部屋でキィキィうるさい音を立てるピヴォットのまわりを旋回しているみたいになった。[21]

マートルが膨張して部屋が縮小するというさらなるスケールの狂いと旋回運動を合わせて考えるならば、アパートメントの状況はきわめて遊園地的である。コニーアイランドでは、いわゆる「巨人」や「小人」によるパフォーマンスを謳った見世物が盛んにおこなわれ、演者たちが園内を練り歩くなど、たえずスケールの撹乱が意図されていた。ドリームランドには「ミジェット・シティ」と呼ばれる「小人」たちの「町」があり、そこでは意図的に道徳や規律も無視されていたという。[22] よろめいたり回転したりといった運動も、遊園地の仕掛けがもたらす作用の基本形といってよいものだ。たとえばスティープルチェイスパークの「バレル・オブ・ラヴ」は回転型巨大シリンダーになっていて、遊園地に入場するために客がそこを通ると足をすくわれて回転する仕掛けで、見知らぬ人同士がたえずぶつかりあい、悲鳴や怒声が飛び交うことになった。[23] ルナパークの「ティクラー」（The Tickler）は、円形の車に乗って回転しながらぶつかり合うアトラクションである。さらに、くるくる回る人（pivoters）といえば、遊園地のダンスホールで毎晩踊る女性たちを指したのだった。[24] 各地の遊園地の定番であったヒューマン・ルーレット、メリーゴーラウンド、観覧車なども含め、人びとは通常の身体バランスを逸して、転んだりぶつかったり回転したりするという運動を頻繁に経験していた。階下の住人であるマッキー夫妻(Chester & Lucille McKee)やマートルの妹キャサリン(Catherine)を巻き込んだアパートメントでの乱痴気騒ぎは、こうした運動を模倣するように展開していく――「[マッキーの]妻とキャサリンは救急道具を手に怒鳴ったり慰めあったりしながら、ごちゃごちゃの家具にあちこちでぶつかってはよろめいていた」(25)。

このように家が動的なイメージで語られるのは、ブキャナン邸においても同様である。一章で家に招かれたニックは、玄関の扉から風が吹き抜ける部屋に案内される――

部屋のなかで完全に静止している物体は巨大なソファだけであり、そこにはふたりの若い女性が係留中の気球のように浮かんでいた。どちらも白い服に身を包み、ふたりのドレスはあたかも家のまわりを少しばかり飛行して、風に吹かれて戻ってきたばかりとでもいうように波打ってはためいていた。(26)

比喩に用いられている気球もまた遊園地にはおなじみのアイテムであり、コニーアイランドを宣伝するポストカードやポスターにもしばしば描かれた。引用箇所の直前では激しくめくれあがるカーテンが白い旗にたとえられており、上空に旗が並び気球が飛びかう遊園地の光景を想像させる。室内のソファ以外すべてを動かしているかのように誇張して描かれる強風も、たとえばスティープルチェイスパークの中央ロビーで、来園者の帽子やスカートを吹き飛ばしたり巻き上げたりしていたジェット旋風による仕掛けが評判だったことを思い浮かべれば、きわめてアトラクション的な描写であるとわかる。こうして、物語冒頭からニックは、見世物やアトラクションを思わせる建物に次から次へと入り込んでいく。ニックがほぼつねにそうした空間に招待されたり強引に誘われたりする立場であることも、機械や仕掛けにたえず翻弄されていく遊園地の経験を想起させる。

もちろん作中でもっとも遊園地的な家はギャツビーの屋敷である。先述したとおり、ショーや演奏や踊りが派手に繰り広げられるパーティーの様子は作中ではっきりと「遊園地での振る舞い方」と言及されている。それぞれの家が動きに満ちていることはすでに確認したが、「スペクタクルを生み出す者と見る者との伝統的な区別を取り払う遊びに満ちたアクション」に特徴づけられるギャツビーのパーティーは、[27]たびたび「カーニヴァル」的な祝祭空間として論じられてきた。[28]そして、キャソンが示しているとおり、ニューヨークにおける「カーニヴァル」といえば、当時の批評家たちがコニーアイランドを論じる際に「フェート」「フィエスタ」「マルディグラ」などの語彙と並んでもっとも頻繁に用いた形容でもあった。[29]ルナパークの経営者であるフレデリック・トンプソン（Frederic Thompson）自身が、遊園地を成功させるために唯一必要な要素が「カーニヴァル精神」だと断言している。[30]すなわち、ギャツビーのパーティーに参加することと、遊園地に遊びに行くことはほとんど同義だったのである。あるいは少なくとも、ニックはそのようにパーティーとコニーアイランドを同じ原理のもとに語ろうとしている。

ギャツビー邸の内部は「ノルマンディーのどこかの庁舎を精巧に模倣して作られたようなもの」と説明されるように、[31]異国や異なる時代のさまざまな意匠の「模倣」によって成り立っている。屋内の部屋も、「マリー・アントワネット時代の音楽室」、「王政復古時代の大広間」、「復古調の寝室」、「アダム様式の書斎」など、[32]いちいち様式の違いが説明されていく。こうした折衷主義のパロディともいえる極端なアナクロニズムも、同じく徹底的な折衷主義建築によって構成された遊園地の建物や、異国の風景や歴史的な厄災を「模倣」した「デリーの街路」「ヴェネチア運河」「日本茶室」「天地創造」「ポンペイ滅亡」などコニーアイランドの数々のアトラクションやショーを容易に想像させる——ギャツビー／コニーアイランドに共通しているのは、単に無節操な様式であるという点だけではなく、「過去は再現できる」というきわめて夢想的な信念でもある。ただしクリストファー・エイムズ（Christopher Ames）は、「『ギャツビー』のなかで、パーティーは構造としてもスタイルとしても重要だが、最終的には主題として重要ではない」と指摘している。[33] ギャツビーのロマンスという最大のドラマにとって、結局のところパーティーが意味をもたなかったとすれば、「過去」の継ぎ接ぎとして屋敷の様子をニックが「風刺を込めて」描写していく過程は、[34] ギャツビーの「再現」の失敗の壮大さをこそ強調していることになる（そのときギャツビーは、うまくいかないドタバタを演じる「道化」となる）。そしてまた、同様の皮肉を含んだ視線がほかの家にも注がれていたことは、翻ってニューヨークという都市自体を一種の失敗——あるいはちぐはぐで断片的な人工物——として提示していることになるだろう。

こうしてニックは、遊園地的世界の中心にギャツビー邸を置きつつ、ほかの人物たちが待ち構える空間をそれぞれ別個のパヴィリオンとして脇に配置していく。移民労働者たちが集う「灰の谷」を幽霊屋敷に重ね、マートルが自己を解放するアパートメントを見世物小屋に重ね、ギャツビー邸とブキャナン邸を遊園地のメイン会場（ギャツビー邸はよりアナクロニスティックに、ブキャナン邸はよりクラシカルに描かれているという差異も大きい）に重ねて語られる「家」の布置には、遊園地の祖であるシカゴ万博において、パヴィリオンの配置に差別的な企図が込められていたのと同様、人種や階級に対するニックの差別意識が表出している。シカゴ万博との対比でいうならば、ブキャナン邸＝新古典主義で統一された白人中心の「ホワイト・シティ」、ギャツビー邸＝疑似的なコスモポリタニズムを再現した「ミッドウェイ」、灰の谷／密会用アパートメント＝「非公式」に会場周縁でおこなわれていた雑多なサイドショー、というヒエラルキーになるだろう。態度や会話の節々に「北欧人種」の優越が脅かされることへの不安と嫌悪を露わにするトムの邸宅では、白く輝く扉や旗のような白いカーテン、デイジーと来客であるジョーダンの白いドレスなど、ことさらに「白」が強調されていた。対照的に、出自に謎を孕んだギャツビーの屋敷では、黄色をはじめとした複数の色彩、集う人びとの多様性、イギリスから輸入した衣服や混成的なジャズなどが強調されていたのだった。そして、シカゴ万博の会場の外の汚染された環境が「グレイ・シティ」と揶揄されたように、「灰の谷」では貧しい労働者たちが文字どおり灰にまみれて働いて、生気を奪われながら都市の輝きを支えているのである。

ただし、いずれの家についても徹底して虚構性を強調していることには、人種や階級を問わないニューヨークの住民全般に対するニックのシニシズムが潜んでもいるだろう。もしくは、そうした対象と語りのあいだにある醒めた距離は、ニューヨークという街へのニックの疎外感の反映とも捉えられる。さらに一方では、いずれの空間にもある程度魅了されているからこそ、それぞれの空間に賑やかで空想的なイメージを付与しているはずでもあり、優越と疎外、幻滅と魅惑のあいだの相反する感情の振れ幅が、都市と遊園地を重ねたアイロニカルなニックの語りを形成しているのである。こうしたナラティヴを通してわかるのは、中西部出身のニックが半年の短い期間ニューヨークというメトロポリスに暮らし、その特異な空間にそれなりの魅力を感じ（「ニューヨークが好きになり出していた」）[35]、しかし最終的に辟易して故郷へと戻る（「東部は僕にとって気味の悪いものになった」）[36]という一連の経験に、遊園地のさまざまな仕掛けに魅了されたのちに疲弊して帰る経験が、一種の暗喩として覆いかぶされているという、物語全体の構造である。

「車」＝アトラクション

それぞれの「家」をパヴィリオンとするならば、作中のほとんどの「家」から「家」への移動を媒介する自動車はローラーコースターに重ね合わせられる。「人びとがロングアイランドまで運んでくれる車に乗り込むと、どういうわけかギャツビー邸の玄関に辿り着いてしまうのだ」と説明される自動車は、[37]まるで運転手の意志を抜きに作動しているかのようである。ローラーコースターの走行に乗客の自律性が必要とされないように、『ギャツビー』に描かれる自動車運転においても、しばしば登場人物の他人任せな態度が強調される。語り手のニックはほとんどハンドルを握らず、同行する相手に運転させる。ニックの恋人ジョーダンは、ほかの人が注意をしてくれるから自分の運転は不注意でもかまわないと堂々と語る。ウィルソンは自動車の修理をおこないながら自らは運転しない。デイジーは交通事故を起こしたのが自分であるという真実を隠し通す。人物たちの主体性を徹底して欠如させる機械として、『ギャツビー』に登場する自動車は遊園地のローラーコースターに近い役割を与えられている。

その一方で、「見せるもの」としての自動車の機能は、登場人物たちのキャラクターを固定化する方向にも作用する。ニックのダッジ、ウィルソンのガレージに置かれたT型フォード、デイジーが実家で所有していたロードスター、トムのクーペ、ギャツビーのロールスロイスなどは、「家」と同様にそれぞれの階級と嗜好を示す明快なステータスシンボルであり、人びとを惹きつけるための文字どおりのアトラクションとしての役割をもっている。かつて富裕層にしか手の届かなかった自動車は、一九一〇年代から二〇年代にかけて、大量生産の実現によって次第に庶民にも買える乗り物へと変化していた。T型フォードの値段は一九〇九年には六五〇ドルだったが、一九二七年には二九〇ドルまで下がっている。[38] しかし、そうした一般化ゆえに、人びとは細分化した車種によっていかに他者との差異化を図るかにますます必死になっていった。つまり、自動車は乗る人の主体性を奪いつつ、より記号的なキャラクターを付与していくのである。

それゆえか、自動車との関係でニックの（ここではフィッツジェラルドの、といってもよいだろうが）画一的なステレオタイプが表出する場面も多い。たとえば、女性ドライバーであるジョーダンとデイジーには、男性よりも劣った運転手という記号が押しつけられている。先述したとおり、ジョーダンは危険な運転を諫めるニックに対して、自分が不注意であっても相手が不注意でないかぎり事故は起きないという開き直った発言をするし、感情が昂っていたデイジーはトムの愛人マートルを轢き殺してしまう。女性の方が身勝手で感情的だというステレオタイプが、運転の稚拙さと明らかに結びつけられているのである。一九世紀末には女性が乗る自転車が解放と抑圧のせめぎ合う地点とみなされたことを第二章で述べたが、同じように、一九二〇年代には女性ドライバーが増加しつつ危険視される風潮が生まれていた。一九二〇年に女性参政権が承認されたことは女性の社会進出をいっそう印象づけたものの、一方で男性側からは女性解放の過度な進展に対する反発も巻き起こり、それが女性ドライバーの運転が危険だという根拠のないイメージに寄与したと考えられている。一九二四年の『リテラリー・ダイジェスト』(*The Literary Digest*)には、「いつか統計が得意な者が、死亡や負傷をどれほど女性ドライバーが引き起こしているか示してくれるだろう」と書かれている。(39) こうした価値観を追認するように、『ギャツビー』の不注意な運転手たちの中心には女性ドライバーが据えられているのだ。遊園地のローラーコースターは身体と機械の関係を揺さぶる装置だったが、より社会的な路上における自動車をめぐっては、同じ問題がジェンダーの衝突をも焦点化させるようになったのである。

事態を反対側から見れば、『ギャツビー』のなかで、主体的に乗りこなすというより人間を「運んでくれる」と表現される自動車には、ベンジャミン・フランクリン的なギャツビーの自己鍛錬に見られる「男らしさ」や、スポーツ選手だったトムの白人男性至上主義的な「男らしさ」が揺るがされる契機が含まれていた。デボラ・クラーク(Deborah Clarke)は、「車が近代的な男らしさを示す場所となったとき、ますます技術化されていく文化のなかで男性のアイデンティティと特権のもろさが露呈することになった」と述べている。(40) ジョーダン、デイジー、ギャツビー、トム、ニックが一堂に介した決定的な日に、デイジーが夫ではなくギャツビーと同乗することを選び、帰路にはギャツビーに運転させずに自らハンドルを握ったことは——そしてその展開こそが、ギャツビーの成り上がりの夢に最終的な終止符を打つことにつながったのは——そうした「もろさ」の隙間に女性が入り込んでいった事態を象徴的に表す振る舞いであるだろう。ニックが観察する女性の運転の荒々しさは、イニシアティヴを握りそこねた男性の実質的な弱々しさと裏返しの関係をなしている。

個人所有されるスペクタクル装置となった自動車は、そのような男女の不均衡を抱え込みながら、交通機関の整った都市部ではもっぱら歓楽のために使われるようになっていく。『ギャツビー』のなかで自動車・馬車・タクシーといった車両は、遊園地のアトラクションがそうであるように、単なる移動手段ではなく快楽やスリルや恋愛を加速させるための演出装置として頻繁に用いられる。たとえばギャツビーとデイジーが恋愛関係を育んでいたのはデイジーのロードスターの車内だったし、ニックがジョーダンと恋愛関係をスタートさせるのも馬車のなかである。ギャツビーがはじめてニックに自身の秘密を打ち明けるのもロールスロイスのなかだ。その話の続きをジョーダンがニックにするのも前述の馬車である。ギャツビーのパーティーの豪華さは、ニューヨーク中から集まってくる自動車によって表現されている。すなわち、ニューヨークの車両は実用的な道具である以上に、ギャツビーが自らの屋敷でデイジーの隣に腰掛ける際にわざわざ背後で音楽を演奏させたのと同じ、演出装置なのである。激しい揺れや距離感の消失をもたらすコニーアイランドの種々のアトラクションで強調されていたポイントのひとつは、ハプニングを装った男女の接近や接触だったのであり、そうした機能を現実の都市で果たしていたのが自動車だった。第二章で列車をはじめとする移動機械がみな同様の役割を果たしていたことを論じたが、自動車は個人が所有する点において、その役割をいっそう押し広げたのである。

多くの人が自動車を運転するようになるとともに、遊園地が手放すことになった専売特許がスピードを味わう経験だった。ジョン・S・バーマン（John S. Berman）が、「自動車がステータスシンボルの役割を引き受けるにつれて［……］狂騒の一九二〇年代のさなかのアメリカの大衆がスピードと興奮を享受するようになった」と指摘するように、[41] 実際の都市で人びとはローラーコースターに乗るような運動を日常的に経験しはじめた。ロバート・S・リンド（Robert S. Lynd）とヘレン・M・リンド（Helen M. Lynd）が、一九二〇年代半ばにアメリカ中西部に位置するインディアナ州の小都市マンシー（Muncie）の参与観察をおこなった『ミドルタウン』（*Middletown*, 1929）に、日曜学校の教師と青年の象徴的なやりとりが紹介されている。

「肉体的な充足、名声、富——今日私たちが直面するあらゆる誘惑は、これら三つの誘惑に集約されます。イエスがもたなかった誘惑で、今日私たちがもつ誘惑をなにか思いつけるでしょうか?」「スピード!」とある少年がきっぱり答えた。望まれざる横やりはただちに無視された。けれどもその少年は、今日のミドルタウンの集団的な規範に抵触する、重要な四つの主たる傾向のひとつに触れていたのだ[……]。[42]

スピードが強く欲望されていることと、それが社会的に慎むべきものであることが同時に示されるこの印象的なエピソードに登場する青年が、四つの「誘惑」すべてを切望するギャツビーだったとしても違和感はないだろう。「フェンダーを翼のように広げて、僕たちはアストリアの半ばまで光を撒き散らした」と語られるドライブのさなか[43]、警官に止められるほどの「スピード」を出しながら、ギャツビーはニックに自らの「富」と「名声」を語って聞かせ(裕福な家庭に生まれ育って大金をもっていること、警察長官にも一目置かれていることをアピールする)、デイジーとの「肉体的な充足」を成就させるための下準備を進めている。遊園地のアトラクションがもともと精神を空洞化させることを危惧されていたように、ローラーコースターによく似た自動車のスピードは、理性や精神よりも欲望や肉体に強く作用する。出自に関する嘘、密造酒に関わる仕事、既婚者との不倫願望という、いずれの後ろ暗さも自動車のスピードが覆い隠し、加速による高揚感のなかで正当化されていくのである。ドライブのはじめにはギャツビーの話を疑っていたニックが、ほどなくして「すべてが真実だった」と考えてしまう変化の速さは、文字どおりスピードのなせる技だ。

スピード感覚によって増幅されるスリルや秘め事に関わる快楽は当然、危険と隣り合わせであるからこそ生じるものである。遊園地のローラーコースターとは、もともと乗り物の危険や事故をパロディ化した装置だった。たとえば、コニーアイランドには一八八四年に早くも高速移動のスリルを楽しむローラーコースターが設置されており、同種のアトラクションはすぐに遊園地の定番となった。ドリームランドに一九〇四年に設置された「ジャンピング・フロッグ」（The Jumping Frog）は、はっきりと事故をテーマにしている。向かい合う車両が高速で走って衝突しそうになったところで、片方の車両の上についたレールをもう片方の車両が乗り越えて、事故が回避されるという仕掛けだ。しかし、現実には（ジョーダンがそう望んだように）相手側がいつでも事故を避けてくれるとは限らない。実際の都市でも一九世紀末以降、交通ネットワークの複雑化とともに車両事故が年々増加していたが、そのペースは自動車の大衆への普及によって急速に増していく。国内の公道での事故を調査した統計によれば、一九一八年に自動車事故による年間死者数が一万人を超えるようになり、一九二五年には二万人を上回っている。[44] あたかも事故による負傷や死亡への恐怖をスリルや快楽に変換して飼い慣らすかのように、人びとは同じ時期に遊園地のローラーコースターに殺到し、一九二〇年代の生き残りを懸けた遊園地は新型のローラーコースターの開発に邁進した。[45]

そのように、もともとはローラーコースターが現実の交通状況を模倣し、のちに自動車がスペクタクル化して過激なパロディだったはずのローラーコースターに近接することで、遊園地のアトラクションと自動車は、互いに快楽と危険の裏表の関係を表象し合うようになっていった。『ギャツビー』のなかでも、ニックは自らが当事者になることを逃れながら、くり返しさまざまなレベルの自動車事故を語っていく——はじめはパーティーの日に脱輪してしまった車と酔っぱらった運転手をユーモラスに描く喜劇として、二度目はトムの浮気が発覚してデイジーとの関係に影を落とすきっかけになる不穏な予兆として、そして三度目はデイジーがマートルを轢き殺してしまう最終的な悲劇として。禁じられた恋愛のスリルや身を滅ぼしかねない快楽をむさぼる「不注意」な人びとが、最終的に不幸な結末に至るまでの過程を、自動車事故が急増していたアメリカ社会と二重映しにし、そこに巻き込まれながらも一定の距離をとろうとするニック——“car”と“away”をその名に含みもつ[46]——がつぶさに語っていくというプロットは、自動車を遊園地さながらのアトラクションとして徹底的に活用することではじめて実現されている。そしてまた、移動しながらも主体性を発揮しない観察者の立場に身をおける自動車という機械装置こそが、出来事を追いかけつつ、その都度コミットメントの距離を調整するニックの巧妙なナラティヴを支えてもいるのである。

「遊園地」＝戦争

『ギャツビー』という物語の都市風景に、ニックが遊園地という場のイメージを何重にも覆い被せる過程を確認してきたが、なぜそのような構想が重要な意味をもつのかを今いちど考えておこう。この小説が遊園地を重要なモチーフとして用いていることは、実のところ本を手に取るだけでもわかる。『ギャツビー』の有名な表紙のイラストには、はっきりと光り輝くコニーアイランドのフェリス・ウィールが描かれているからだ（【図】）。ただし、表紙を描いたフランシス・クガート（Francis Cugat）は、『ギャツビー』の原稿が完成するより前にこのイラストを描いたという。

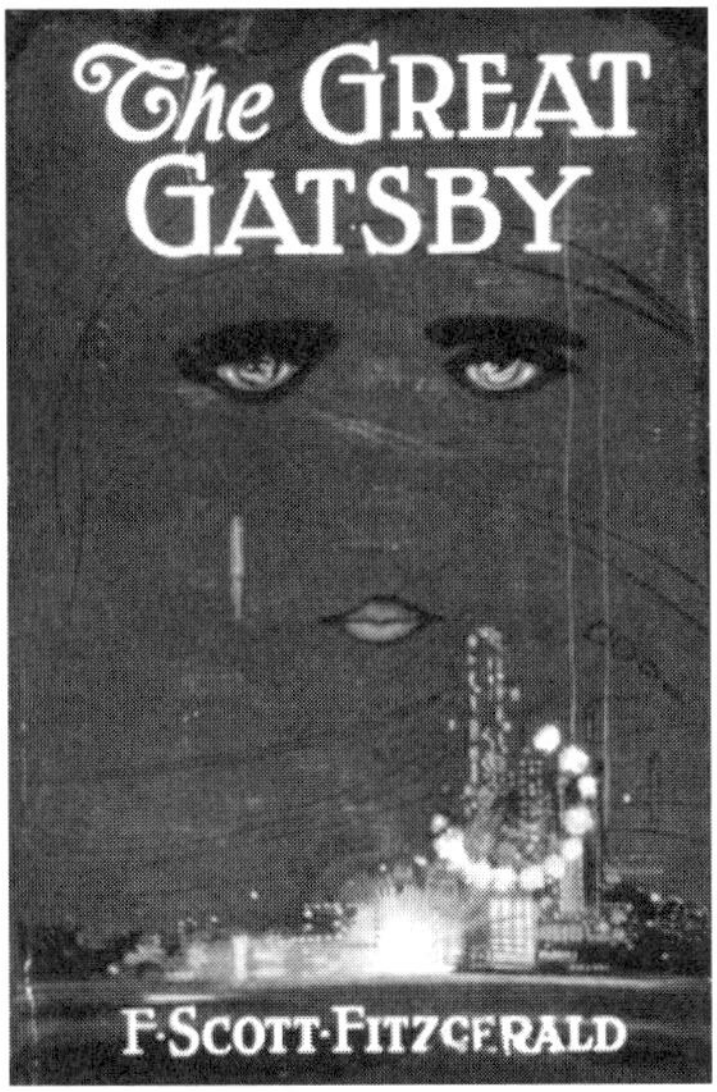

【図】『グレート・ギャツビー』表紙。

チャールズ・スクリブナー三世（Charles Scribner III）は、『ギャツビー』のプロローグとなるはずだった短編「罪の赦し」（“absolution,” 1924）に登場する遊園地の眩い光と、ギャツビーの豪華な生活を象徴する光のイメージがつながっていることを、誰かがクガートに伝えた可能性を論じている。[47] ただし、その光がどのような役割を担っているかについて踏み込んだ議論はおこなわれていない。

「罪の赦し」では、迷いを抱え苦悩したシュウォーツ神父（Father Schwartz）が、ギャツビーの原型とされる美少年ルドルフ・ミラー（Rudolph Miller）に、「誰も彼もが最良の場所に集まるとき、物事はつねに輝きつづけるようになるのだ」という自説を聞かせる。[48]そのような場所の例として、神父は「パーティー」を挙げた直後、今度はルドルフに「遊園地」に行ってみるように勧める。

フェアみたいな場所だ。ただしもっとずっと輝いている。夜に遊園地に行って、少し離れた場所に立ってみなさい——暗いところ、暗い木の下に。光で出来た観覧車が空中を回転していくのが見えるだろう。それから長いボートが水の中に飛び込んでいくところも。どこかでバンドが演奏しているし、ピーナッツの匂いもする——すべてが輝いているだろう。だが、いいかい、それがなにかを思い出させたりはしない。色のついた風船みたいに夜空に浮かんでいるだけなんだ。柱についた大きな黄色いランタンみたいにね。[49]

シュウォーツ神父は、「ただし、近くに寄ってはいけないよ」と付け加える——「そうしたら、熱と汗と人間の生活しか感じられないのだから」。[50]ルドルフは信仰にまるでそぐわない神父の言葉に戸惑いながらも、「神とは無関係に、言い表せないほど華やかなものがどこかに存在しているのだ」という確信をもち、最後の神父の忠告についてはなにも考えようとしない。[51]結局この短編が『ギャツビー』に組み込まれることはなかったが、ギャツビーはあたかもシュウォーツ神父の言葉に従ったかのように、遊園地のような屋敷で煌びやかなパーティーを開くのである。デイジーが暮らすブキャナン邸のある桟橋から発される緑の光に手を伸ばしたギャツビーが信仰していたのは、人工物で覆い尽くされた世界だった。むろん、ギャツビーにとってロマンティックな信念の対象はただの成金趣味とは異なる「本物」だっただろうが（緑の光はそれゆえ作中で超越的なイメージをもつ）、その対象が単なる「作り物」とまったく見分けがつかないことが、物語最大の、あるいはメトロポリス特有の悲劇になっている。ギャツビーにとって人工の力を信じることは、すべてをつくり変えられるという夢につながったはずである。人工的に引いたグリッドの区画に沿って街中に摩天楼を築いてきたニューヨークは、まさしくそのようにして発展した空間であり、遊園地はその世界における聖地だった。マリエッタ・ホリーの小説『サマンサ』のなかではまさに、教会の説教を聞いたジョサイアが、「新しいエルサレム」(New Jerusalem) の話をコニーアイランドの説明だと思い込んでいたのだった。[52] ただし、『ギャツビー』のなかでその世界に登場する「神」が、眼科医T・J・エックルバーグ博士 (Doctor T. J. Eckleburg) の広告の眼という間違った崇拝対象だったことに示されるように、ニックによって「神の子」と形容されたギャツビーがニューヨークで抱いた希望も、最終的に間違った夢となる。それは、シュウォーツ神父の遊園地の「近くに寄ってはいけない」という警告によって示されていた過ちだったといえるかもしれない。音楽評論家ジェイムズ・ハネカー (James Huneker) は、一九一五年にすでにシュウォーツ神父とよく似た警告を発していた——「粗野な力と賑わいと喧騒に満ちたコニーアイランドは、美化された炎の都市だ。だが、近づきすぎてはいけない」。[53]

遊園地の鮮やかな光が一般的に表していたものはたしかに、もともとは電気や機械のテクノロジーが指し示す、神をも恐れない進歩主義的な明るい未来であっただろう。しかし『ギャツビー』においていっそう重要なのは、本章のはじめに確認したとおり、その光がもちえていたユートピア的ヴィジョンが、一九二〇年代にすでに失われていたという事実の方である。戦後の遊園地の光は未来を照らしてはいなかった。だが、自らの屋敷を光で埋め尽くして遊園地を再現しようとするギャツビーはその事実を理解していない——もしくは過去を完璧に再現できるという信念をもつゆえに気づこうとしない。だからこそ、ニックが語るギャツビー邸が煌びやかであればあるほど、逆説的に現実とのギャップが強調されていくのである。同様に、ギャツビーが周囲の人びと、とりわけデイジーを惹きつけるために乗りまわしていた派手な自動車についても、わずか三社の量産型自動車メーカーが七割を越える車両を生産するようになっていた一九二〇年代には、階級的な差異を実質的に象徴するものとしての役割は終焉を迎えていたことが指摘されている。[54] いみじくも、トムがギャツビーの黄色いロールスロイスを一時代前のサーカス団の主な移動手段であった「サーカス馬車《ワゴン》」と呼んだとき(55)、ギャツビーの自動車がもつ魔法の効力が切れかけていることをトムは理解していた。遊園地を模したパーティーにせよ、派手さと高級感を演出する自動車にせよ、ギャツビーがすがろうとするアトラクション的なモダニティは、実際にはもはやほとんど機能していなかったのである。ニックの語りによってたびたび生み出される遊園地のモチーフは、そのような終焉・喪失の感覚をつねに作品全体に投げかけている。派手なパーティーがギャツビーの恋愛に最終的に意味をもちえなかったように、豪邸のイルミネーションも高級自動車のスピードも、強靭な意志で自らをゼロから創造したはずのギャツビーを記号的な断片の継ぎ接ぎに分解してしまう。ニックの語りは、ギャツビーが纏う煌めきをつぶさに伝えながら、その姿を明確に描き出すのではなく、むしろばらばらに解いていくのである。

ハネカーの警告にも表れているように、遊園地はもともとディストピア的ヴィジョンも多分に内包している。そもそも一八六〇年代にコニーアイランドの行楽客相手に商売をはじめたのは暴力団や賭博師など裏稼業に関わる人びとであり、当初このリゾートはしばしば犯罪の温床とみなされた。ウェスト・ブライトン・ビーチを中心に、一八九四年頃まで政治家ジョン・マッケイン（John Mckane）が「ボス」としてコニーアイランドを牛耳り、非合法の商売を保護して治安悪化を助長していた。「海辺のソドム」とも呼ばれた起源のいかがわしさを別にしても、遊園地はもとより危険を消費対象にすることで成立する娯楽である。ローラーコースターのスリルにも、災害や戦争をテーマにしたパニックスペクタクルにも、幽霊屋敷にも、「ヘル・ゲート」のような地獄をモチーフにしたアトラクションにも、死のイメージが色濃く張りついている。遊園地において現実の火災が何度も起きていることはすでに述べたが、死亡事故も決して珍しくなかった。一九一〇年にはコニーアイランドの米西戦争をテーマにしたローラーコースター「ラフライダーズ」（Rough Riders）が事故を起こし三人が死亡し、五年後にも同じアトラクションの事故でさらに三人の死者が加わった。しばしば残酷な見世物がおこなわれたドリームランドでは、一九〇二年に象のトプシー（Topsy）

の公開処刑がおこなわれている。ジークムント・フロイト（Sigmund Freud）が「死の欲動」の概念を提起するのは、第一次世界大戦からの帰還兵が抱える反復強迫を目にしたのちのことだが、くり返し遊園地に足を運び、死のリスクと恐怖を何度も味わう行為には、反復強迫に近い病理が感じられるだろう。(56) 一九〇七年に、ローリン・リンド・ハートは、「死にそうな思いをすること」を求めてコニーアイランドに通うマンハッタンの人びとが「単なる病気ではすまない、強迫観念を抱えている」と述べている。(57) 遊園地がはじめから孕んでいた、都市の混乱や危険をいっそう過剰化させた暗い死のビジョンが、大戦を経ることでユートピア的ヴィジョンより遙かに前景化してしまったことも、遊園地の人気が凋落した一因である。

戦争に巻き込まれたニックは、眩い人工の光が過去から発されたものであり、現実には文明の悲劇へとつながっていった事実をよく知っている。小説の冒頭で、ニックは自らが参加した大戦を「遅れてやってきたテウトネス族大移動」と歴史上の出来事にたとえたうえで、「その逆襲を心底楽しんだから、帰国しても落ち着かなかった」と回顧している。(58)「心底楽しんだ」という表現がアイロニーなのは明らかであり、その表現は逆説的に戦争による傷の深さを物語っている。同時に注目すべきなのは、現実のイベントをアナクロニスティックにスペクタクル化して捉え、それを楽しんだという言い方でアイロニーを伝えるという語り口が、ここまでに論じてきた、ニューヨークを遊園地に重ねてアイロニカルな視線を表現する手つきとまったく同じである点だ。すなわちニックのナラティヴのなかで、「戦争」と「ニューヨーク」は、ともに虚構化したスペクタクルのイメージによって同一のカテゴリーに置かれ、すでに失われたものに向けられる視線でもって再構築されているのだ。戦争によって生じた自らの歪みと傷跡をなぞりなおすように（それは一種の自己治療というべきものではないだろうか）、戦後ニックはニューヨークの証券会社というもうひとつの狂乱の舞台へと自ら飛び込んだのである。あるいは、シドニー・H・ブレマー（Sydney H. Bremer）が「ニック・キャラウェイの、家族を基盤にした少年時代の都市的コミュニティからの疎外を刻印したのは［……］戦争である」と指摘するように、[59]戦後のアメリカ社会のなかにニックの居場所はもはや決定的に失われていた。戦争によってもたらされた特需に沸くアメリカ／ニューヨークの二〇年代の「狂騒」とは、少なくともニックにとって、進歩主義とテクノロジーが手を組んだ万博的ヴィジョンの先に生じてしまった世界大戦という悲劇的な「スペクタクル」の余波、あるいは延長戦だったはずだ。そこにおいて遊園地は、ニューヨークを戦争の焼け跡に変えるメタファーと化す。

戦争はニックを深く傷つけ、ギャツビーにデイジーと出会う機会と喪失の両方を与えた。その混沌が、ふたりを「スペクタクル」の続きの舞台であるニューヨークに引き寄せたが、その空間へのふたりの評価は決定的に異なっていた。小説のちょうど中間地点に位置する第五章の冒頭に、ギャツビーとニックの遊園地へのスタンスの分かれ道を示す場面がある。夜中に屋敷の前でニックと出会ったギャツビーは、「コニーアイランドに行こう、オールドスポート。私の車で」と誘う。ニックは「もう遅すぎる」と言う。[60]ギャツビーがとっくに日が落ちた後であってもローラーコースターのごとき自動車に乗って遊園地を目指そうとし、ニックが遊園地に向かうにはすでに遅すぎるときっぱり拒絶するこの短いやりとりは、抽象的な次元でこそ理解されるべきだろう。物語前半でひたすら他のキャラクターの誘いに従って行動しつづけていたニックが、ここではじめて明確に拒否しているゆえに（つまり、翻弄されることを基本原理とする遊園地の訪問者的な振る舞いから決然と抜け出してみせているゆえに）、「もう遅すぎる」という一言には読み手を驚かせるインパクトがある。ふたりは正反対の世界観をもって、コニーアイランドに象徴されるニューヨークという磁場に対峙しているのだ。ニックの語りは作品全体に遊園地のイメージを利用しながら、物語の中間地点に至ってふたつに分裂する真逆のヴィジョンを提示している。否定しがたい吸引力を帯びた〈遊園地＝ニューヨーク〉は、ギャツビーにとってもニックにとっても重要な「夢」である――ただし、前者にとってはいまだ完璧に蘇らせるべき未来の「夢」、後者にとってはもはや完璧に潰えたあとの過去の「夢」なのである。

終章

遊園地のリズム

W・E・B・デュボイス「プリンセス・スティール」

「プリンセス・スティール」とデュボイスのリズム

二〇一五年に発見されたW・E・B・デュボイスの短編「プリンセス・スティール」(ca. 1908-10)は、「鉄」をめぐる寓話的あるいは思弁的なSFだ。ここまでの章で見てきた自然主義やモダニズムの文学とは一見かけ離れたジャンル小説にも遊園地的な想像力が共有されていることを確認しつつ、本書が掴み取ろうとしてきたモダニティのありかたについて、最後にあらためて整理しなおしたい。

物語冒頭の舞台はニューヨークのブロードウェイに建てられた摩天楼である。ビルの最上階にやってきた新婚旅行中の「私」と妻に、社会学者であり黒人であるハンニバル・ジョンソン(Hannibal Johnson)が発明品メガスコープ(megascope)を披露する。ジョンソンは次のように言って、世界のもうひとつの時空を夫婦に見せようとする――「我々は遠くにある大きなものを望遠鏡で見ることができるし、近くにある小さなものを顕微鏡で見ることができるだろう。「遠くの大きなもの」と「近くの小さなもの」は見えるが、「大きくて近いもの」は見えないのだ」。[1] ジョンソンの手ほどきによって、「私」はメガスコープを通して「大きくて近いもの」(the Great Near)としての鋼鉄の歴史を目撃することになる。そこでは、アフリカの血を引く王女の鉄でできた毛髪が搾取され、アメリカ中に鋼鉄が紡がれていく物語が展開する。明らかに植民地の収奪や資本主義社会のアレゴリーとなっているその時空間が、「私」の妻には見えていなかったことがわかったところで、夫婦は足早に部屋を後にする。幽閉された鉄の王女の髪としてアメリカ中に伸びていくしなやかな鋼鉄と、地上から上空に垂直に伸びた無機質な鉄のビルは相似の関係にある。最終的に「私」が突きつけられるのは、メガスコープの先にある悲劇ではなく、摩天楼から広がるマンハッタンの眺めを謳歌していた自分が置かれた立場の気まずさである。

本書の関心を前提にしたとき、この短編には重要な点がふたつある。ひとつは、新婚旅行でニューヨークを訪れた夫婦が実験装置を通じて現実と位相の異なるもうひとつの世界を目撃するという物語が、きわめて非現実的なプロットに見える一方で、レジャーとしてメトロポリス内部もしくは近郊に位置する娯楽施設を訪れるという、当時のアメリカ人の典型的な経験とも重なり合っている点だ。ハンニバルが見せる世界は日常のリアリティとはかけ離れているが、科学の力や歴史上のイベントを誇張しながら娯楽として提示する手法は、サーカスやヴォードヴィルのショーなどで頻繁におこなわれていたものである。もちろんスコープを覗くという設定はキネトスコープなどの映画装置を思わせる。実際、パノラマやファンタスマゴリア・ショーの技術と観客の身体に働きかける演出を組み合わせた仮想旅行装置も、二〇世紀初頭には実用化されていた。一九〇一年のバッファロー万国博覧会博に登場した「トリップ・トゥ・ザ・ムーン」（Trip to the Moon）や、一九〇四年のセントルイス万国博覧会に登場し、ほどなくして初期遊園地の定番となった「ヘイルズ・ツアー・オブ・ザ・ワールド」（Hale's Tours of the World）など、映画とローラーコースターを複雑に組み合わせたアトラクションによって、人びとが都市にいながら外国や現実には存在しない世界を旅するという娯楽はごく一般的なものになっていった。デュボイスの短編もまた、そのようなショーやアトラクションの装置と想像力を共有した物語だといえるだろう。ハンニバルがもうひとつの世界を、望遠鏡でも顕微鏡でも捉えられない「大きくて近いもの」と呼んだように、現実の都市においても、日常生活のすぐそばに大きな存在として、娯楽を通じた位相の異なる世界が広がっていたのである。

デュボイスのフィクション作家としての評価がこれまで芳しくなかった理由として、しばしば「不可解なまでの奇異さ」が挙げられるが[2]、現実ともうひとつの世界とを描き分けるその「奇異」な発想が、当時の娯楽施設の構造とつながるものであった点は指摘しておくべきだろう。一八九七年に「娯楽の問題」（"The Problem of Amusement"）と題する論考を発表し、余暇と娯楽の重要性を説いたデュボイスは、実際に娯楽のありかたに多大な関心を寄せていた。この論考のなかでデュボイスは、黒人教会が信者に対してピクニックや文化イベント等さまざまな娯楽を提供してきた状況を解説するが、[3] こうした教会主導のピクニックや小旅行の目的地となっていた各地の公園こそが、次第に遊具を備えるようになり、世紀転換期に次々と遊園地に発展していったのだった――パブリックな空間がしばしば人種隔離を伴うプライベートな商業施設に置き換わっていくことは、デュボイスにとって望ましい変化ではなかったはずである。それゆえ、「プリンセス・スティール」の独自性は、単に流行していた商業娯楽の想像力をSF小説に利用したと思われるところではなく、娯楽のなかに頻繁に表象されていた仮想世界像を批判的に反転させているところにある。「ヘイルズ・ツアー」などのアトラクションは、しばしば教育効果を宣伝文句にしており、それらの装置がもともと万博に登場したものであることからもわかるとおり、その教育内容とは多くの場合、帝国主義的な民族展示と似通っていた。デュボイスは商業娯楽に含まれる白人中心主義的な視線を裏返すように、帝国主義の背後にあるマイノリティの搾取の構造を鑑賞者である「私」に突きつけてみせたのだった。

「プリンセス・スティール」が示しているさらに重要な点は、都市の娯楽と同質の機構をSF的な設定に取り込みつつ、その作業によって摩天楼と人間の関係を組み替えようとしていることだ。その試みは、メトロポリスの環境と個人が結びうる関係のひとつの可能性を示唆しているように思える。本書がここまでの章で扱った作品は、いずれも照明・交通機関・建築といった都市の構造物と人物との関わりを重要なモチーフにしていた。照明装置はプルーフロックをたえず変形・変身させ、列車はキャリーの気分を変転させ、集合住宅はマギーをメロドラマの型にはめ、摩天楼はサンドバーグの身体を溶け込ませる。あるいはニックは都市のなかを遊園地のローラーコースターに身を任せるかのように運ばれていく。いずれのキャラクターも、主体／客体もしくは能動／受動という安定した関係が成り立ちえない動的な都市環境における新しい認識と運動のありようを模索していたのだった。「プリンセス・スティール」のなかで、はじめに眼前に広がる摩天楼都市を楽しんでいた「私」と建築の関係は、もうひとつの世界を通じて、鉄筋高層ビルがアフリカに出自をもつ王女の髪の毛のイメージに置き換えられた結果、激しい変容を被る。衝撃のあまりメガスコープを手放した「私」は、「君は見なかったのか？　聞かなかったのか？」と妻に問いかけながら、自らが味わった身体感覚を何度も必死に反芻しようとする。[4]　すなわち、ここでの関係の変容のありかたは、無機物を有機物に変換し、動的なイメージのなかに自らが身体的に巻き込まれていくというものである。

「二〇世紀の問題はカラーラインの問題である」と宣言したデュボイスにとって、摩天楼はまさしく人種のラインが層をなす場だったはずだろう。そのラインは無機的であり幾何学的だ。そして、ジョンソン曰く、メガスコープの開発に利用されたのは、二〇〇〇年分の「日々の出来事、生、死、結婚、病気、家、学校、教会、組織、弱者、狂人、盲人、犯罪、旅行、移住、職業、収穫物、作られたもの、壊されたもの」の仔細なデータだという。[5]　データや統計の無機質さと幾何学的な形象をもつ高層ビルとは、一見すると非人間的なイメージを補完しあっている。世紀転換期の文学が孕む矛盾について、マーク・セルツァー（Mark Seltzer）はとくに自然主義に着目しながら次のように指摘している——

一方では、私たちは自然主義のディスコースのなかに、個人・表象・行為の「物質性」あるいは「物理性」の強い主張を見出す。もう一方には、個人・身体・運動の、モデル・数・地図・図表・図式的表象への強力な「抽象化」が見出せる。それは［……］混成的あるいは統計的個人、動いているモデルや生きた図表、自然主義の不自然な「自然」を、同時に表象し産出する二重のディスコースなのだ。[6]

意志や理性よりも環境の力や神経刺激に突き動かされる人びとは歯車のような「モノ」そのものに近づいていき、他方で主体性を奪われた個人は集合的な「データ」に還元されていく。自然主義に分類される作品に限らず、本書で見てきた世紀転換期の文学に登場する人物たちもみな、そのような二重の引力に絡めとられそうになっていた。しかし矛盾した両極に振り切れずに、その中間で動くこと、境界線を揺るがしながら中間の動きを感取することが、「プリンセス・スティール」が提示してみせている態度なのではないか――すなわちそれは、「抽象化」されたデータを幻想的な寓話に視覚化し、強固な「物理性」をもつ鉄のビルをしなやかに伸びる毛髪のイメージに置き換えて、そこに「私」の身体を巻き込んで認識を変化させるという方法である。近代世界のなかで主体的でも受動的でもないこうした運動感覚を貫くあいだ、「モノ化」とも「データ化」とも違う、個人と環境の有機的な関係が形成されることになる。

それはたとえば、デュボイスが一九〇〇年のパリ万博で展示した、アメリカの黒人の状況を訴える約六〇枚のグラフや地図で使われた戦略にもつながっている。デュボイスは現在でいうインフォグラフィックの手法を用いて、カラフルな色使いと曲線や円の多用によって感覚的に図表を理解させることを試みた。(7) たとえば、一八九〇年の都市と田舎に暮らす黒人の人口比を表したグラフでは、緑・青・黄・赤という鮮やかな色彩を用い、ジグザグの直線と渦巻き状の曲線を対比させることによって、田舎に住む黒人人口の多さを印象的に提示している(【図】)。こうした図は統計の中身が指し示す深刻さでもってよりも、まず図表の鮮やかさや賑やかさで見る者を惹きつけるものだった。来場者の視線は、色彩の意味を求めたはずであるし、渦を巻く線に合わせてぐるぐる動いたはずである。その運動によって、展示を見る人は文字どおり「カラーライン」の問題に巻き込まれていく。展示を見る自らの主体性と展示に巻き込まれる受動性の循環のなかで、人びとは身体的に図表を解釈するように促される。デュボイスは人種問題の深刻さを示す図表に動きを与えることで、統計をただの数字に「抽象化」させず、同時にデータを構成する人間も意味をはぎ取られたただの「物質」にさせまいとしたのである。

こうした手法をさらに言い換えるならば、デュボイスは色や形の多様なリズムでもってコミュニケーションを生み出そうとしていたのだと考えられる。ジェニファー・L・フライスナー(Jennifer L. Fleissner)によれば、デュボイスは社会ダーウィニズム的な「自然」の法則と計測不能な「意志」の力というふたつの「リズム」の相互作用が人

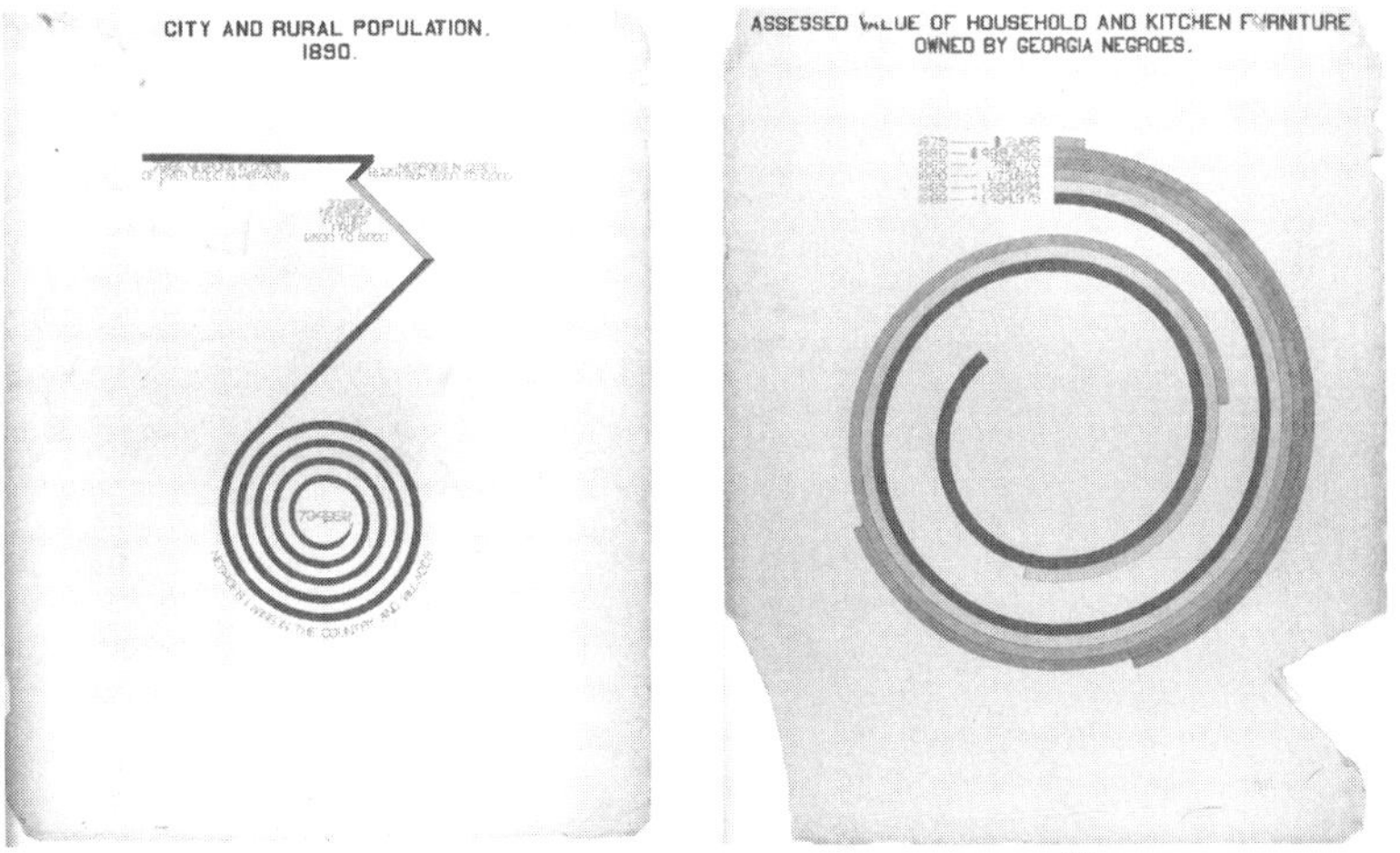

【図】パリ万博でのデュボイスによるプレート展示。[10]

間の生活を規定すると考えていた。[8] 社会学の方法論について記された論文「ためらう社会学」（“Sociology Hesitant,” ca. 1905）のなかで、デュボイスは「自然」を「物理的な法則」、「意志」を「生物的な習慣」と言い換えている。[9] つまり、デュボイスにとって、物理環境に作用されることと習慣に従って行動することの中間の動きのなかに生活があり、その中間的な運動の別名が「リズム」なのだった――「物理的な法則」のなかには高層ビルのような構造物が強いる振る舞いもあり、「生物学的な習慣」のなかには人種差別のような規範化した振る舞いもあるはずだ。リズムの相互作用とはたとえば、摩天楼にたえざる動きを見出したり、統計や図表をダイナミックな色と線によって表現したりして、「自然」と「意志」を変化させ合うような態度のことである。デュボイスはＳＦのフォーマットや統計の手法を使いながらも、テクノロジーや社会科学的知見だけでなく、リズムを加えることによって、あるいはリズムのなかに人間を置くことによって、現実認識を揺さぶろうとしていた。

　そのように捉えたとき、本書で分析した都市文学に表現されていた登場人物たちのさまざまな認識と運動のありかたもまた、リズムとの格闘なのだといえるのではないだろうか。セルツァーは小説中の「動いているモデル」「生きた図表」「不自然な「自然」」にディスコースの矛盾や分離を見出したが、そうした表現によって捉えられた一見ちぐはぐな振る舞いはむしろ、都市生活のなかで環境と自己を融合・循環させるために必須の手段だったはずである。デュボイスが展示したインフォグラフィックの渦を巻く大胆な線の動きが、ローラーコースターやフェリスウィールの軌道にも、それを模倣した漫画の特徴的なデフォルメの線にもよく似ていることは、まったくの偶然とは言い切れないだろう。(11)

リズムの感取——主体・反復・ズレ

ここまで各章で詳しい検討抜きに用いてきたリズムという概念について、今いちど考えておこう。一般的な語としてのリズムは、天体の運行や季節の変化、一日の予定や習慣、呼吸や鼓動、歩行や運動、会話や人間関係の変化、生と死など、時間が関わるほぼあらゆる現象に伴うのみならず、色彩や音程や距離や密度など、五感とも密接に関係している。あるいは国家や共同体の興亡や都市の景観の変化など、社会現象とも切り離せない。古代から哲学の分野でリズムに関する考察は進められてきたが、一九世紀後半になると、生理学や心理学などの分野から、科学的にリズムを分析しようとする研究が進展した。世紀転換期にはさらに、文学作品にも関連づけられながら、人間と環境のあいだに横たわる重要な問題としてリズムがいっそう探究されるようになっていく。アメリカの心理学者エセル・パファー（Ethel Puffer）は、一九〇五年の著書『美の心理学』（*The Psychology of Beauty*）のなかでリズムを中心的な主題に据え、詩や散文についても以下のように言及している。

私が詩もしくは完璧な散文のリズムを感じると（もちろん完璧な散文もまた、独特の方法でリズミカルである）、あらゆる音のセンセーションが、私の内部に拡散する神経エネルギーの波を送ってくる。自らがそのリズムを模倣するゆえに、私はリズムとなる。[12]

自身の外部にあった詩や文章の「センセーション」が身体の内部に入り込み、その波を模倣することで自らが「リズム」になるのだと、パファーは述べている。模倣という主体的な行為を通じて、自己と言語のリズムが一体化することになる。パファーにとってリズムは、豊かな活力を生む経験である。

一方、ミハイル・バフチン（Михаил Михайлович Бахтѝн）は、言葉の響きよりも主題としてのリズムに焦点を合わせている。一九二〇年代初めに書かれた、小説の主人公について論じた文章のなかでバフチンは、「精神の自由と能動性というカテゴリーで体験される生（体験、志向、行為、思考）」とは相入れないものとしてリズムを位置づけている。[13]バフチンは、慣習や制度や国家といった既存の価値に従属することとリズムに加わることを結びつけ、「リズムにわたしはただとり憑かれるのみであって、リズムの中でわたしは、麻酔をかけられたように自分を意識しない」と説明する。[14]バフチンにとって、リズムへの参加は他者への服従であり、規範や規則の反復に埋没することを意味している。同じく一九世紀末から二〇世紀初頭に、心理学と詩学の両方を探究したポール・ヴァレリー（Paul Valéry）のリズム論を、もうひとつの補助線にしておこう。ヴァレリーは『カイエ』に時間に関する断章を連ねるなかで、リズムを「いくつもの瞬間の継起だが、それらの瞬間が別々のものであるにもかかわらず――その継起はただ一つの仕方でしか起り得ない」と説明し、直後に「一つの継起に関して知覚されるあらゆる法則」がリズムなのだとまとめなおす。[15]伊藤亜紗は、ヴァレリーにとってのリズムもバフチンと同様に「行為の法則化」であり、「主体と世界がずれを含みつつも、しかしずれよりも一致が意味をもつ場合」を指すのだと定めている。[16]たしかに、なんらかの反復や法則がなければリズムは生じえないだろうし、その反復や法則はもともと主体の外部にあるものだといえそうである。

すなわちこの時期のリズムをめぐる議論のなかで解釈が分かれるのは、リズムに乗るという行為が能動的なのか受動的なのかという点と、その行為が単なる反復に終始するのか新しい経験を含むのかという点になるだろう。河野哲也は、バフチンの議論に修正を加え、「反復」が単なるくり返しではありえず、「何かが一旦、切れて、何かが新しく始まること」であると定義しなおしている——「反復は変異のために存在する。ある存在があらゆる変身可能性を提示する過程、それがリズムである」[17]。この変異はヴァレリーの言う「ずれ」とある程度重なり合う。ヴァレリーのリズムの定義においては「ずれ」より「一致」に重きが置かれていたものの、「ずれ」の存在が重要な役割を果たしているからこそ、リズムは「変化を含んだ規則性」だと説明されている[18]。主体のありかに関しても、伊藤が整理するとおり、強拍やアクセントなどの「等間隔さそれ自体がリズムを生むのではなく、主体が「間隙」を予期し、それを挿入することができるときに、リズムが生まれる」と考えられることから、主体の能動的な働きが重視されている[19]。ヴァレリーは主体と現象の一体化がリズムの「知覚」であるのみならず「産出」でもあると考えているため、その経験は創造的な側面をもつ行為だといえる。ただし、ヴァレリーのリズム理解には、次第にその知覚＝産出が自動化されていくことでリズムが主体を限定する強制力になるという特徴も含まれるため（ヴァレリーはその力が創作への刺激になるとも述べているのだが）、いずれ能動性が弱まるという点においてはバフチンのリズム論と大きく隔たっているわけではない。

以上のいくつかの議論を前提にするならば、リズムはつねに現象や対象がもとより孕む反復や規則を必要とする。しかしその反復や規則そのものがリズムなのではなく、主体がそこに巻き込まれつつ、自ら周期を見出して模倣することがリズムを生み出す行為である。そして、主体による模倣と元の現象・対象とには必然的になんらかのズレが生じる。その差異の程度をどのように見積もるかが、リズムの能動性／受動性および反復性／創造性の位置づけを決定するのだとまとめられるだろう。ズレを小さく見積もるほど主体は環境に従属しながら麻痺することになり、ズレを大きく見積もるほど主体は環境と融合しつつ創造的な変容を遂げることになる。いま一度デュボイスに着目しておくと、各章の冒頭に黒人スピリチュアルズの楽譜と西洋の詩を配したエッセイ『黒人のたましい』のなかには、西洋音楽と黒人音楽、アメリカの白人文化と黒人文化の複雑な関係が描き出されていたのだった。この本の冒頭で説明される有名な「二重意識（double consciousness）」は、アメリカにおいて白人からの抑圧的な視線を内面化しながら世界を見なければならない黒人の意識のありかたを指している。デュボイスはこの本で、白人の言説と規範にしばしばあえて一体化しながら、そこにアフリカ文化に由来するスピリチュアルズの「音」を埋め込もうとする。ヒューストン・A・ベイカー・ジュニア（Houston A. Baker, Jr.）は、白人中心のアメリカ文化に対抗するデュボイスらの戦略を「形式の修得と修得の変形」（the mastery of form and the deformation of mastery）と名づけているが、[20]その戦略はまさに、強大な規則に巻き込まれながらそれをズラそうとする、リズムによるアプローチだ。デュボイスは、小説においても展示においてもエッセイにおいても、リズムを通して主体と環境の関係を組み替えるという一貫した方法で人種問題に取り組んでいたのである。もしくは、不均衡なラインに満ちた都市社会がそのような取り組みを要請したのである。

都市の音楽とリズム

再び一八九三年のシカゴ万博に戻ろう。その空間が電気の力や機械のテクノロジーを誇示する場であったことは序章ですでに述べたが、同時に多種多様な音楽が展開した場であったことも無視できない。ホワイト・シティではミュージックホール（Music Hall）とフェスティバルホール（Festival Hall）を中心に、委員会に組織された大小さまざまな博覧会オーケストラ（Exposition Orchestra）やバンドが集まって有料の「芸術的な」音楽（クラシックやオペラなど）や無料の「大衆的な」音楽（マーチやワルツやスタンダード・クラシックなど）を演奏し、ミッドウェイ・プレザンスや会場付近のいたるところでも無数のコンサート・バンドによっていっそう大衆的な音楽（ラグタイムの原型やミンストレル・ショーなど）が演奏された。各国のパヴィリオンでは、ドイツの軍楽隊やさまざまな民族音楽が人気を博した。[21] のちにラグタイム王（King of Ragtime）と呼ばれるようになる黒人作曲家スコット・ジョプリン（Scott Joplin）が会場で演奏をおこなったことなどから、「博覧会によって宣伝されたり促進されたイベントの数々が、シカゴのエンターテインメント音楽の性格を変容させていた」とも指摘される。[22] シカゴ万博は都市の音楽がかたちづくられていく場であり、新しいリズムが人びとに認識されていく場でもあった。さらに、博覧会オーケストラを率いたひとりであるジョン・フィリップ・スーザ（John Philip Sousa）が、チャールズ・K・ハリス（Charles K. Harris）作曲のポピュラーソング「アフター・ザ・ボール」（“After the Ball,” 1892）を万博で演奏したことで、全国からの来場者がこぞってシート・ミュージック（楽譜）を買い求め、結果的にこの曲は二〇〇万枚の売り上げを記録する大ヒットとなる。こうして大衆音楽の需要は全国に広まり、大衆音楽専門の楽譜出版社が次々につくられるようになった。

シカゴ万博をひとつの起爆剤として、世紀転換期は都市の音楽の時代となっていく。もともと一九世紀後半にはヴォードヴィル劇場、ミュージックホール、ダンスホール、酒場などでさまざまな音楽が演奏されていたが、世紀末にはニューヨークに楽譜出版社が集まるようになり、ブロードウェイと六番街のあいだの二八丁目はティンパンアレー（Tin Pan Alley）と呼ばれはじめる——各社がピアノで一日じゅう試奏をおこない、鍋釜を叩くようなけたたましい音が響いていたために付けられた名前である。とりわけ世紀転換期に大流行した音楽の代表がラグタイムだった。ジャズにその人気を取って代わられ、フィッツジェラルドが「ジャズ・エイジ」と名づけることになる一九二〇年代までのあいだ、もっとも「アメリカ的」な音楽とみなされたラグタイムは、それ以前の伝統的な西洋音楽の拍節からズレた位置に強勢がくるシンコペーションを特徴とし、高尚な音楽と大衆的な音楽の境界をめぐる激しい議論を呼び込むだけでなく、人種やエスニシティの複雑な混淆の上に普及していく。「メイプルリーフ・ラグ」（"Maple Leaf Rag," 1899）や「エンターテイナー」（"The Entertainer," 1901）などの名曲を生んだジョプリン自身が、黒人の民衆音楽と白人の西洋音楽の両方を自らのルーツにもち、両者を融合させながら作曲をおこなっていた。また、黒人音楽を起源にもつラグタイムの流行を促進した要因のひとつはヴォードヴィルでのミンストレル・ショーで頻繁に演奏されたことにあったが、第一章でも触れたとおり、白人が黒人に扮しておこなうコミカルなパフォーマンスが露骨な人種差別にもとづいていたのはむろんのことである――黒人音楽の特徴を弱めた音楽性自体も含めて、リロイ・ジョーンズ（アミリ・バラカ）（Leroi Jones / Amiri Baraka）はラグタイムを「黒人音楽の白人による模倣を黒人が模倣しはじめた音楽だった」と批判している。[23] さらに、ティンパンアレーで多くの白人やユダヤ系移民がラグタイムの楽曲制作や流通を主導していた点を考えても、ラグタイムのシンコペートするリズムは、人種と民族のきわめて複雑なポリティクスを分け入りながら街中で人びとの耳に届いていたことがわかる。意識しようとしまいと、ブロードウェイを歩く人びとは誰もが人種の問題に激しく身体を揺さぶられていたのである。

クリスティーナ・L・ルオトロが、『シスター・キャリー』をはじめとする世紀転換期のリアリズムや自然主義の作品中に「音楽風景」（musicscape）の広がりを見出していたことに序章で触れたが、[24] これまでに見てきた都市を生きるどの登場人物たちの背後にも、いつでも賑やかな音楽が流れ、その複雑なリズムが感情や身体に作用していたのだと考えてみるべきだろう。むろん、人びとを取り囲んでいたリズムは音楽だけではない。大都市はつねにノイズに満ちていた――工場の機械が轟音を立て、鉄道や自動車や馬車が大地を揺らし、高層ビルの建設現場が騒音をまき散らしていたはずだ。[25]『街の女マギー』で確認したように、高架鉄道の騒音が、空間的に階級を隔てる境界線の位置を再編成することにもなった。そして、人びとが感じていたリズムは音に限定されるわけでもない。本書で順に確認してきたように、街路に並んだ電灯やガス灯は明るさのリズムをつくり、乗り物は距離とスピードのリズムをつくり、建築は密度や高さのリズムをつくっていた。産業都市は、それまでに存在していなかったリズムを次々に生み出して、人びとの身体に働きかけ、情動をたえず刺激し、社会的な差異や格差の境界線をもさまざまに変形させていったのである。

近代化した都市をもっとも強力に規定していたリズムは、人びとの労働と生活を厳しく管理するようになった均質な時間だったかもしれない。一八八三年に導入された標準時こそが、種々の機械化や労働の科学的管理法などと結びつきながら、単調で反復的なリズムで人びとの生活と労働を一様に拘束する基盤となった。けれどもそのような均質な時間感覚さえも、たとえば科学的管理法とまったく同じ、映像装置による時間制御という原理を用いて同時期に街に広まった映画によって、たえず相対化されていた事実も重要である。一秒間に一六コマもしくは二四コマを収めた映画のリズムは、そもそも現実のテンポとは微妙に異なっていた。そして、初期映画の上映形態を考えてみるならば、映像の時間の流れは撮影をおこなうカメラだけでなく、映写技師が映写機のクランク棒を回す速度にも依存していた。ヴォードヴィル劇場やニッケルオデオンで映画を上映する際に、映写技師は一定のペースで映像を繰り出す必要があったが、その速度は機械のように均質なわけでは当然なかった。そのうえ、ときとして技師たちは場面や内容に応じてフィルムの再生速度を変化させたり、逆回しにしたりといった操作をおこなっていたのである。[26] こうした時間操作のトリックはやがてフィルムそのものにあらかじめ仕組まれるようになり、早回しや減速や逆回しなどを作品に盛りこんだトリック映画が製作されていく。マイケル・オマリー（Michael O'Malley）は次のように指摘する——

最初期の映画は、ふつうの出来事に期待される常識的な時間の間隔と過程を驚くような効果をともなって侵犯した。映画はありふれた出来事の速度と方向をともに変えてしまったのだ——リンゴは上に落ち、人びとは後ろ向きに歩き、花は無から一瞬で育ち、粉々の瓦礫は舞い上がって建物へと姿を変えた。[27]

映画館に日常的に通うことで、人びとは強力な近代的時間さえも、同じ時間管理のテクノロジーによってたえず内破させていた。それゆえ都市のリズムは、シンコペートするラグタイムのようにつねに変化していたし、つねに複数性を帯びていたはずである。

強大な環境として立ち現れたメトロポリスのなかで、主体性や意志の力のみで人生を切り拓いていくことはできない。代わりに前景化したのが、街に溢れる無数のリズムをその都度組み合わせ、自らを変化させながら乗りこなしていくような生のありかただ。都市のなかで自転車を漕ぐ姿が「新しい女性」の象徴とみなされていたことを今いちど思い出しておこう。日常生活を物理的に規定する街灯や交通機関や建築などの構造物は、街中のいたるところから耳に飛び込んでくるピアノの演奏のように、それぞれに異なるリズムを発生させる装置だった。人びとはその都度異なった、あるいは複数のリズムと同期しながら、一方的な拘束とも一方的な解放とも違う複雑な（それゆえドタバタした）動きのなかで人やモノと関係を築いて生きていた。村上靖彦は、社会生活を構成する多層的なリズムを「生のポリリズム」と呼び、規範や自発的な遊びなど、社会のなかで複数のリズムがつねに重なったり対立したりする状況を観察している。[28]メトロポリスが生み出す新しい社会のなかで形成された都市文学もまた、自然主義やモダニズムなどの潮流とも大衆文化を貫くセンセーショナリズムとも結びつきつつ、それ以上に都市生活そのものから生み出される複数のリズムを吸収しながら、環境と文化の中間で拍動する身体の運動を表現していた。同時に、本書で扱った作品のいずれもが、そのようなリズムを捉えるために都市の構造物と登場人物の激しい相互関係を描く過程で、キャラクター、プロット、オーディエンス、スタイル、ナラティヴといったそれぞれの表現形式を深化させていったのである。

リズムと遊園地の愉しみ

リズムという概念がモダニティとの関わりのなかで哲学的に研究されるようになったのは、やはり世紀転換期のことだった。[29] 一八九六年にカール・ビュッヒャー（Karl Bücher）が発表した『労働とリズム』（*Arbeit und Rhythmus*）では、労働に機械が進出したために、それまで労働者が主体的に生みだしていた「テンポ」が消滅し、人間は機械の単調さに従属するようになったと指摘されている――「道具が彼にその運動の尺度を定めているのであり、彼の労働のテンポと持続は彼の意志からは取り上げられてしまい、彼は生命のない、しかしきわめて活発なメカニズムに縛りつけられている」。[30] ビュッヒャーは労働者がもともと自発的に歌っていた労働歌に着目したが、次第にリズムの議論は音楽を越えた広がりを含むようになる。リズム論の古典でおそらくもっとも有名な『リズムの本質』（*Vom Wesen des Rhythmus*, 1923）において、生の哲学者ルートヴィヒ・クラーゲス（Ludwig Klages）は、音楽や舞踏から人間の生命活動、散文、建築、鉄道、自然現象まで議論を広げ、機械に代表される規則的なテンポを「拍子」（Takt）とみなし、心拍や波の満ち引きなど生命活動に関わる有機的な「リズム」と区別した。ビュッヒャーやクラーゲスの議論のもっとも重要な点は、彼らが環境と人びとの関わり合いを、デカルト以来の心身二元論から離れて考察した点にある。とくにクラーゲスは、有機的なリズムを肯定するうえで、「精神」の働きを否定的に捉えている――「リズムのなかで振動することは、それゆえ、生命の脈動のなかで振動することを意味し、したがって、人間にとってはなおのうえ、精神をして生命の脈動を狭めせしている抑制から一時的に解放されることを意味する」。[31] そのように、自己と環境の関係が「精神」よりも「身体」を基盤とした生命力の発露へと移行していったことは、本書で確認してきた都市文学の表現とも一致している。

ただし、ビュッヒャーやクラーゲスの区別にもとづいてリズムを捉えるかぎり、単調な動きをくり返す機械が象徴するモダニティは、人間の生命力を奪うものでしかない。そのような見解は前述したバフチンのリズム論とも重なり合うものであり、また序章で取り上げたホセ・マルティやマクシム・ゴーリキーによるコニーアイランドへの（そしてアメリカへの）空虚な群衆に対する批判を補完するものでもある。しかし、クラーゲスが措定する有機的なリズムと無機的な拍子とは、それほど明確に区別できるものなのだろうか。クラーゲス自身が、演奏家が熟練していくにつれて無機的な拍子から有機的なリズムに変容していくと説明しているように[32]、両者はふつう渾然一体となっている。そして、前述したとおり都市のリズムは複数の位相から構成され、有機的なものも機械的なものもつねに混じり合っている。さらにはラグタイムや映画が示していたように、一見すると規則的な「拍」さえもつねにズラされて複層化しながら形成されていくのである。したがって、機械労働に代表される人工的なテンポだけを抜き取ってそれ以外のリズムと厳密に区別することはできないし、むしろ近代社会の規則的なリズムの出現こそが、逆説的にではあれ「心拍や波の満ち引き」など有機的な脈動も含めたリズムの多様性を人びとに新たに認識させる契機になったのではないだろうか。だからこそ、人工物で埋め尽くされたメトロポリスそのものが巨大で有機的な環境とみなされもしたはずである。時間によって計測・管理されるようになった労働がその裏側に労働時間外の余暇を生んだように、労働を管理する機械のリズムがその裏側に娯楽的なリズムを生み、ときに均質な管理の徹底や規範の固定化の力に抗う端緒を与える――そうして人びとは圧倒的な「拍」の力にさらされながらも、しばしばそれをズラして有機的な「リズム」に変換する能力を得たのだといえるだろう。

クラーゲスのリズムの思想をさらに発展させたのがアンリ・ベルクソンである。世紀転換期に強い影響力をもったベルクソンの「純粋持続」という概念は、しばしば分節化不能な有機性をもったメロディの比喩とともに語られてきた。第一章では、エリオットがベルクソンの影響を受けつつ「持続」（＝メロディ）と反対の「断続」（＝リズム）をこそ追求していたことを論じた。一方、近年の研究においては、「純粋持続」をメロディよりもリズムに関わる概念として見直す動きが生じている。たとえば、リズムをキーワードにベルクソンを読み解く藤田尚志は、ベルクソンが拍子とリズムを分離せずに接続しようとしていた痕跡を辿り、規則的な反復のなかに生じる差異や根源的な身体性といった特徴を軸に「持続のリズム」を捉えようとする。藤田によれば、「持続は多様な緊張の度合いによってそのリズムを刻んでいるが、これらの緊張自体は、諸生命体の内にある「生命の衝迫」(pulsationdevie) すなわち「生の弾み《エラン・ヴィタル》」の諸々の度合いを測っている」のだという[33]。リズムは有機的/無機的あるいは持続的/断続的といった対立項の片側にあるのではなく、その基底にあるのだと考えたとき、都市を生きるあらゆる経験は、リズムとのたえざる交渉の過程となる。

そして、世紀転換期の都市に出現した多種多様なリズムを感じ取る行為に、本来的に娯楽性=愉しさが伴うことをたえず伝えていたのが、エンターテインメントの集積所となった遊園地という場だったのではないだろうか。遊園地では、機械仕掛けのアトラクションだけでなく、レストラン、ホットドッグ屋、酒場、見世物、パヴィリオン、射的場、ダイムミュージアム、映画館、ヴォードヴィル劇場、ボクシング場、スケート場、レース場、海水浴場、花火、照明など、無数の要素が別個のリズムでもって身体的快楽を伝達していた。もちろん、ダンスホールやコンサートホールでは最新の音楽が流された——シカゴ万博で活躍したフィリップ・スーザも、コニーアイランドでマーチング・バンドを率いて演奏をおこない、マンハッタン・ビーチを主題にしたマーチを作曲している(“Manhattan Beach March,” 1893)。山崎正和は、「私」という存在そのものを「リズムの輻輳」と捉えたうえで、リズムの特性として、「それを感じることが喜びであり、その認識が解放感に直結しているという不思議」を挙げている——「リズムの喜びはその喜び方そのものが身体的であって、人はただ目を凝らし耳を澄ますだけでなく、たとえ僅かでも全身を揺すりながら享受するのが普通だろう」[34]。反復を前提とするリズムは一種の規則となり拘束となって主体を麻痺させるが、それと同時につねに差異やズレを生み出すゆえに(というより、差異やズレを伴う反復こそがリズムであるゆえに)、解放の喜びがたえず与えられもするのである。

コニーアイランドを訪れたイタリア出身の移民作家ジュゼッペ・コーテラ（Giuseppe Cautela）は、その空間が多様な人種が混じり合う、アメリカでもっとも民主的な場所だと述べたうえで、この解放感を次のように述べている――「そのようなわけで、コニーアイランドは足枷をはめられた人間が境界線を打ち破る場所なのだ。そこで人は自分自身になる」[35]。E・E・カミングスも同様に、「世界のどこにも、人類がこれほどまでにそれ自体である場所はない」と書いた[36]。そして、遊園地を訪れた多くの作家が、その空間を非難するにせよ肯定するにせよつぶさに記録していたのは、ばらばらに列挙する以外に表現しようのないリズムの多彩さである。アメリカの精神の欠如を批判したホセ・マルティさえ、遊園地の特徴を説明する際には、そのカタログ的かつ執拗な書きぶりのなかに明らかに高揚感を漂わせている。

ここ［コニーアイランド］で驚くべきなのは、規模、量、人間活動の唐突な帰結、無数の人びとに開かれた無数の快楽のバルブ、遠くから見ると軍隊の野営地に見える多数の食堂、二マイル先から眺めると道どころか人の頭の長い絨毯でしかないような道路、日々巨大な海辺に殺到する人びとの巨大な群れ、その運動性、進歩に向かう能力、その冒険心、その形態の変貌ぶり、富への熱狂的な対抗意識、全体のモニュメント性（それがこの海辺のリゾートを、自身を載せる大地とも、抱擁する海とも、覆いかぶさる空とも、その威厳において張り合うことを可能にしている）、その上昇志向、その圧倒的で揺らぐことのない、熱狂的で変わることのない拡張への欲動、こうした驚異自体を当然だと思っていること――それこそがここで驚くべきことなのだ[37]。

あるいはカミングスは、コニーアイランドの様子を「IS」や「VERB」では表現できないと語る――それはつまり、客観的に「状態」を捉えたり、主体的な「動作」で表したりできないということである。カミングスは実際に状態動詞と動作動詞を使わずに、コニーアイランドの多様なリズムを、次第に修飾要素の数と抽象的な表現を増やしながら、かつその文体そのもののリズムで没入感の高まりを伝えながら列挙していく――「無数の匂い。射的場のチリン、パチンと鳴る音。客引きや宣伝マンの魔法のように朗々と響く誘い込みの声。くらくらするような幻想の門を必死になって潜り抜け、単なる派手な円盤にかけられた魔法によって麻痺した、何千何万と重なり合う顔」[38]。花火、ローラーコースター、見世物、回転する建物、蒸気を噴出させる地面に次々と言及したうえで、このエッセイは次のように締め括られる。「こうしたすべての要素が、一体となって生じた世界のなかに溶けていくのだ。リズミカルに変形していく海に覆われ、激しい忘却に彩られたローラーコースターの激流に囲まれながら」[39]。ここには、リズムのなかに溶け出す主体が、麻痺と解放のアンビバレンスのなかを揺れている様子が観察できる。しかしカミングスにとって、その揺らいだ状態こそ、人が「それ自体」であることを指しているのだ。その状態のなかに身体的な「喜び」があることが、遊戯的な文章を通してたしかに伝わってくるだろう。

本書がモダニティのありかとして措定したのは、アメリカの産業都市に生じていた、娯楽に溢れた「文化」と、有機的な「環境」と、機械に翻弄される「身体」の交錯点である。言い換えるならば、三者が境界線を溶解させながら織りなすリズムのさなかである。都市の構造物と過密な人口によって、しばしばアトラクションとなりスペクタクルとなったその場所は、人間の精神や主体性を弱める力をもち、人種や階級やジェンダーの格差が衝突する空間ともなり、世界大戦ののちには帝国主義的な統制がいっそう強まる磁場になった。けれどもそこには同時に、音楽・ノイズ・色彩・匂い・高さ・距離・密度・スピードなどによる激しい揺さぶりがたえず生起していた。それら都市のリズムは、不均衡に人びとを抑圧し麻痺させる力となるだけでなく、抑圧に対抗する力、新たな差異を生み出す力、あるいはより普遍的にいえば愉しみを生じさせる力ともなり、人びとの身体と環境の新しい関係、新しい生のありかたを形成していった。そのようなメトロポリスの複雑かつ豊穣なリズムの源泉を、同じ時期にアメリカ中につくられた遊園地に求めることができるだろう。一九〇三年にイギリスからアメリカに移り住んだ作家・詩人リチャード・ル・ガリエンヌ（Richard Le Gallienne）は、「コニーアイランドはアメリカのトムトムだ」と表現した。(40) アフリカの民族楽器にたとえられた遊園地は、まさしくそのリズムでもってアメリカを象徴していたのである。メトロポリスに生きる人びとが、そして同じ時期に書かれたテクストが、都市生活の劇的な変化のなかに見出していたものは、遊園地のリズム——あるいはポリリズム——だった。

註

◉はじめに

（1）Themed Entertainment Association (TEA), “TEA/AECOM 2022 Theme Index and Museum Index: The Global Attractions Attendance Report,” 2023, https://aecom.com/wp-content/uploads/documents/reports/AECOM-Theme-Index-2022.pdf.

（2）Alan Bryman, *The Disneyization of Society* (London: Sage, 2004), iv. 拙訳による（以下も断りがない限り同様）。

（3）Florian Freitag, Filippo Carlà-Uhink and Salvador Anton Clavé, *Key Concepts in Theme Park Studies: Understanding Tourism and Leisure Spaces* (Cham: Springer, 2023).

（4）Rollin Lynde Hartt, “The Amusement Park,” *Atlantic Monthly*, 99 (May 1907): 673. 強調原文。

（5）Bill Brown, *The Material Unconscious: American Amusement, Stephen Crane, and the Economies of Play* (Cambridge: Harvard UP, 1996), 4.

◉序章

（1）Marietta Holley, *Samantha at Coney Island and a Thousand Other Islands* (New York: The Christian Herald, Bible House, 1914), 3.

（2）Ibid., 9.

（3）Claude S. Fischer, “Changes in Leisure Activities, 1890-1940,” *Journal of Social History* 27, no. 3 (1994): 453.

（4）Holley, *Samantha at Coney Island*, 240.

（5）地名としてのコニーアイランドは、上流階級向けのマンハッタン・ビーチ（Manhattan Beach）、中流階級向けのブライトン・ビーチ（Brighton Beach）、より大衆的なウェスト・ブライトン（West Brighton）の三つのエリアに分かれている。遊園地エリア全体を「コニーアイランド」と呼ぶ際には、主にウェスト・ブライトンを指している。
（6）Walt Whitman, "Clam-Bake at Coney Island," in *A Coney Island Reader: Through Dizzy Gates of Illusion*, eds. Louis J. Parascandola and John Parascandola (New York: Columbia UP, 2015), 84.
（7）Holley, *Samantha at Coney Island*, 4-5.
（8）Rem Koolhaas, *Delirious New York: A Retroactive Manifesto to Manhattan* (New York: Monacelli P, 1994), 33.
（9）Holley, *Samantha at Coney Island*, 7.
（10）Ibid., 236-37.
（11）José Martí, "Coney Island," in *A Coney Island Reader*, trans. Esther Allen, 96.
（12）Hartt, "The Amusement Park," 674.
（13）Maxim Gorky, "Boredom," *The Independent*, August 8, 1907, 309.
（14）Koolhaas, *Delirious New York*, 30.
（15）Julian Street, *Welcome to Our City* (New York: John Lane, 1913), 81.
（16）Henry Spencer Ashbee, "A Sunday at Coney Island," *Temple Bar*, May-August 1882, 266.
（17）Mary Kathleen Eyring, "The Phantom Disaster: Spectacular Prosthetics in "The Jolly Corner,"" *The Henry James Review* 37 (2016): 274 - 83.
（18）Gorky, "Boredom," 309.
（19）Winfried Fluck, "Misrecognition, Symptomatic Realism, Multicultural Realism, Cultural Capital Realism: Revisionist Narratives about the American Realist Tradition," in *Revisionist Approaches to American Realism and Naturalism*, eds. Jutta Ernst, Sabina Matter-Seibel, and Klaus H. Schmidt (Heidelberg: Universitasverlag Winter, 2018), 1.
（20）エミール・ゾラ「実験小説論」『世界文学大系41 ゾラ』平岡昇訳、筑摩書房、一九五九年、四四六頁。
（21）里内克巳『多文化アメリカの萌芽―― 19 ~ 20世紀転換期文学における人種・性・階級』彩流社、二〇一七年、一二一一五頁。
（22）たとえばそのような問題意識から編まれた近年の論集として以下が挙げられる。Melanie V. Dawson and Meredith L. Goldsmith, eds. *American Literary History and the Turn toward Modernity* (Gainesville: UP of Florida, 2018).
（23）たとえば以下。Nancy Bentley, *Frantic Panoramas: American Literature and Mass Culture, 1870-1920* (Philadelphia: U of Pennsylvania P, 2009).

（24）Lauren Rabinovitz, *Electric Dreamland: Amusement Parks, Movies, and American Modernity* (New York: Columbia UP, 2012).

（25）一七世紀以降にパリを中心としてヨーロッパの都市に広まり、やがてイギリスで隆盛するプレジャー・ガーデンでは、さまざまなスポーツやコンサート、見世物興行がおこなわれ、一九世紀初頭には、のちに遊園地に設置される遊戯機械の原型といえる遊具が登場する。もっとも有名なプレジャー・ガーデンはロンドンのヴォクスホール（Vauxhall）である。ヴォクスホールは市民だけでなく、ヨーロッパ各国からの観光客でも賑わった。同時にギャンブルや窃盗、売春やレイプなどがまかり通る、危険で猥雑な場でもあった。ロンドンのプレジャー・ガーデンの様子は以下に詳しい。Richard Daniel Altick, *The Shows of London* (London: The Belknap P, 1978). また、ジョセフィン・ケーン（Josephine Kane）は以下の論文で、「スリル」や「危険」を軸にヴォクスホールとコニーアイランドの連続性を仔細に論じている。Josephine Kane, “The Edwardian Amusement Park: The Pleasure Garden Reborn?,” ed. Jonathan Conlin, *The Pleasure Garden: from Vauxhall Gardens to Coney Island* (Philadelphia: U of Pennsylvania P, 2012), 217-46.

（26）Lauren Rabinovitz, *For the Love of Pleasure: Women, Movies, and Culture in Turn-of-the-century Chicago* (New Brunswick: Rutgers UP, 1998), 47.

（27）David E. Nye, *Electrifying America: Social Meanings of a New Technology* (Cambridge: MIT Press, 1992), 122.

（28）Joseph Gustaitis, *Chicago's Greatest Year 1893* (Carbondale: Southern Illinois UP, 2013), 18-19.

（29）Julian Hawthorne, *Humors of the Fair* (Chicago: E. A. Weeks, 1893), 34.

（30）Rabinovitz, *For the Love of Pleasure*, 50.

（31）John F. Kasson, *Amusing the Million: Coney Island at the Turn of Century* (New York: Hill and Wang, 1978), 26.

（32）Alan Trachtenberg, *The Incorporation of America: Culture and Society in the Gilded Age* (New York: Hill and Wang, 1982), 213.

（33）Robert W. Rydell, *All the World's Fair: Visions of Empire at American International Exposition, 1876-1916* (Chicago: U of Chicago P, 1984), 60-68.

（34）Judith A. Adams, *The American Amusement Park Industry: A History of Technology and Thrills* (Boston: Twayne Publishers, 1991), 68.

（35）Henry Adams, *The Letters of Henry Adams, Volumes 4-6: 1982-1918*, eds. J.C. Levenson, Ernest Samuels, Charles Vandersee, and Viola Hopkins Winner (Cambridge: Harvard UP, 1988), 4: 134. なお、ヘンリー・アダムズの万博に対する複雑な態度や、同時代の作家・詩人・ジャーナリストらのシカゴ万博への反応は、以下にまとめられている。大井浩二『ホワイト・シティ

の幻影――シカゴ万国博覧会とアメリカ的想像力』研究社出版、一九九三年、Leonardo Buonomo, "Showing the World: Chicago's Columbian Exposition in American Writing," in *Moving Bodies, Displaying Nations National Cultures, Race and Gender in World Expositions Nineteenth to Twenty-first Century*, ed. Guido Abbattista (Trieste: EUT Edizioni Università di Trieste, 2014), 21-38.

（36）Kasson, *Amusing the Million*, 26.

（37）博覧会が帝国主義プロパガンダを推進する装置としていかに強力であったかは、吉見俊哉によって仔細に論じられている。吉見俊哉『博覧会の政治学――まなざしの近代』中央公論社、一九九二年。

（38）シカゴ万博ののち、「ホワイト・シティ」は各地の遊園地につけられる名前にもなっていく。

（39）William Henry Bishop, "To Coney Island," *Scribner's Monthly* 20, July, 1880, 365.

（40）Ibid.

（41）Rabinovitz, *Electric Dreamland*, 3.

（42）Reginald Wright Kauffman, "Why is Coney? A Study of a Wonderful Playground and the Men That Made It," *Hampton's Magazine*, August, 1909, 218.

（43）永井荷風「暁」『あめりか物語』福武書店、一九八三年、一六〇頁。

（44）Kasson, *Amusing the Million*, 40.

（45）Sabine Haenni, *The Immigrant Scene: Ethnic Amusements in New York, 1880-1920* (Minnesota: U of Minnesota P, 2008), 107.

（46）Stephen F. Weinstein, "The Nickel Empire: Coney Island and the Creation of Urban Seaside Resorts in the United States" (Ph.D. diss., Columbia University, 1984), 114.

（47）Louis J. Parascandola and John Parascandola, "Introduction," in *A Cony Island Reader: Through Dizzy Gates of Illusion*, eds. Louis J. Parascandola and John Parascandola (New York: Columbia UP, 2015), 7.

（48）O. Henry, *Selected Stories from O. Henry*, ed. Charles Alphonso Smith (Garden City: Doubleday, Page, 1923), 57-69. O・ヘンリーは、「賢者の贈り物」（"The Gift of the Magi," 1905）、「カフェのコスモポリタン」（"A Cosmopolite in a Café," 1906）、「もっと立派なコニー」（"The Greater Coney," 1911）などでもコニーアイランドに言及しているが、ほとんどが会話などに出てくるのみで直接遊園地が描かれることはまれである。しかしそれゆえかえって、ニューヨークに暮らす人びとの日常的な想像力のなかに象徴的にコニーアイランドが浸透していた様子を示してもいる。

（49）Barbara Gottlock and Wesley Gottlock, *Lost Amusement Parks of New York: Beyond Coney Island* (Charleston: The History Press,

2013), 14.

（50）Kara Murphy Schlichting, *New York Recentered: Building the Metropolis from the Shore* (Chicago: U of Chicago P, 2019), 85.

（51）コニーアイランドの発展に、いかに交通機関の発達が重要な役割を果たしたかは以下に詳しい。また、国内の多くの遊園地は鉄道会社がオーナーになっていた。Brian J. Cudahy, *How We Got to Coney Island: The Development of Mass Transportation in Brooklyn and Kings County* (New York: Fordham UP, 2002).

（52）Rabinovitz, *Electric Dreamland*, 4.

（53）Ibid., 27-29.

（54）Victoria W. Wolcott, *Race, Riots, and Roller Coasters: The Segregated Recreation in America* (Philadelphia: U of Pennsylvania P, 2012), 22.

（55）David Monod, *Vaudeville and the Making of Modern Entertainment, 1890-1925* (Chapel Hill: U of North Carolina P, 2020), 3.

（56）Brown, *Material Unconscious*, 11.

（57）Edith Wharton, *The House of Mirth* (New York: Modern Library, 1999), 86.

（58）エジソンよりも前に映画の原型を発明していたエドワード・マイブリッジ（Eadweard Muybridge）のズープラキシスコープも、シカゴ万博のミッドウェイに展示された。以下を参照。Marta Braun, *Eadweard Muybridge* (London: Reaktion, 2010).

（59）Miriam Hansen, *Babel and Babylon: Spectatorship in American Silent Film* (Cambridge: Harvard UP, 1991), 118.

（60）Kathy Peiss, *Cheap Amusements: Working Women and Leisure in Turn-of-the-Century New York* (Philadelphia: Temple UP, 1986), 146.

（61）Rabinovitz, *Electric Dreamland*, 7.

（62）エジソン社は、同じ一八九六年六月にコニーアイランドで少なくとも七つの異なるフィルムを撮影している。Charles Musser and Josh Glick, “Twins of the Amusement World,” in *Coney Island: Visions of an American Dreamland, 1861–2008*, ed. Robin Jaffee Frank (New Haven: Yale UP, 2015), 204.

（63）Ibid., 213-14.

（64）Rabinovitz, *Electric Dreamland*, 8.

（65）Frank Norris, *McTeague: A Story of San Francisco* (New York: Penguin, 1982), 105.

（66）Paul Young, “Telling Descriptions: Frank Norris’s Kinetoscopic Naturalism and the Future of the Novel, 1899,” *Modernim / Modernity*

14 (2007): 645-68.

（67）Katherine Fusco, "Unnatural Time: Frank Norris at the Cinema's Beginnings," in *Silent Film and U.S. Naturalist Literature: Time, Narrative, and Modernity* (New York: Routledge, 2016), 23-61. その他にも、マイケル・デヴァイン（Michael Devine）は『マクティーグ』を「アトラクションの文学」と命名し、初期映画と『マクティーグ』が「アトラクション」という同じ原理を用いて新しい観客／読者を獲得しようとしていたことを分析している。Michael Devine, "The Literature of Attractions: Teaching the Popular Fiction of the 1890s through Early Cinema," in *Teaching Tainted Lit: Popular American Fiction in Today's Classroom*, ed. Janet G Casey (Iowa City: U of Iowa P, 2015), 163-78.

（68）Norris, "The Mechanics of Fiction," *The Literary Criticism of Frank Norris*, ed. Donald Pizer (Austin: U of Texas P, 1964), 59.

（69）Holley, *Samantha at Coney Island*, 6-7.

（70）Eliza Darling, "Nature's Carnival: The Ecology of Pleasure at Coney Island" in *In the Nature of Cities: Urban Political Ecology and the Politics of Urban Metabolism*, eds. Nik Heynen, Maria Kaika, and Erik Swyngedouw (London: Routledge, 2005), 78.

（71）Schlichting, *New York Recentered*, 5.

（72）Henry Blake Fuller, *The Cliff Dweller* (New York: Harper and Brothers Publishers, 1893), 3-4.

（73）Gustaitis, *Chicago's Greatest Year 1893*, 24-30.

（74）出版直後に発表された批評には、『崖の住人たち』が「旧世界」（Old World）の記録ではなく、「新世界」（New World）の日常生活の描写なのだと書かれている。こうしたいささか大仰に思える表現からも、オフィスビルの出現が、それ以前と以後で決定的に社会が変化する出来事として認識されていたことがうかがえる。William Morton Payne, "Recent Fiction," *The Dial* 15, no. 176 (16 October 1893): 227-28.

（75）たとえば以下の論文においても、この小説冒頭のシカゴの描写がもつ「両義性」"ambiguity" が議論されている。フラーと同時代の批評家が見落としていたポイントとして、彼が都市の醜さのなかに美学と文学的関心を見だしていたことが挙げられている。Guy Szuberla, "Making the Sublime Mechanical: Henry Blake Fuller's Chicago," *American Studies* 14, no. 1 (Spring 1973): 83-93.

（76）大火の教訓から中心街で木造建築が禁止されたことも、鉄のフレームを用いた高層ビルの普及の要因となった。

（77）レオ・マークス（Leo Marx）は、「自然」と「人工」という正反対の要素が調和した理想としての「田園」に、鉄道をはじめとする現実としての「機械」がとつぜん侵入してくる状況こそが、アメリカ的神話を形成していると主張した。Leo

Marx, *The Machine in the Garden* (London: Oxford UP, 1964). 本書が主張するのは、徹底した機械化こそがむしろ「自然」と「人工」の対立を無化させ、有機的な「環境」を出現させたのではないかということである。

（78）Timothy Morton, *Ecology without Nature: Rethinking Environmental Aesthetics* (Cambridge: Harvard UP, 2009).

（79）一八六〇年代に、ドイツにおいてエルンスト・ヘッケル（Ernst Haeckel）が自然科学としての「生態学」を創始し、「Ökologie」という語を用いた。ヘッケルの研究は人間を含めたものではなかったが、リチャーズは人間を含めた自然として「生態学」を再解釈しつつ、この語を英語に取り入れて新たな学問領域をつくり、社会運動を生み出した。

（80）リチャーズについての記述は、以下を参照した。Clarke Robert, *Ellen Swallow: The Woman Who Founded Ecology* (Chicago: Follette, 1973).

（81）Julia E. Daniel, *Building Natures: Modern American Poetry, Landscape Architecture, and City Planning* (Charlottesville: U of Virginia P, 2017), 20.

（82）Ernest Burgess, “The Growth of the City: An Introduction to a Research Project,” in *The City: Suggestions for Investigation of Human Behavior in the Urban Environment*, eds. Robert E. Park and Ernest W. Burgess (Chicago: Chicago UP, 1984), 47-62.

（83）「人間生態学」という表現は、先述したリチャーズが一九〇七年の段階で使用している。Ellen Swallow Richards, *Sanitation in Daily Life* (Boston: Whitcomb and Barrows, 1910), v.

（84）折島正司は『機械の停止』（松柏社、二〇〇一年）のなかでこの矛盾点を詳しく論じている。同書では、すべてを同一原理の展開とみなす一元論的世界観と、観察主体と観察対象が分かれていることを前提とした主客二元論的世界観の混乱こそが、自然主義文学の矛盾であり魅力であるとされている。ウォルター・ベン・マイケルズ（Walter Benn Michaels）も、自然主義のなかにモノと表象、自然と文化などの二重性がたえず矛盾として表出することを、当時の文化・社会状況の反映として捉え、さまざまに脱構築を試みている。Walter Benn Michaels, *The Gold Standard and the Logic of Naturalism* (Berkeley: U of California P, 1987). 本書の終章では、そのようなズレを矛盾とは捉えないかたちで再考する。

（85）丹治愛『神を殺した男——ダーウィン革命と世紀末』講談社、一九九四年、一〇六頁。

（86）William Graham Sumner, “Sociology,” *Princeton Review* 2 (1881): 308.

（87）たとえば「庭のキノコのように、いくつもの摩天楼が夜のうちに伸びていく」というように書かれている。*The Ocala Evening Star*, August 11, 1913.

（88）Norris, *McTeague*, 17, 170.

（89）Sigfried Giedion, *Mechanization Takes Command: A Contribution to Anonymous History* (New York: Oxford UP, 1948), 98.
（90）"French Artists Spur on an American Art," *New York Tribune*, October 24, 1915.
（91）図版は以下より引用。 Robert C. Harvey, *Children of the Yellow Kid: The Evolution of American Comic Strip* (Seattle: Frye Art Museum, 1998), 21.
（92）図版は以下より引用。 Harvey, *Children of the Yellow Kid*, 34.
（93）アメリカでは毎年ループ・ゴールドバーグ・マシン・コンテストが開催されている。日本ではたとえば、テレビ番組『ピタゴラスイッチ』（ＮＨＫ、二〇〇二―）で、ループ・ゴールドバーグ・マシンに近い仕掛けが「ピタゴラ装置」として登場する。ただし、「ピタゴラ装置」には装置の連続的な作動以外の目的がない点がゴールドバーグの装置と異なっている。
（94）図版は以下より引用。 Harvey, *Children of the Yellow Kid*, 13.
（95）Winsor McCay, *Little Nemo in Slumberland*, October 7, 1906, https://archive.org/details/LittleNemo1905-1914ByWinsorMccay/page/n51/mode/2up.
（96）Robin Jaffee Frank, "Visions of an American Dreamland," in *Coney Island: Visions of an American Dreamland, 1861–2008*, ed. Robin Jaffee Frank (New Haven: Yale UP, 2015), 57-61.
（97）Ibid., 61.
（98）Ben Singer, "Modernity, Hyperstimulus, and the Rise of Popular Sensationalism," in *Cinema and the Invention of Modern Life*, ed. Leo Charney and Vanessa R. Schwartz (Berkeley: U of California P, 1995), 72-99.
（99）永井荷風「市俄古の二日」『あめりか物語』福武書店、一九八三年、一八一頁。
（100）同書、一八七頁。
（101）同書、一八八頁。
（102）同書。
（103）同書、一八九頁。
（104）同書、一九〇頁。
（105）同書。
（106）Kasson, *Amusing the Million*, 109.
（107）Laura Marcus, "Rhythm and the Measures of the Modern," in *Beyond the Victorian Modernist Divide: Remapping the Turn-of-the-*

century Break in Literature, Culture and the Visual Arts, eds. Anne-Florence Gillard-Estrada and Anne Besnault-Levita (London: Routledge, 2018), 211.

(108) アンリ・ルフェーヴル『都市への権利』森本和夫訳、ちくま学芸文庫、二〇一一年、八八頁。

(109) Frances Dickey, "Victorian Songs across the Modernist Divide: From Edmund Gosse to T.S. Eliot," in *Beyond the Victorian Modernist Divide: Remapping the Turn-of-the-century Break in Literature, Culture and the Visual Arts*, eds. Anne-Florence Gillard-Estrada and Anne Besnault-Levita (London: Routledge, 2018), 204.

(110) Cristina L. Ruotolo, *Sounding Real: Musicality and American Fiction at the Turn of the Twentieth Century* (Tuscaloosa: U of Alabama P, 2013), 15.

(111) Philipp Schweighauser, *The Noises of American Literature 1890-1985: Toward a History of Literary Acoustics* (Gainesville: UP of Florida, 2006), 31.

(112) 村上靖彦『交わらないリズム――出会いとすれ違いの現象学』青土社、二〇二一年、三八―三九頁。

◉第一章

(1) はじめて白熱電球を発明したのはエジソンではなく、イギリスのジョゼフ・スワン（Joseph Wilson Swan）である。

(2) David E. Nye, *Electrifying America: Social Meanings of a New Technology* (Cambridge: MIT Press, 1992), 50.

(3) Ibid., 29.

(4) T. S. Eliot, *The Complete Poems and Plays* (New York: Harcourt Brace, 1952), 14.

(5) Ibid.

(6) City of Boston Archives and Records Management Division, "Guide to the Street Lighting History Collection," 1, accessed, August 31, 2021, https://www.cityofboston.gov/images_documents/Guide%20to%20the%20Street%20Lighting%20History%20Collection_tcm3-41269.pdf

(7) 遡って一九〇四年、一五歳だったエリオットは、生まれ育ったセントルイスで開催された万博を訪れている。史上最大の規模でおこなわれたこの博覧会では、シカゴ万博と同様、科学的進歩の象徴として電気が用いられた――会場内の無数の電灯や交通手段はもちろん、シカゴとセントルイスをつなぐ無線通信、ファックスの原型となる印刷電信機、動力の一部に電気を利用した自動車などが話題を集めた。

（8）W・シヴェルブシュ『光と影のドラマトゥルギー』小川さくえ訳、法政大学出版局、一九九七年、二八–二九頁。

（9）Eliot, *The Complete Poems and Plays*, 3.

（10）T. S. Eliot to Kristian Smidts, 5 June 1959, quoted in T. S. Eliot, *The Poems of T. S. Eliot, vol. 1*, eds. Christopher Ricks and Jim McCue (London: Faber and Faber, 2015), 376.

（11）T. S. Eliot, *The Complete Poems and Plays*, 5.

（12）Ibid.

（13）Ibid., 6.

（14）Ibid.

（15）Ibid.

（16）Ibid., 7.

（17）Ibid., 4.

（18）Ibid., 5.

（19）Georg Simmel, "Die Grosstädte und das Geistesleben," Jahrbuch der Gehe-Stiftung zu Dresden 9, 1903. ゲオルグ・ジンメル「大都市と精神生活」『近代アーバニズム』松本康編訳、日本評論社、二〇一一年、四–五頁。

（20）Edgar Allan Poe, "The Philosophy of Furniture," ed. Edmund Clarence Stedman and George Edward Woodberry, in *The Works of Edgar Allan Poe*, vol. IX (New York: Scribner's Sons, 1914), 177.

（21）アンリ・ベルクソン『時間と自由』平井啓之訳、白水社、二〇〇九年、一一一頁。

（22）Jason Harding, *T. S. Eliot in Context* (New York: Cambridge UP, 2011), 317.

（23）ちなみに以下のウェブサイトでは、文学作品の漫画への翻案を多数おこなっているジュリアン・ピーターズ（Julian Peters）による、「恋歌」の漫画化作品を読むことができる。

"The Love Song of J. Alfred Prufrock by T.S. Eliot," https://julianpeterscomics.com/page-1-the-love-song-of-j-alfred-prufrock-by-t-s-eliot/

（24）一九九〇年には、マーティン・ロウソン（Martin Rowson）が『荒地』を実際に漫画化している。この作品は、『荒地』とレイモンド・チャンドラー流のハードボイルドの世界観を合体させ、エリオットをはじめ多くの文学者へのアリュージョンを含んだ翻案である。Martin Rowson, *The Waste Land* (New York: Penguin, 1990).

（25）Conrad Aiken, "King Bolo and Others," in *T. S. Eliot: A Symposium*, eds. Tambimuttu and Richard March (New York: Tambimuttu & Mass, 1965), 21.

（26）後述するように、マイケル・ノース（Michael North）はエリオットの黒人英語のロールプレイ的使用を批判的に検証している。Michael North, *The Dialect of Modernism: Race, Language, and Twentieth-Century Literature* (New York: Oxford UP, 1998), 77-99.

（27）George Herriman, *Krazy Kat, by George Herriman, with an introduction by E. E. Cummings* (New York: Harold Holt and Company, 1946).

（28）David Nasaw, *The Chief: The Life of William Randolph Hearst* (New York: Mariner Book, 2001), 109.

（29）Peter Ackroyd, *T. S. Eliot: A life* (New York: Simon and Schuster, 1984), 24.

（30）図版は以下より引用。Winsor McCay, *Little Nemo in Slumberland*, September 9, 1907, https://archive.org/details/LittleNemo1905-1914ByWinsorMccay/page/n51/mode/2up.

（31）Steven Millhauser, "Klassik Komix #1," in *The Barnum Museum* (Springfield: Dalkey Archive, 1997), 141-42.

（32）Eliot, *The Complete Poems and Plays*, 3.

（33）Ezra Pound, *Personæ: Collected Shorter Poems of Ezra Pound* (London: Faber and Faber, 1952), 109.

（34）Terry Eagleton, *How to Read a Poem* (Oxford: Blackwell Publishing, 2007), 92-93.

（35）Steven Millhauser, "Klassik Komix #1," 146.

（36）Eliot, *The Complete Poems and Plays*, 4.

（37）Ibid.

（38）Ibid.

（39）Ibid., 5.

（40）David Trotter, "T. S. Eliot and Cinema," *Modernism/modernity* 13, no. 2 (2006): 237-265.

（41）T. S. Eliot, *Inventions of the March Hare: Poems 1909-17* (London: Faber and Faber, 1996), 43-44.

（42）T. S. Eliot, *The Complete Poems and Plays*, 8.

(43) たとえばトロッターは、「恋歌」のこの箇所に見られるような身体のさほど重要ではない部位のクローズアップが、二〇世紀初頭の物語映画において重視されていたことを論じている。David Trotter, "T. S. Eliot and Cinema."

(44) 長谷正人『映画というテクノロジー経験』青弓社、二〇一〇年、一一－一二頁。エリオットはのちにとりわけチャップリン作品を愛好するようになる。David Chinitz, *T. S. Eliot and the Cultural Divide* (Chicago: U of Chicago P, 2003), 101.

(45) Leonard Unger, *T. S. Eliot* (Minneapolis: U of Minnesota P, 1961), 22.

(46) Eliot, *The Complete Poems and Plays*, 5.

(47) アンリ・ベルクソン『創造的進化』竹内信夫訳、白水社、二〇一三年、三五四－五五頁。

(48) 同書、三五六頁。強調原文。

(49) 同書、三六四頁。

(50) 出口菜摘は、「恋歌」をはじめとしたエリオットの初期の詩が映画的であることを指摘したうえで、「ベルクソンがスクリーンに現れる映像を、連続体にみえようとも、それが静止画面の並置である以上、運動は分断されていると却下したのに対し、語り手は分裂のなかに、相互に浸透しているような、連続体として捉えられるようなものを感じ、そこから意味を抽出しようとする」（一四頁）と論じている。ただし本書では、どこまでも「連続体」に至らないつぎはぎの運動と知覚にこそエリオットが重要性を見出していたものと考える。出口菜摘「映画的世界の見方と表し方」『モダンにしてアンチモダン――T・S・エリオットの肖像』高柳俊一、佐藤亨、野谷啓二、山口均編、研究社、二〇一〇年、三－一七頁。

(51) たとえば以下。Robert McNamara, "'Prufrock' and the Problem of Literary Narcissism," *Contemporary Literature* 27, no. 3 (Autumn, 1986): 356-77.

(52) Marshall McLuhan, *Understanding Media: The Extensions of Man* (London: Routledge & K. Paul, 1964), 45.

(53) Ibid., 49.

(54) 中村秀之『瓦礫の天使たち――ベンヤミンから〈映画〉の見果てぬ夢へ』せりか書房、二〇一〇年、四一頁。

(55) ヴァルター・ベンヤミン「複製技術時代の芸術作品」浅井健二郎訳『ベンヤミン・コレクション 一』浅井健二郎編訳、ちくま学芸文庫、一九九五年、六二六頁。

(56) Tom Gunning, "The Cinema of Attractions: Early Film, Its Spectator and the Avant-Garde," in *The Cinema of Attractions Reloaded*, ed. Wanda Strauven (Amsterdam: Amsterdam UP, 2006), 381-88.

(57) 難波阿丹「映像「情動」論――顔なしの亡霊を召喚する」『「情動」論への招待――感情と情動のフロンティア』柿並良佑・

難波阿丹編著、勁草書房、二〇二四年、九八頁。

（58）Helen Vendler, *Coming of Age as a Poet: Milton, Keats, Eliot, Plath* (Cambridge: Harvard UP, 2003), 109.

（59）Nancy Duvall Hargrove, *T. S. Eliot's Parisian Year* (Gainesville: UP of Florida, 2010), 271.

（60）ヴァルター・ベンヤミン『パサージュ論』第三巻、今村仁司・三島憲一ほか訳、岩波現代文庫、二〇〇三年、四四四頁。

（61）池田栄一「プルーフロックの図像学――あるいは憂鬱なピエロの恋歌」『ポッサムに贈る13のトリビュート――T・S・エリオット論集』池田栄一・佐藤亨・田口哲也・野谷啓二編、英潮社、二〇〇四年、一九一―二一四頁。

（62）アラン・ビルトン（Alan Bilton）は、サイレント期のコメディ映画の三つのキーワードとして道化（clowns）、順応性（conformity）、消費主義（consumerism）を挙げている。Alan Bilton, *Silent Film Comedy and American Culture* (New York: Palgrave Macmillan, 2013), 13-33.

（63）T. S. Eliot, quoted in Gilbert Seldes, *The Seven Lively Arts* (Mineola: Dover Books, 2001), 361.

（64）McLuhan, *Understanding Media*, 304.

（65）Kasson, *Amusing the Million*, 49-50.

（66）Ibid., 60.

（67）Michael North, *The Dialect of Modernism: Race, Language, and Twentieth-Century Literature* (New York: Oxford UP, 1998), 81.

（68）George Monteiro, "T. S. Eliot and Stephen Foster," *The Explicator* 45, no. 3 (1987): 44-45. エリオットとフォスターのつながりについては、舌津智之氏にご教示いただいた。

（69）大和田俊之は、ミンストレル・ショーをめぐる観客の複雑な欲望をひもとき、白人の黒人文化に対する不安、女性に対する恐怖心、それらが快楽に転換する機制などが存在したことを論じている。また、ミンストレル・ショーのパフォーマーも白人だけでなく、次第に黒人やユダヤ人、アイルランド人などが加わり、他者を〈擬装〉する文化が複雑に形成されていった。大和田俊之『アメリカ音楽史――ミンストレル・ショウ、ブルースからヒップホップまで』講談社、二〇一一年、二〇―二四頁。

（70）吉見『博覧会の政治学』二〇六―二〇八頁。

（71）Jaffee Frank, "Visions of an American Dreamland," 68.

（72）池田「プルーフロックの図像学」、一九七頁。

（73）同じく国民的人気者だった道化師マルセリン・オーブス（Marceline Orbes）も一九二七年に自ら命を絶ち、大きなニュースになった。オークリーとオーブス両者の自死には、コメディ映画の流行によって従来の道化の需要が落ち込んだことが関わっているとされるが、そのような道化の自殺というイメージ自体が、コメディ映画を牽引したチャップリンの道化のキャラクター造形に影響を与えていたことも指摘されている。Darren R. Reid, "The Clown Suicides: The Death and Cinematic Afterlife of Marceline Orbes and Francis "Slivers" Oakley, New York's Superstar Clowns, in Charlie Chaplin's *Limelight*," *Studies in American Humor* 3, no. 2 (2017): 157-77.

（74）Eliot, *The Complete Poems and Plays*, 38.

（75）たとえば以下。飯野友幸「シンコペートするシェイクスピア——T・S・エリオットの初期詩篇における「黒人」音楽」明治学院大学言語文化研究所『言語文化』二三号、二〇〇六年三月、五七頁。

（76）図版は以下より引用。Gary Hallgren, "T. S. Eliot's Wasteland," in *The Book of Sequels*, eds. Henry Beard, Christopher Cerf, Sarah Durkee, and Sean Kelly (New York: Random House, 1990), 126-27.

（77）Eliot, *The Complete Poems and Plays*, 46.

◉第二章

（1）E. S. Clowes, "Street Accidents: New York City," *Publications of the American Statistical Association* 13, no. 102, (1913), 449–56. JSTOR, www.jstor.org/stable/2964842.

（2）John C. Burnham, *Accident Prone: A History of Technology, Psychology, and Misfits of the Machine Age* (Chicago: U of Chicago P, 2009), 15.

（3）Theodore Dreiser, *Sister Carrie* (New York: Oxford UP, 1991), 391.

（4）Philip Fisher, *Hard Facts: Setting and Form in the American Novel* (London: Oxford UP, 1985), 177.

（5）Ibid., 178.

（6）Keith Newlin, *A Theodore Dreiser Encyclopedia* (Westport: Greenwood Press, 2003), 219.

（7）ドライサーがセンセーショナリズムの時代に新聞記者として「書くこと」をどのように捉えていたかは、以下の論文で考察されている。Amy Kaplan, "Theodore Dreiser's Promotion of Authorship" in *The Social Construction of American Realism*

(Chicago: U of Chicago P, 1992), 104-39.

（8）Theodore Dreiser, Journalism: *Newspaper Writings, 1892-1895*, ed. T. D. Nostwich (Philadelphia: U of Pennsylvania P, 1991), 271.

（9）Singer, "Modernity, Hyperstimulus, and the Rise of Popular Sensationalism," 79-80.

（10）Ibid., 90.

（11）図版は以下より引用。Ibid., 77.

（12）Richard Lehan, *The City in Literature: An Intellectual and Cultural History* (Berkeley: U of California P, 1998), 198-99.

（13）Paula E. Geyh, "From Cities of Things to Cities of Signs: Urban Spaces and Urban Subjects in Dreiser's *Sister Carrie* and Dos Passos's *Manhattan Transfer*." *Twentieth-Century Literature* 52, no. 4 (Winter 2006), 418.

（14）Dreiser, *Sister Carrie*, 295.

（15）Rachel Bowlby, *Just Looking: Consumer Culture in Dreiser, Gissing and Zola* (London: Methuen, 1985), 6.

（16）Theodore Dreiser, *A Book about Myself* (New York: Boni and Liveright, 1922), 458.

（17）Lehan, *The City in Literature*, 203.

（18）Bowlby, *Just Looking*, 52.

（19）Donald Pizer, *Realism and Naturalism in Nineteenth-Century American Literature* (New York: Russell & Russell, 1976), 23.

（20）Lehan, *The City in Literature*, 199.

（21）Dreiser, *Sister Carrie*, 147.

（22）Ibid., 184.

（23）Ibid., 391.

（24）山口恵里子『椅子と身体――ヨーロッパにおける「坐」の様式』ミネルヴァ書房、二〇〇六年、三三五頁。

（25）同書、三三五－三三六頁。

（26）Giedion, *Mechanization Takes Command*, 398.

（27）Dreiser, *Sister Carrie*, 460.

（28）Tim Armstrong, *Modernism, Technology and the Body: A Cultural Study* (Cambridge: Cambridge UP, 1998), 39.

（29）Dreiser, *Sister Carrie*, 1.

（30）Ibid., 256.

（31）Ibid., 255.

（32）Elissa Gurman, "'Onward, Onward': *Sister Carrie* and the Railroad," *Canadian Review of American Studies*, 47, no. 2, (Summer 2017): 211.

（33）Giedion, *Mechanization Takes Command*, 51-76.

（34）Dreiser, *Sister Carrie*, 241.

（35）折島正司『機械の停止』九九頁。

（36）Dreiser, *Sister Carrie*, 280.

（37）アンドレアス・ベルナルト『金持ちは、なぜ高いところに住むのか――近代都市はエレベーターが作った』井上周平・井上みどり訳、柏書房、二〇一六年、九頁。

（38）Dreiser, *Sister Carrie*, 283.

（39）長谷川一『アトラクションの日常――踊る機械と身体』河出書房新社、二〇〇九年、三〇頁。

（40）Theodore Dreiser, *Newspaper Days*, ed. T.D. Nostwich (Philadelphia: U of Pennsylvania P, 1991), 308.

（41）Salvador Anton Clavé, *The Global Theme Park Industry* (Oxfordshire: CABI, 2007), 10.

（42）Fisher, *Hard Facts*, 153.

（43）Theodore Dreiser, *Journalism*, 122.

（44）Mark Seltzer, *Bodies and Machines* (New York: Routledge, 1992), 18.

（45）折島『機械の停止』一〇一頁。

（46）同上書、一〇三頁。

（47）Dreiser, *Newspaper Days*, 601.

（48）Theodore Dreiser, *A Hoosier Holiday* (Bloomington: Indiana UP, 1998), 271.

（49）Koolhaas, *Delirious New York*, p. 34.

（50）Irving Lewis Allen, *The City in Slang: New York life and Popular Speech* (New York: Oxford UP, 1993), 101.

（51）一九一〇年代以降になると実際に、欧米での前衛芸術運動のなかで劇場における身体＝機械という主題が追究されていくことになる――「〈身体＝機械〉の問題はあらかじめ〈機械＝空間（環境）〉の問題と直結していて、未来派からロシア構成主義に至るまで、当時の劇場空間でおこなわれたパフォーマンスのほとんどが、多かれ少なかれ、この〈身体＝機械〉

のテーマを内包させていたといってもいい。それは単に身体による機械的な運動が演じられたということだけでなく、劇場という建築空間そのものがさまざまな舞台装置や光、音によって機械化されていったということである」。伊藤俊治『機械美術論——もうひとつの20世紀美術史』岩波書店、一九九一年、二六頁。

(52) Hugh Kenner, *The Mechanic Muse* (New York: Oxford UP, 1987), 26-27.

(53) Dreiser, *Sister Carrie*, 299.

(54) Ibid., 298.

(55) Ibid., 444.

(56) 柴田元幸『アメリカン・ナルシス——メルヴィルからミルハウザーまで』東京大学出版会、二〇〇五年、七六–七八頁。

(57) Mohamed Zayani, "A Rhythmanalytical Approach to the Problematic of Everydayness in *Sister Carrie*," *Reading the Symptom: Frank Norris, Theodore Dreiser, and the Dynamics of Capitalism* (New York: Peter Lang, 1999), 109-37.

(58) Dreiser, *Sister Carrie,* 378.

(59) Ibid., 392.

(60) 以下において、世紀転換期の文化のなかでサンドウが担った役割や政治性が詳しく論じられている。塚田幸光「ボディビル世紀末——ユージン・サンドウと帝国の「身体」」塚田幸光編『メディアと帝国——19世紀末アメリカ文化学』小鳥遊書房、二〇二一年、五五–八三頁。

(61) Brown, *The Material Unconscious*, 11.

(62) Stephen Crane, "New York's Bicycle Speedway," in *Stephen Crane: Prose and Poetry*, ed. J. C. Levenson (New York: Library of America, 1984), 859.

(63) Dreiser, *A Hoosier Holiday*, 217-18.

(64) Steven A. Riess, *Sport in Industrial America: 1850-1920* (Hoboken: Wiley-Blackwell, 2013), 40-41.

(65) Patricia Marks, *Bicycles, Bangs, and Bloomers: The New Woman in the Popular Press* (Lexington: UP of Kentucky, 1990), 174.

(66) Ibid.

(67) Julian Hawthorne, "Foreign Folk at the Fair," *The Cosmopolitan* 15, no. 5 (September 1893): 569.

●第三章

（1）アメリカ合衆国国勢調査局の資料による。The United States Census Bureau, *Historical Statics of the United States, 1789-1945*, 33.

（2）Richard Plunz, *A History of Housing in New York City: Dwelling Type and Social Changes in the American Metropolis* (New York: Columbia UP, 1990), 13.

（3）Roy Lubove, *The Progressives and the Slums: Tenement House Reform in New York City, 1890-1917* (Westport: Greenwood P, 1974), 159.

（4）Zachary J. Violette, *The Decorated Tenement: How Immigrant Builders and Architects Transformed the Slum in the Gilded Age* (Minneapolis: U of Minnesota P, 2019), 6. ヴィオレットは、「テネメント」と「スラム」がしばしば安直に同一視されることを問題化し、多様なテネメントの外観や装飾など、建築としての特徴や価値の変遷を仔細に分析している。

（5）Plunz, *A History of Housing in New York City*, 13.

（6）Alan Mayne, *The Imagined Slum: Newspaper Representation in Three Cities, 1870-1914* (Leicester: Leicester UP, 1994), 3.

（7）Dreiser, *Sister Carrie*, 328.

（8）たとえば以下。Keith Gandal, *The Virtues of the Vicious Jacob Riis, Stephen Crane, and the Spectacle of the Slum* (New York: Oxford UP, 1997).

（9）Charles F. Wingate, "The Moral Side of the Tenement-House Problem," *Catholic World* 41, no. 242 (May 1885): 164.

（10）Plants, *A History of Housing in New York City*, 36.

（11）一八八〇年代までには、"go slumming" という俗語が生まれ、白人がスラムを見学しにいくことは一種の娯楽となっていた。Allen, *The City in Slang*, 81-82.

（12）J. Chris Westgate, *Staging the Slums, Slumming the Stage: Class, Poverty, Ethnicity, and Sexuality in American Theatre, 1890-1916* (Toronto: U of Toronto P, 2014), 29.

（13）里内『多文化アメリカの萌芽』七一―七二頁。

（14）Stephen Crane, *Stephen Crane: Letters*, ed. R.W. Stallman and Lillian Gilkes (New York: New York UP, 1960), 133.

（15）里内『多文化アメリカの萌芽』九一―九二頁。

(16) Stephen Crane, "On the Boardwalk," in *Stephen Crane: Prose and Poetry*, ed. J. C. Levenson (New York: Library of America, 1984), 458.

(17) Ibid.

(18) Stephen Crane, "The pace of youth," in *Stephen Crane: Prose and Poetry*, 467.

(19) Stephen Crane, *Maggie: A Girl of the Streets and Other Tales of New York* (New York: Penguin, 2000), 37.

(20) Martin Scofield, "Theatricality, Melodrama and Irony in Stephen Crane's Short Fiction," *Journal of the Short Story in English* 51, (Autumn 2008): 3-4.

(21) Crane, *Maggie*, 69.

(22) Ibid.

(23) Ibid.

(24) Ibid., 70.

(25) Ibid., 40.

(26) Ibid., 41.

(27) Pizer, *Realism and Naturalism in Nineteenth-century American Literature*, 125-26.

(28) Crane, *Maggie*, 48.

(29) Ibid., 73.

(30) Ibid., 23.

(31) Ibid.

(32) Ibid., 26.

(33) Ibid.

(34) Ibid., 28.

(35) Ibid., 55.

(36) Ibid., 35.

(37) Ibid., 62.

(38) Ibid., 55.

（39）Ibid., 74.
（40）Ibid., 77.
（41）Ibid., 38.
（42）Ibid., 25.
（43）Ibid., 31.
（44）Pizer, *Realism and Naturalism in Nineteenth-century American Literature*, 126.
（45）Crane, *Maggie*, 38.
（46）Scofield, "Theatricality, Melodrama and Irony in Stephen Crane's Short Fiction," 9.
（47）Peiss, *Cheap Amusements*, 93-97.
（48）Crane, *Maggie*, 35.
（49）Ibid., 38.
（50）Lawrence W. Levine, *Highbrow/Lowbrow: The Emergence of Cultural Hierarchy in America* (Cambridge: Harvard UP, 1988), 29.
（51）Peiss, *Cheap Amusements*, 140.
（52）一ノ瀬和夫、外岡尚美編『境界を越えるアメリカ演劇——オールタナティヴな演劇の理解』ミネルヴァ書房、二〇〇一年、六頁。
（53）Peter Brooks, *The Melodramatic Imagination: Balzac, Henry James, Melodrama, and the Mode of Excess* (London: Yale UP, 1976), 15.
（54）ジャン＝マリ・トマソー『メロドラマ——フランスの大衆文化』中條忍訳、晶文社、一九九九年、六五頁。
（55）Crane, *Maggie*, 38. "shady person"
（56）Ibid, 195.
（57）Robert Myers, "Crane's City: An Ecocritical Reading of Maggie," *American Literary Realism* 47, no. 3 (2015): 196.
（58）こうした作品はしばしば、ハリエット・ビーチャー・ストウ『アンクル・トムの小屋』（Harriet Elizabeth Beecher Stowe, *Uncle Tom's Cabin*, 1852）の影響下で、黒人奴隷や貧しい移民の「隠された」世界を読者に見せる作品として論じられる。たとえば以下。Emory Eliot, ed., *Columbia Literary History of the United States* (New York: Columbia UP, 1988), 583.
（59）Rabinovitz, *For the Love of Pleasure*, 18-19.

（60）Chad Heap, *Slumming: Sexual and Racial Encounters in American Nightlife, 1885-1940* (Chicago: U of Chicago P, 2010), 29.

（61）Westgate, *Staging the Slums, Slumming the Stage*, 29.

（62）Dana Brand, *The Spectator and the City in Nineteenth-Century American Literature* (New York: Cambridge UP, 1991), 76.

（63）Jacob Riis, *How the Other Half Lives: Studies among the Tenements of New York* (New York: C. Scribner, 1890), 10.

（64）Kevin J. Hayes, "Introduction: Cultural and Historical Background," in *Maggie: A Girl of the Streets. By Stephen Crane*, ed. Kevin J. Hayes (Boston: St. Martin's, 1999), 6–7.

（65）Crane, *Maggie*, 9.

（66）Ibid., 69.

（67）Riis, *How the Other Half Lives*, 159.

（68）Betsy Klimasmith, *At Home in the City: Urban Domesticity in American Literature and Culture, 1850-1930* (Hanover: UP of New England, 2005), 102.

（69）Crane, *Maggie*, 60.

（70）Zachary J. Violette, *The Decorated Tenement*, 109.

（71）*Report of the Fire Department of the City of New York*, 1885.

（72）Stephen Crane, "The Fire," *Stephen Crane: Prose and Poetry*, 595.

（73）Lynn Kathleen Sally, *Fighting the Flames: The Spectacular Performance of Fire at Coney Island* (London: Routledge, 2006), 1-2.

（74）一九一一年に実際の大規模火災でドリームランドが焼失した際、しばらくのあいだ火事そのものが見世物であると思われて報道されなかった。Koolhas, *Delirious New York*, 76.

（75）柴田『アメリカン・ナルシス』六七頁。

（76）Michael McGerr, *A Fierce Discontent: The Rise and Fall of the Progressive Movement in America, 1870-1920* (New York: Free P, 2003), 18.

（77）Larzer Jiff, "Introduction: Stephen Crane's New York," in Stephen Crane, *Maggie: A Girl of the Streets and Other Tales of New York* (New York: Penguin, 2000), xiii.

（78）一方、マイヤーズはこの場面を、物理的空間によって仕切られたマンハッタンの階級性が順に示されていくのだと分析している。ともに説得的であるふたつの説は両立可能である。Myers, "Crane's City,"195-96.

（79）Crane, *Maggie*, 77.
（80）Ibid., 17.
（81）Faye E. Dudden, *Women in the American Theatre: Actresses and Audiences, 1790-1870* (New Haven: Yale UP, 1994), 39.
（82）Pizer, *Realism and Naturalism in Nineteenth-century American Literature*, 127.
（83）Crane, *Maggie*, 17.
（84）Ibid., 21.
（85）Ibid., 85.
（86）Eric Solomon, "*Maggie* and the Parody of Popular Fiction," in *Stephen Crane, Maggie: A Girl of the Streets*, ed. Thomas A. Gullason (New York: W. W. Norton, 1979), 116–20.
（87）Stephen Crane, "Coney Island's Failing Days," in *Prose and Poetry*, 589.
（88）Amy Kaplan, "The Spectacle of War in Crane's Revision of History," *New Essays on The Red Badge of Courage*, ed. Lee Clark Mitchell (Cambridge: Cambridge UP, 1986), 77-108.
（89）Rabinovitz, *Electric Dreamland*, 57.
（90）平石貴樹『アメリカ文学史』松柏社、二〇一〇年、二八七頁。
（91）Stanley Wertheim and Paul Sorrentino, eds., *The Correspondence of Stephen Crane 1* (New York: Columbia UP, 1988), 50.
（92）Hershel Parker, *Flawed Texts and Verbal Icons: Literary Authority in American fiction* (Evanston: Northwestern UP, 1984), 39.
（93）Crane, *Maggie*, 74.
（94）Violette, *The Decorated Tenement*, 39.

◉第四章

（1）William Archer, *America To-Day: Observations & Reflections* (London: W. Heinemann, 1900), 21.
（2）Koolhaas, *Delirious New York*, 82.
（3）Henry James, *The American Scene* (New York: Penguin, 1994), 78.

（4）図版は以下のポストカードより引用。“Souvenir of New York, the Wonder City” (New York: Finkelstein, 1915). https://www.flickr.com/photos/internetarchivebookimages/14577903977/

（5）F. Scott Fitzgerald, *Fitzgerald: My Lost City: Personal Essays, 1920-1940* (Cambridge: Cambridge UP, 2005), 115. 強調原文。

（6）“White City’s Big Feature,” *Billboard*, May 12, 1906, 36.

（7）*The San Francisco Call*, December 5, 1909, 11.

（8）*The Ordway New Era* 11, no. 31 (October 4, 1912).

（9）Thomas A. P. van Leeuwen, *The Skyward Trend of Thought: The Metaphysics of the American Skyscraper* (The Hague: AHA Books, 1986), 99.

（10）世紀転換期の新聞記事には、たとえば「怪物ビル」（“A Monster Skyscraper”）というような見出しが多数見つかる。*Alexandria Gazette,* September 5, 1891, 8.

（11）Montgomery Schuyler, *American Architecture and Other Writings* (Cambridge: Harvard UP, 1961), 445.

（12）James, *The American Scene*, 76, 80.

（13）絵画や写真が摩天楼をどのように作品化していたかは、以下に詳しい。Merrill Schleier, *The Skyscraper in American Art: 1890-1931* (Michigan: Da Capo Press, 1986), 19-40.

（14）Adrienne R. Brown, “Between the Mythic and the Monstrous: The Early Skyscraper’s Weird Frontiers,” *Journal of Modern Literature* 35, no. 1 (Fall 2011): 166.

（15）Abraham Cahan, *The Rise of David Levinsky* (New York: Harper and Row, 1960), 86.

（16）Ibid., 87.

（17）Christoph Lindner, *Imagining New York City* (New York: Oxford UP, 2015), 58.

（18）シカゴの食肉工場で働く移民労働者の過酷な環境や、食肉業界の腐敗を描き出したアプトン・シンクレアの小説『ジャングル』（*The Jungle*, 1906）は、社会の不正を暴くマックレーキング運動の急先鋒として大きな話題となった。

（19）Sadakichi Hartmann, *Drifting Flowers of the Sea and Other Poems* (N.p.: Sadakichi Hartmann, 1904), 12.

（20）James, *The American Scene*, 83.

（21）Donna Jeanne Haraway, *Simians, Cyborgs and Women: The Reinvention of Nature* (London: Free Association, 1991), 15.

（22）図版は以下より引用。Mary Lackritz Gray, *A Guide to Chicago’s Mural* (Chicago: U of Chicago P, 2001), 278-79.

(23) 一例を挙げると、以下の新聞記事には、「サリヴァンこそ「自分たちの」建築家だと主張し、同じ情熱でもって、カール・サンドバーグこそ「自分たちの」詩人なのだと主張するシカゴ愛好家たち」という表現が見つかる。Abigail Foerstner, "Inside The Townhouses That Louis Sullivan Built," *Chicago Tribune*, September 7, 1986.

(24) Alan Golding, *From Outlaw to Classic: Canons in American Poetry* (Madison: U of Wisconsin P, 1995), 110-11.

(25) Gay Wilson Allen, *Carl Sandburg* (Minnesota: U of Minnesota P, 1972), 5-6.

(26) Ibid., 34.

(27) Dave Dempsey and Jack Dempsey, *Ink Trails: Michigan's Famous and Forgotten Authors* (East Lansing: Michigan State UP, 2012), 118-30.

(28) Louis Sullivan, *Louis Sullivan: The Public Papers*, ed. Robert Twombly (Chicago: U of Chicago P, 1988), 111.

(29) ただし、サリヴァンの定式や自然観が彼ひとりの独創ではなく、一九世紀の建築論壇のなかでしばしば見られたものであることも指摘されている。江本弘『歴史の建設――アメリカ近代建築論壇とラスキン受容』東京大学出版会、二〇一九年、二九六頁。

(30) Alan Trachtenberg, *Lincoln's Smile and Other Enigmas* (New York: Hill and Wang, 2008), 209.

(31) Vincent Scully, *American Architecture and Urbanism* (New York: Praeger, 1969), 108.

(32) Louis Sullivan, *The Autobiography of an Idea* (New York: Dover, 1956), 325.

(33) Kenneth Frampton, *Modern Architecture: A Critical History* (New York: Thames & Hudson, 2007), 56.

(34) Carl Sandburg, *Chicago Poems* (New York: Henry Holt and Company, 1916), 15.

(35) Chris Beyers, "Naturalism and Poetry," in *The Oxford Handbook of American Literary Naturalism*, ed. Keith Newlin (London: Oxford UP, 2011), 450.

(36) Mark Van Wienen, "Taming the Socialist: Carl Sandburg's Chicago Poems and Its Critics," in *American Literature* 63, no. 1 (March 1991): 89-103.

(37) Sandburg, *Chicago Poems*, 65.

(38) Adolf Wolff, *Songs, Sighs, and Curses* (Ridgefield: Glebe, 1913), 29.

(39) Sandburg, *Chicago Poems*, 3.

(40) 建築の実践における機能＝「うごき」が具体的に何を指しているのかという問題は、さらに議論の余地がある。サリヴァンにとって、「うごき」をもった有機物という摩天楼のイメージは、いくつかのレベルから具体的に確認できる。第一に、オーディトリアムビルに見られるような、オフィス／ホテル／劇場といった異なる用途を技術的に包括してみせる構造そのもののダイナミズムである（そこに鉄骨という要素が加わっていることで、しばしば摩天楼は自在に運動する「人間」にたとえられる）。第二に、建築の外形および装飾のデザインを通してサリヴァンがくり返しおこなっている、植物や動物の発芽・成長のイメージの具現化である（たとえば以下の本でサリヴァン自身が解説している。Louis Sullivan, *A System of Architectural Ornament* (New York: Rizzoli, 1990)）。第三に、サリヴァンの思想的背景と設計との対応関係である。トーマス・ファン・レーウェンは、サリヴァンの建築と言説のなかに、ドイツ観念論や社会進化論、神人同形論などの影響を読み取りながら、サリヴァンが単なる比喩を超えて建築に「生命」を吹き込もうとしていたことを説得的に示している。Leeuwen, *The Skyward Trend of Though*, 119-24.

（41）Sandburg, *Chicago Poems*, 65.

（42）Ibid., 65-66.

（43）Ibid., 66.

（44）Ibid., 67.

（45）Juhani Pallasmaa, *The Eyes of the Skin: Architecture and the Senses* (John Wiley & Sons: Hoboken, 2012), 54.

（46）Sandburg, *Chicago Poems*, 51.

（47）Chris Beyers, “Carl Sandburg's Unnatural Relations,” *Essays in Literature* 22, no. 1 (Spring 1995): 99.

（48）Sullivan, *The Autobiography of an Idea*, 301.

（49）Ibid., 299-300.

（50）Julia E. Daniel, *Building Natures: Modern American Poetry, Landscape Architecture, and City Planning* (Charlottesville: U of Virginia P, 2017), 28.

（51）Walt Whitman, *Leaves of Grass and Other Writings* (New York: W. W. Norton & Company, 2002), 45.

（52）Sandburg, *Chicago Poems*, 3.

（53）Pallasmaa, *The Eyes of the Skin*, 11.

（54）Ibid., 87.

（55）Adrienne Brown, “Erecting the Skyscraper, Erasing Race,” Irene Cheng, et al., eds. *Race and Modern Architecture: A Critical History from the Enlightenment to the Present* (Pittsburgh: U of Pittsburgh P, 2020), 205.

（56）Sascha Klein, *Skyscraping Frontiers: The Skyscraper as Heterotopia in the 20th-Century American Novel and Film* (Berlin: Peter Lang, 2020), 46.

（57）Trachtenberg, *Lincoln's Smile and Other Enigmas*, 214.

（58）Olivier Zunz, *Making America Corporate, 1870-1920* (Chicago: U of Chicago P, 1990), 120-21.

（59）Nella Larsen, *The Complete Fiction of Nella Larsen: Passing, Quicksand, and The Stories* (New York: Anchor Books, 2001), 176.

（60）Ben Leech, "Louis, We Hardly Knew Ye," Hidden City, April 17, 2012, https://hiddencityphila.org/2012/04/louis-we-hardly-knew-ye/

（61）椎橋武史、小林克弘「ルイス・サリヴァンの建築造形に見られる「動的平衡」——その２　対比的構造」『日本建築学会計画系論文集』七三巻六二八号、日本建築学会、二〇〇八年、一三九二頁。

（62）椎橋武史、小林克弘「「動的平衡」概念に着目したルイス・サリヴァンの建築思想の考察」『日本建築学会計画系論文集』七二巻六一二号、日本建築学会、二〇〇七年、一七一頁。

（63）福岡伸一『新版　動的平衡——生命はなぜそこに宿るのか』小学館新書、二〇一七年、二六四頁。ただし福岡は「動的平衡」に "dynamic equilibrium" という語をあてている。

（64）同書。

（65）図版は以下より引用。Louis Sullivan, "Island City," Ryerson and Burnham Archives,
https://digital-libraries.artic.edu/digital/collection/mqc/id/14217/rec/1.
https://digital-libraries.artic.edu/digital/collection/mqc/id/13861/rec/2.

（66）Carl Sandburg, *Smoke and Steel* (New York: Harcourt, 1920), 222.

（67）Robert Twombly, "Small Blessings: The Burnham Library's Louis H. Sullivan Collection," *Art Institute of Chicago Museum Studies* 13, no. 2 (1988): 149.

◉第五章

（１）John S. Berman, *Coney Island* (New York: Barnes & Noble Book, 2003), 71.

（2）Kasson, *Amusing the Million*, 112.

（3）一九五五年にディズニーランドが開園して以降、遊園地の時代からテーマパークの時代となる。ディズニーランドを計画して各地の遊園地を視察してまわったウォルト・ディズニーが「もっとも意気消沈した経験がコニーアイランドを見たことだった」。ディズニーランドは、コニーアイランドの「下品さ」を反面教師としてつくられたのである。Bob Thomas, *Walt Disney: An American Original* (New York: Simon and Schuster, 1976), 241.

（4）時代を経るにつれ、初期コニーアイランドはますます強烈なノスタルジーの対象になっていく。コニーアイランドのボードウォーク沿いに暮らし、海水浴客のために家族とともに働く少年を主人公に据えたノーマン・ロステン（Norman Rosten）の自伝的小説『ボードウォークの下で』（*Under the Boardwalk*, 1968）、コニーアイランドにできた四つ目の架空の遊園地を架空の記録と証言から緻密に「再現」するスティーヴン・ミルハウザー（Steven Millhauser）の短編「パラダイス・パーク」（"Paradise Park," 1998）、コニーアイランドの海水浴場を描く実在のポストカードをもとに架空の物語を構築するロバート・オーレン・バトラー（Robert Olen Butler）の短編「日曜日」（"Sunday," 2004）、現在と世紀転換期のコニーアイランドを行き来しながらロシア系移民の歴史の反復を幻想的に描くケヴィン・ベイカー（Kevin Baker）原作のグラフィック・ノベル『ルナパーク』（*Luna Park*, 2009）など、歴史と幻想の交錯点として、世紀転換期コニーアイランドは現在に至るまで多くの人びとの想像力のなかで再構築されてきている。

（5）Lehan, *The City in Literature*, 206.

（6）Gunning, "The Cinema of Attractions," 381-88.

（7）F. Scott Fitzgerald, *The Great Gatsby* (New York: Penguin, 1990), 79.

（8）Catherine Kunce and Paul M. Levitt, "The Structure of *Gatsby*: A Vaudeville Show, Featuring Buffalo Bill and a Cast of Dozens," *The F. Scott Fitzgerald Review* 4 (2005): 101-28.

（9）フィッツジェラルドのヴォードヴィル、ミュージカルコメディ、ポピュラーソング、映画への関心は以下にも説明されている。Walter Raubicheck and Steven Goldleaf, "Stage and Screen Entertainment," *F. Scott Fitzgerald in Context*, ed. Bryant Mangum (Cambridge: Cambridge UP, 2013), 302-3.

（10）クンスとレヴィットは、ダン・コーディーが、「ワイルド・ウェスト・ショー」で有名な興行主ウィリアム・フレデリック・コーディーと重ね合わせられていたことを検証している。Kunce and Levitt, "The Structure of *Gatsby*," 119-22. ちなみにコーディーはコニーアイランドでも興行をおこない人気を博した。

(11) Fitzgerald, *The Great Gatsby*, 119.

(12) たとえば以下を参照。 Dan Seiters, "On Imagery and Symbolism in *The Great Gatsby*," in *The Great Gatsby: Bloom's Guides*, ed. Harold Bloom (New York: Chelsea House, 2006), 81-85.

(13) Fitzgerald, *The Great Gatsby*, 43.

(14) Ibid., 171.

(15) Ibid., 77.

(16) Ibid., 26.

(17) Ibid., 27.

(18) Ibid., 28.

(19) Ibid.

(20) Ibid., 31.

(21) Ibid., 33.

(22) Koolhaas, *Delirious New York*, 49.

(23) Kasson, *Amusing the Million*, 49-50.

(24) Peiss, *Cheap Amusement*, 125.

(25) Fitzgerald, *The Great Gatsby*, 39.

(26) Ibid., 13.

(27) Winifred Farrant Bevilacqua, "'... And the Long Secret Extravaganza Was Played Out': *The Great Gatsby* and Carnival in a Bakhtinian Perspective," *Connotations* 13, no. 1-2 (2003): 112.

(28) たとえば以下の論文など。 Philip McGowan, "The American Carnival of *The Great Gatsby*," *Connotations* 15, no. 1-3 (2005/2006): 143-58.

(29) Kasson, *Amusing the Million*, 50.

(30) Frederic Thompson, "Amusing the Million," in *A Coney Island Reader*, 104.

(31) Fitzgerald, *The Great Gatsby*, 11.

(32) Ibid., 88.

(33) Christopher Ames, *The Life of the Party: Festive Vision in Modern Fiction* (Athens: U of Georgia P, 1991), 139.
(34) Curtis Dahl, “Fitzgerald’s Use of American Architectural Styles in the Great Gatsby,” *American Studies* 25 no. 1 (1984): 92.
(35) Fitzgerald, *The Great Gatsby*, 57.
(36) Ibid., 167.
(37) Ibid., 43.
(38) J. J. Rubenstein, *Making and Selling Cars: Innovation and Change in the U.S. Automobile Industry* (Baltimore: Johns Hopkins UP, 2001), 10.
(39) Joyce Boneseal, “Women and the Automobile,” in *Horses to Horsepower: One Hundredth Anniversary of the Automobile Industry, vol. 1: The First Fifty Years: 1896–1949* (Flint: McVey Marketing, 1996), 23, quoted in Deborah Clarke, *Driving Women: Fiction and Automobile Culture in Twentieth-Century America* (Baltimore: Johns Hopkins UP, 2007), 14.
(40) Clarke, *Driving Women*, 46.
(41) Berman, *Coney Island*, 71.
(42) Robert S. Lynd and Helen M. Lynd, *Middletown: A Study in Modern American Culture* (Orlando: Harcourt & Brace, 1957), 258.
(43) Fitzgerald, *The Great Gatsby*, 44.
(44) National Center for Health Statistics, *HEW and State Accident Summaries*.
(45) Berman, *Coney Island*, 71.
(46) Joanna Luft and Thomas Dilworth, “The Name Daisy: *The Great Gatsby* and Chaucer’s Prologue to *The Legend of Good Women*,” *The F. Scott Fitzgerald Review* 8 (2010): 79.
(47) Charles Scribner III, “Celestial Eyes: From Metamorphosis to Masterpiece,” *The Princeton University Library Chronicle* 53, no. 2 (Winter 1992): 141-55.
(48) F. Scott Fitzgerald, “Absolution,” in *The Short Stories of F. Scott Fitzgerald*, ed. Matthew J. Bruccoli (New York: Scribner, 1989), 270.
(49) Ibid., 217.
(50) Ibid.
(51) Ibid.
(52) Holley, *Samantha at Coney Island*, 5.

（53）James Hunker, *New Cosmopolis* (New York: Charles Scribner's Son, 1915), 165.

（54）David Gartman, "Three Ages of the Automobile: The Cultural Logics of The Car," *Theory, Culture & Society* 21, no. 4–5 (October 2004): 169-95.

（55）Fitzgerald, *The Great Gatsby*, 115.

（56）一九〇九年のフロイト訪米時の旅程には、コニーアイランド来園が含まれていた。その事実をもとに、虚実を混ぜながらフロイトのコニーアイランド訪問の影響について書かれた小説に、以下がある。Norman Klein, *Freud in Coney Island and Other Tales* (Los Angeles: Otis Books, 2006).

（57）Hartt, "The Amusement Park," 677.

（58）Fitzgerald, *The Great Gatsby*, 9.

（59）Sydney H. Bremer, "American Dreams and American Cities in Three Post-World War I Novels," *South Atlantic Quarterly* 79 (1980): 278.

（60）Fitzgerald, *The Great Gatsby*, 79.

◉終章

（1）W. E. B. Du Bois, Adrienne Brown, and Britt Rusert, "Princess Steel," *PMLA* 130, no. 3 (2015): 823.

（2）Adrienne Brown, and Britt Rusert, "Introduction: Princess Steel," *PMLA* 130, no. 3 (2015): 819.

（3）W. E. B. DuBois, "The Problem of Amusement," in *DuBois on Religion*, ed. Phil Zuckerman (Lanham: AltaMira Press, 2000), 21.

（4）Du Bois, "Princess Steel," 829.

（5）Ibid., 822-23.

（6）Seltzer, *Bodies and Machines*, 14.

（7）Whitney Battle-Baptiste and Britt Rusert, "Introduction," in *W. E. B. Du Bois's Data Portraits: Visualizing Black America*, eds. Whitney Battle-Baptiste and Britt Rusert (New York: Princeton Architectural Press, 2018), 7-22. データの視覚化という手法において、「プリンセス・スティール」に登場するメガスコープと万博に展示したグラフとの類似が指摘されている。

（8）Jennifer L. Fleissner, *Women, Compulsion, Modernity: The Moment of American Naturalism* (Chicago: U of Chicago P, 2004), 269. フライスナーは、自然主義小説に描かれる女性たちの、継続的・非直線的・反復的な運動に着目している。
（9）W. E. B. Du Bois, "Sociology Hesitant," in *The Problem of the Color Line at the Turn of the Twentieth Century: The Essential Early Essays*, ed. Nahum Dimitri Chandler (New York: Fordham, 2014), 274.
（10）図版は以下より引用。Battle-Baptiste and Rusert, *W. E. B. Du Bois's Data Portraits*, 69, 87.
（11）福岡伸一は、「動的平衡」の概念を説明するなかで、「渦巻きは、おそらく生命と自然の循環性をシンボライズする意匠そのものなのだ」と述べている。福岡伸一『新版　動的平衡』二八二頁。
（12）Ethel D. Puffer, *The Psychology of Beauty* (Boston: Houghton, 1905), 12.
（13）ミハイル・バフチン「美的活動における作者と主人公」（佐々木寛訳）『ミハイル・バフチン全著作　第一巻』伊藤一郎・佐々木寛訳、水声社、一九九九年、二五八頁。
（14）同書、二五九頁。
（15）ポール・ヴァレリー「時間」（佐々木明訳）『ヴァレリー全集　カイエ篇4——身体と身体・精神・外界　感性　記憶　時間』佐藤正彰・寺田透ほか編訳、筑摩書房、一九八〇年、二五六–二五七頁。
（16）伊藤亜紗『ヴァレリー——芸術と身体の哲学』講談社学術文庫、二〇二一年、一七九頁。
（17）河野哲也『間合い——生態学的現象学の探究』東京大学出版会、二〇二二年、一五二頁。
（18）伊藤『ヴァレリー』一八三頁。
（19）同書、一八七頁。
（20）Houston A. Baker, Jr. *Modernism and the Harlem Renaissance* (Chicago: U of Chicago P, 1987), 15.
（21）Sandy R. Mazzola, "Bands and Orchestras at the World's Columbian Exposition," *American Music* 4, no. 4 (1986): 407-24.
（22）Ibid., 420.
（23）Leroi Jones (Amiri Baraka), *Blues People: Negro Music in White America* (New York: HarparCollins, 1999), 90.
（24）Cristina L. Ruotolo, *Sounding Real: Musicality and American Fiction at the Turn of the Twentieth Century* (Tuscaloosa: U of Alabama P, 2013).
（25）以下の本では、アメリカ文学の作品内のノイズの表象と、文学そのものを一種のノイズと捉えることが関連づけて論じられている。Philipp Schweighauser, *The Noises of American Literature 1890-1985: Toward a History of Literary Acoustics* (Gainesville:

UP of Florida, 2006).

（26）Robert Sklar, *Movie-Made America: A Cultural History of American Movies* (New York: Vintage Books, 1994), 17.

（27）Michael O'Malley, *Keeping Watch: A History of American Time* (Washington, D.C.: Smithsonian Institution Press, 1990), 207.

（28）村上靖彦『交わらないリズム――出会いとすれ違いの現象学』青土社、二〇二一年、七五頁。村上によると、「生のポリリズム」は、「⑴社会規範が要請する一定のテンポ、⑵目的に向けて組み立てられる社会的な行為のリズム、⑶居場所において（社会のテンポから解放された）リズムのゆるみ、⑷自発的で無目的な遊びのリズム」という「存在論的な層」と、さらにそれらと対立する「無秩序なノイズやきしみ」も含めた複数の層によって構成されている。

（29）Michael Cowan, "The Heart Machine: 'Rhythm' and Body in Weimar Film and Fritz Lang's Metropolis," *Modernism / modernity* 14, no. 2 (April 2007): 228.

（30）カール・ビュヒァー『労働とリズム』高山洋吉訳、第一出版、一九四四年、四五八頁。

（31）ルートヴィヒ・クラーゲス『リズムの本質』杉浦実訳、みすず書房、二〇一七年、一〇三―四頁。強調原文。

（32）同書、六四頁。

（33）藤田尚志『ベルクソン――反時代的哲学』勁草書房、二〇二二年、四三五頁。

（34）山崎正和『リズムの哲学ノート』中央公論社、二〇一八年、二四五―四六頁。

（35）Giuseppe Cautela, "Coney," *American Mercury* 6, no. 23, November 1925, 365.

（36）E. E. Cummings, "Coney Island," *Vanity Fair*, September 1926, 46.

（37）José Martí, "Coney Island," 95-96.

（38）Cummings, "Coney Island," 46.

（39）Ibid.

（40）Richard Le Gallienne, "Human Need of Coney Island," *The Cosmopolitan*, July, 1905, 244.

引用文献

Ackroyd, Peter. *T. S. Eliot: A life*. New York: Simon and Schuster, 1984.

Adams, Henry. *The Letters of Henry Adams, Volumes 4-6: 1982-1918*, edited by J.C. Levenson, Ernest Samuels, Charles Vandersee, and Viola Hopkins Winner. Cambridge: Harvard UP, 1988.

Adams, Judith A. *The American Amusement Park Industry: A History of Technology and Thrills*. Boston: Twayne Publishers, 1991.

Aiken, Conrad. "King Bolo and Others." In *T. S. Eliot: A Symposium*, edited by Tambimuttu and Richard March, 20-23. New York: Tambimuttu & Mass, 1965.

Alexandria Gazette. September 5, 1891.

Allen, Gay Wilson. *Carl Sandburg*. Minnesota: U of Minnesota P, 1972.

Allen, Irving Lewis, *The City in Slang: New York life and Popular Speech*. New York: Oxford UP, 1993.

Altick, Richard Daniel. *The Shows of London*. London: The Belknap P, 1978.

Ames, Christopher. *The Life of the Party: Festive Vision in Modern Fiction*. Athens: U of Georgia P, 1991.

Archer, William. *America To-Day: Observations & Reflections*. London: W. Heinemann, 1900.

Armstrong, Tim. *Modernism, Technology and the Body: A Cultural Study*. Cambridge: Cambridge UP, 1998.

Ashbee, Henry Spencer. "A Sunday at Coney Island." *Temple Bar*, May-August 1882.

Baker, Houston A., Jr. *Modernism and the Harlem Renaissance*. Chicago: U of Chicago P, 1987.

Battle-Baptiste, Whitney, and Britt Rusert. "Introduction." In *W. E. B. Du Bois's Data Portraits: Visualizing Black America*, edited by Whitney Battle-Baptiste and Britt Rusert. New York: Princeton Architectural Press, 2018. 7-22.

Bentley, Nancy. *Frantic Panoramas: American Literature and Mass Culture, 1870-1920*. Philadelphia: U of Pennsylvania P, 2009.

Berman, John S. *Coney Island*. New York: Barnes & Noble Book, 2003.

Bevilacqua, Winifred Farrant. "'... And the Long Secret Extravaganza Was Played Out': *The Great Gatsby* and Carnival in a Bakhtinian

Perspective." *Connotations* 13, no. 1-2 (2003/2004): 143-58.

Beyers, Chris. "Carl Sandburg's Unnatural Relations." *Essays in Literature* 22, no. 1 (Spring 1995): 97-112.

---. "Naturalism and Poetry." In *The Oxford Handbook of American Literary Naturalism*, ed. Keith Newlin, 445-62. London: Oxford University Press, 2011.

Bilton, Alan. *Silent Film Comedy and American Culture*. New York: Palgrave Macmillan, 2013.

Bishop, William Henry "To Coney Island," *Scribner's Monthly* 20, July, 1880.

Bowlby, Rachel. *Just Looking: Consumer Culture in Dreiser, Gissing and Zola*. London: Methuen, 1985.

Brand, Dana. *The Spectator and the City in Nineteenth-Century American Literature*. New York: Cambridge UP, 1991.

Braun, Marta. *Edward Muybridge*. London: Reaktion, 2010.

Bremer, Sydney H. "American Dreams and American Cities in Three Post-World War I Novels," *South Atlantic Quarterly* 79 (1980): 274-85.

Brooks, Peter. *The Melodramatic Imagination: Balzac, Henry James, Melodrama, and the Mode of Excess*. London: Yale UP, 1976.

Brown, Adrienne R. "Between the Mythic and the Monstrous: The Early Skyscraper's Weird Frontiers." *Journal of Modern Literature* 35, no. 1 (Fall 2011): 165-88.

---. "Erecting the Skyscraper, Erasing Race." In *Race and Modern Architecture: A Critical History from the Enlightenment to the Present* edited by Irene Cheng, et al., 203-17. Pittsburgh: U of Pittsburgh P, 2020.

Brown, Bill. *The Material Unconscious: American Amusement, Stephen Crane, and the Economies of Play*. Cambridge: Harvard UP, 1996.

Bryman, Alan. *The Disneyization of Society*. London: Sage, 2004.

Buonomo, Leonardo. "Showing the World: Chicago's Columbian Exposition in American Writing." in *Moving Bodies, Displaying Nations National Cultures, Race and Gender in World Expositions Nineteenth to Twenty-first Century*, edited by Guido Abbattista, 21-38 Trieste: EUT Edizioni Università di Trieste, 2014.

Burgess, Ernest. "The Growth of the City: An Introduction to a Research Project." In *The City: Suggestions for Investigation of Human Behavior in the Urban Environment*, edited by Robert E. Park and Ernest W. Burgess, 47-62. Chicago: U of Chicago, 1984.

Burnham, John C. *Accident Prone: A History of Technology, Psychology, and Misfits of the Machine Age*. Chicago: U of Chicago P, 2009.

Cahan, Abraham. *The Rise of David Levinsky*. New York: Harper and Row, 1960.

Cautela, Giuseppe. "Coney." *American Mercury* 6, no. 23, November 1925, 365-68.

Chinitz, David. *T. S. Eliot and the Cultural Divide*. Chicago: U of Chicago P, 2003.

City of Boston Archives and Records Management Division. "Guide to the Street Lighting History Collection." Accessed, August 31, 2021. https://www.cityofboston.gov/images_documents/Guide%20to%20the%20Street%2Lighting%20History%20Collection_tcm3-41269.pdf

Clarke, Deborah. *Driving Women: Fiction and Automobile Culture in Twentieth-Century America*. Baltimore: Johns Hopkins UP, 2007.

Clavé, Salvador Anton. *The Global Theme Park Industry*. Oxfordshire: CABI, 2007.

Clowes, E. S. "Street Accidents-New York City." *Publications of the American Statistical Association* 13, no. 102 (1913): 449–56. JSTOR. Accessed, August 31, 2021. www.jstor.org/stable/2964842.

Cowan, Michael. "The Heart Machine: 'Rhythm' and Body in Weimar Film and Fritz Lang's Metropolis." *Modernism / modernity* 14, no. 2 (April 2007): 225-48.

Crane, Stephen. *Maggie: A Girl of the Streets and Other Tales of New York*. New York: Penguin, 2000.

---. *Stephen Crane: Letters*, edited by R.W. Stallman and Lillian Gilkes. New York: New York UP, 1960.

---. *Stephen Crane: Prose and Poetry*, ed. J. C. Levenson. New York: Library of America, 1984.

Cudahy, Brian J. *How We Got to Coney Island: The Development of Mass Transportation in Brooklyn and Kings County*. New York: Fordham UP, 2002.

Cummings, E. E. "Coney Island." *Vanity Fair*, September 1926, 46-47.

Daniel, Julia E. *Building Natures: Modern American Poetry, Landscape Architecture, and City Planning*. Charlottesville: U of Virginia P, 2017.

Dahl, Curtis. "Fitzgerald's Use of American Architectural Styles in the Great Gatsby," *American Studies* 25 no. 1 (1984): 91-102.

Darling, Eliza. "Nature's Carnival: The Ecology of Pleasure at Coney Island." In *In the Nature of Cities: Urban Political Ecology and the Politics of Urban Metabolism*, eds. Nik Heynen, Maria Kaika, and Erik Swyngedouw, 75-92. London: Routledge, 2005.

Dawson, Melanie V, and Meredith L. Goldsmith, eds. *American Literary History and the Turn toward Modernity*. Gainesville: UP of Florida, 2018.

Dempsey, Dave, and Jack Dempsey. *Ink Trails: Michigan's Famous and Forgotten Authors*. East Lansing: Michigan State UP, 2012.

Devine, Michael. "The Literature of Attractions: Teaching the Popular Fiction of the 1890s through Early Cinema." In *Teaching Tainted Lit: Popular American Fiction in Today's Classroom*, edited by Janet G Casey, 163-78. Iowa City: U of Iowa P, 2015.

Dickey, Frances. "Victorian Songs across the Modernist Divide: From Edmund Gosse to T.S. Eliot." In *Beyond the Victorian Modernist Divide: Remapping the Turn-of-the-century Break in Literature, Culture and the Visual Arts*, eds. Anne-Florence Gillard-Estrada and Anne Besnault-Levita, 197-210. London: Routledge, 2018.

Dreiser, Theodore. *A Book about Myself*. New York: Boni and Liveright, 1922.

---. *A Hoosier Holiday*. Bloomington: Indiana UP, 1998.

---. *Journalism: Newspaper Writings, 1892-1895*, edited by T.D. Nostwich. Philadelphia: U of Pennsylvania P, 1991.

---. *Newspaper Days*, edited by T.D. Nostwich. Philadelphia: U of Pennsylvania P, 1991.

---. *Sister Carrie*. New York: Oxford UP, 1991.

Du Bois, W. E. B. "The Problem of Amusement." In *DuBois on Religion*, edited by Phil Zuckerman, 19-28, Lanham: AltaMira Press, 2000.

---. "Sociology Hesitant." In *The Problem of the Color Line at the Turn of the Twentieth Century: The Essential Early Essays*, edited by Nahum Dimitri Chandler, 271-84, New York: Fordham, 2014.

Du Bois, W. E. B., and Adrienne Brown, and Britt Rusert. "Princess Steel." *PMLA* 130, no. 3 (2015): 819-29.

Dudden, Faye E. *Women in the American Theatre: Actresses and Audiences, 1790-1870*. New Haven: Yale UP, 1994.

Eagleton, Terry. *How to Read a Poem*. Oxford: Blackwell Publishing, 2007.

Eliot, Emory, ed. *Columbia Literary History of the United States*. New York: Columbia UP, 1988.

Eliot, T. S. *Inventions of the March Hare: Poems 1909-17*. London: Faber and Faber, 1996.

---. *The Complete Poems and Plays*. New York: Harcourt Brace, 1952.

---. *The Poems of T. S. Eliot, vol. 1*, edited by Christopher Ricks and Jim McCue. London: Faber and Faber, 2015.

Eyring, Mary Kathleen. "The Phantom Disaster: Spectacular Prosthetics in "The Jolly Corner"." *The Henry James Review* 37 (2016): 274 - 283.

Fischer, Claude S. "Changes in Leisure Activities, 1890-1940." *Journal of Social History* 27, no. 3 (1994): 453-75.

Fisher, Philip. *Hard Facts: Setting and Form in the American Novel*. London: Oxford UP, 1985.

Fitzgerald, F. Scott. "Absolution." In *The Short Stories of F. Scott Fitzgerald*, edited by Matthew J. Bruccoli, 259-72. New York: Scribner, 1989.

---. *Fitzgerald: My Lost City: Personal Essays, 1920-1940*. Cambridge: Cambridge UP, 2005.

---. *The Great Gatsby*. New York: Penguin, 1990.

Fleissner, Jennifer L. *Women, Compulsion, Modernity: The Moment of American Naturalism*. Chicago: The U of Chicago P, 2004.

Fluck, Winfried. "Misrecognition, Symptomatic Realism, Multicultural Realism, Cultural Capital Realism: Revisionist Narratives about the American Realist Tradition." In *Revisionist Approaches to American Realism and Naturalism*, edited by Jutta Ernst, Sabina Matter-Seibel, and Klaus H. Schmidt, 1-34. Heidelberg: Universitasverlag Winter, 2018.

Foerstner, Abigail. "Inside The Townhouses That Louis Sullivan Built." *Chicago Tribune*, September 7, 1986.

Frampton, Kenneth. *Modern Architecture: A Critical History*. New York: Thames & Hudson, 2007.

Frank, Robin Jaffee. "Visions of an American Dreamland." In *Coney Island: Visions of an American Dreamland, 1861–2008*, ed. Robin Jaffee Frank, 11-202. New Haven: Yale UP, 2015.

Freitag, Florian, Filippo Carlà-Uhink and Salvador Anton Clavé. *Key Concepts in Theme Park Studies:Understanding Tourism and Leisure Spaces*. Cham: Springer, 2023.

"French Artists Spur on an American Art." *New York Tribune*, October 24, 1915.

Fuller, Henry Blake. *The Cliff Dweller*. New York: Harper and Brothers Publishers, 1893.

Fusco, Katherine. "Unnatural Time: Frank Norris at the Cinema's Beginnings." In *Silent Film and U.S. Naturalist Literature: Time, Narrative, and Modernity*, 23-61. New York: Routledge, 2016.

Gallienne, Richard Le. "Human Need of Coney Island." *The Cosmopolitan*, July, 1905, 239-46.

Gandal, Keith. *The Virtues of the Vicious Jacob Riis, Stephen Crane, and the Spectacle of the Slum*. New York: Oxford UP, 1997.

Gartman, David. "Three Ages of the Automobile: The Cultural Logics of The Car." *Theory, Culture & Society* 21, no. 4–5 (October 2004): 169-95.

Geyh, Paula E. "From Cities of Things to Cities of Signs: Urban Spaces and Urban Subjects in Dreiser's *Sister Carrie* and Dos Passos's *Manhattan Transfer*." *Twentieth-Century Literature* 52, no. 4 (Winter 2006): 413-42.

Giedion, Siegfried. *Mechanization Takes Command: A Contribution to Anonymous History*. New York: Norton, 1969.

Golding, Alan. *From Outlaw to Classic: Canons in American Poetry*. Madison: U of Wisconsin P, 1995.

Gorky, Maxim. "Boredom." *The Independent*, August 8, 1907, 309.

Gottlock, Barbara, and Wesley Gottlock. *Lost Amusement Parks of New York: Beyond Coney Island*. Charleston: The History Press, 2013.

Gray, Mary Lackritz. *A Guide to Chicago's Mural*. Chicago: U of Chicago P, 2001.

Gurman, Elissa. "'Onward, Onward': *Sister Carrie* and the Railroad." *Canadian Review of American Studies* 47, no. 2, (Summer 2017): 199-218.

Gunning, Tom. "The Cinema of Attractions: Early Film, Its Spectator and the Avant-Garde." In *The Cinema of Attractions Reloaded*, edited by Wanda Strauven. 381-88. Amsterdam: Amsterdam UP, 2006.

Gustaitis, Joseph. *Chicago's Greatest Year 1893*. Carbondale: Southern Illinois UP, 2013.

Haenni, Sabine. *The Immigrant Scene: Ethnic Amusements in New York, 1880-1920*. Minnesota: U of Minnesota P, 2008.

Hallgren, Gary. "T. S. Eliot's Wasteland." In *The Book of Sequels*, edited by Henry Beard, Christopher Cerf, Sarah Durkee, and Sean Kelly, 126-27. New York: Random House, 1990.

Hansen, Miriam. *Babel and Babylon: Spectatorship in American Silent Film*. Cambridge: Harvard UP, 1991.

Haraway, Donna Jeanne. *Simians, Cyborgs and Women: The Reinvention of Nature*. London: Free Association, 1991.

Harding, Jason. *T. S. Eliot in Context*. New York: Cambridge UP, 2011.

Hargrove, Nancy Duvall. *T. S. Eliot's Parisian Year*. Gainesville: UP of Florida, 2010.

Hartmann, Sadakichi. *Drifting Flowers of the Sea and Other Poems*. N.p.: Sadakichi Hartmann, 1904.

Hartt, Rollin Lynde. "The Amusement Park." *Atlantic Monthly*, 99 (May 1907): 667-77.

Harvey, Robert C. *Children of the Yellow Kid: The Evolution of American Comic Strip*. Seattle: Frye Art Museum, 1998.

Hawthorne, Julian. "Foreign Folk at the Fair," *The Cosmopolitan* 15, no. 5 (September 1893): 567-576.

---. *Humors of the Fair*. Chicago: E. A. Weeks, 1893.

Hayes, Kevin J. "Introduction: Cultural and Historical Background." In *Maggie: A Girl of the Streets. By Stephen Cran*e, edited by Kevin J. Hayes, 3-23. Boston: St. Martin's, 1999.

Heap, Chad. *Slumming: Sexual and Racial Encounters in American Nightlife, 1885-1940*. Chicago: U of Chicago P, 2010.

Henry, O. *Selected Stories from O. Henry*, edited by Charles Alphonso Smith. Garden City: Doubleday, Page, 1923.

Herriman, George. *Krazy Kat, by George Herriman, with an introduction by E. E. Cummings*. New York: Harold Holt and Company, 1946.

Holley, Marietta. *Samantha at Coney Island and a Thousand Other Islands*. New York: The Christian Herald, Bible House, 1914.

Hunker, James. *New Cosmopolis*. New York: Charles Scribner's Son, 1915.

James, Henry. *The American Scene*. New York: Penguin, 1994.

Jiff, Larzer. "Introduction: Stephen Crane's New York." In Stephen Crane, *Maggie: A Girl of the Streets and Other Tales of New York*. New York: Penguin, 2000.

Jones, Leroi (Amiri Baraka). *Blues People: Negro Music in White America*. New York: HarparCollins, 1999.

Kane, Josephine. "The Edwardian Amusement Park: The Pleasure Garden Reborn?" In *The Pleasure Garden: from Vauxhall Gardens to Coney Island*, edited by Jonathan Conlin, 217-46. Philadelphia: U of Pennsylvania P, 2012.

Kaplan, Amy. *The Social Construction of American Realism*. Chicago: U of Chicago P, 1992.

---. "The Spectacle of War in Crane's Revision of History." In *New Essays on The Red Badge of Courage*, edited by Lee Clark Mitchell, 77-108. Cambridge: Cambridge UP, 1986.

Kasson, John F. *Amusing the Million: Coney Island at the Turn of Century*. New York: Hill and Wang, 1978.

Kauffman, Reginald Wright. "Why is Coney? A Study of a Wonderful Playground and the Men That Made It," *Hampton's Magazine* 23, August, 1909, 215-24.

Kenner, Hugh. *The Mechanic Muse*. New York: Oxford UP, 1987.

Klein, Norman. *Freud in Coney Island and Other Tales*. Los Angeles: Otis Books, 2006.

Klein, Sascha. *Skyscraping Frontiers: The Skyscraper as Heterotopia in the 20th-Century American Novel and Film*. Berlin: Peter Lang, 2020.

Klimasmith, Betsy. *At Home in the City: Urban Domesticity in American Literature and Culture, 1850-1930*. Hanover: UP of New England, 2005.

Koolhaas, Rem. *Delirious New York: A Retroactive Manifesto to Manhattan*. New York: The Monacelli Press, 1994.

Kunce, Catherine, and Paul M. Levitt, "The Structure of Gatsby: A Vaudeville Show, Featuring Buffalo Bill and a Cast of Dozens." *The F. Scott Fitzgerald Review* 4 (2005): 101-28.

Larsen, Nella. *The Complete Fiction of Nella Larsen: Passing, Quicksand, and The Stories*. New York: Anchor Books, 2001.

Leech, Ben. "Louis, We Hardly Knew Ye." Hidden City, April 17, 2012. Accessed, January 3, 2024. https://hiddencityphila.org/2012/04/louis-we-hardly-knew-ye/

Leeuwen, Thomas A. P. van. *The Skyward Trend of Thought: The Metaphysics of the American Skyscraper*. The Hague: AHA Books, 1986.

Lehan, Richard. *The City in Literature: An Intellectual and Cultural History*. Berkeley: U of California P, 1998.

Levine, Lawrence W. *Highbrow/Lowbrow: The Emergence of Cultural Hierarchy in America*. Cambridge: Harvard UP, 1988, 29.

Lindner, Christoph. *Imagining New York City*. New York: Oxford University Press, 2015.

Lubove, Roy. *The Progressives and the Slums: Tenement House Reform in New York City, 1890-1917*. Westport: Greenwood P, 1974.

Luft, Joanna, and Thomas Dilworth. "The Name Daisy: The Great Gatsby and Chaucer's Prologue to *The Legend of Good Women*." *The F. Scott Fitzgerald Review* 8 (2010): 79-91.

Lynd, Robert S., and Helen M. Lynd. *Middletown: A Study in Modern American Culture*. Orlando: Harcourt & Brace, 1957.

Mangum, Bryant, ed. *F. Scott Fitzgerald in Context*. Cambridge: Cambridge UP, 2013.

Marcus, Laura. "Rhythm and the Measures of the Modern." In *Beyond the Victorian Modernist Divide: Remapping the Turn-of-the-century Break in Literature, Culture and the Visual Arts*, eds. Anne-Florence Gillard-Estrada and Anne Besnault-Levita, 211-28. London: Routledge, 2018.

Marks, Patricia. *Bicycles, Bangs, and Bloomers: The New Woman in the Popular Press*. Lexington: UP of Kentucky, 1990.

Martí, José. "Coney Island" In *A Coney Island Reader.* Translated by Esther Allen. Edited by Louis J. Parascandola and John Parascandola, 61-68. New York: Columbia UP, 2015.

Marx, Leo. *The Machine in the Garden*. London: Oxford UP, 1964.

Mayne, Alan. *The Imagined Slum: Newspaper Representation in Three Cities, 1870-1914*. Leicester: Leicester UP, 1994.

Mazzola, Sandy R. "Bands and Orchestras at the World's Columbian Exposition." *American Music* 4, no. 4 (1986): 407-24.

McCay, Winsor. *Little Nemo in Slumberland*. October 7, 1906. https://archive.org/details/LittleNemo19051914ByWinsorMccay/page/n51/mode/2up.

McGerr, Michael. *A Fierce Discontent: The Rise and Fall of the Progressive Movement in America, 1870-1920*. New York: Free P, 2003.

McGowan, Philip. "The American Carnival of *The Great Gatsby*." *Connotations* 15, no. 1-3 (2005/2006): 143-58.

McLuhan, Marshall. *Understanding Media: The Extensions of Man*. London: Routledge & K. Paul, 1964.

McNamara, Robert. "“Prufrock” and the Problem of Literary Narcissism." *Contemporary Literature* 27, no. 3 (Autumn, 1986): 356-77.
Michaels, Walter Benn. *The Gold Standard and the Logic of Naturalism*. Berkeley: U of California P, 1987.
Millhauser, Steven. *The Barnum Museum*. Springfield: Dalkey Archive, 1997.
Monod, David. *Vaudeville and the Making of Modern Entertainment, 1890-1925*. Chapel Hill: The U of North Carolina P, 2020.
Monteiro, George. "T. S. Eliot and Stephen Foster." *The Explicator* 45, no. 3 (1987): 44-45.
Morton, Timothy. *Ecology without Nature: Rethinking Environmental Aesthetics*. Cambridge: Harvard UP, 2009.
Musser, Charles, and Josh Glick. "Twins of the Amusement World." In *Coney Island: Visions of an American Dreamland, 1861–2008*, edited by Robin Jaffee Frank, 203-15. New Haven: Yale UP, 2015.
Myers, Robert. "Crane's City: An Ecocritical Reading of Maggie." *American Literary Realism* 47, no. 3 (2015): 189-202.
Nasaw, David. *The Chief: The Life of William Randolph Hearst*. New York: Mariner Book, 2001.
National Center for Health Statistics. *HEW and State Accident Summaries*. Accessed, August 31, 2021. https://cdan.nhtsa.gov/tsftables/Fatalities%20and%20Fatality%20Rates.pdf
Newlin, Keith. *A Theodore Dreiser Encyclopedia*. Westport: Greenwood Press, 2003.
Norris, Frank. *McTeague: A Story of San Francisco*. New York: Penguin, 1982.
---. "The Mechanics of Fiction." *The Literary Criticism of Frank Norris*, ed. Donald Pizer. Austin: U of Texas P, 1964.
North, Michael. *The Dialect of Modernism: Race, Language, and Twentieth-Century Literature*. New York: Oxford UP, 1998.
Nye, David E. *Electrifying America: Social Meanings of a New Technology*. Cambridge: MIT Press, 1992.
The Ocala Evening Star, August 11, 1913.
O'Malley, Michael. *Keeping Watch: A History of American Time*. Washington, D.C.: Smithsonian Institution Press, 1990.
The Ordway New Era 11, no. 31. October 4, 1912.
Pallasmaa, Juhani. *The Eyes of the Skin: Architecture and the Senses*. John Wiley & Sons: Hoboken, 2012.
Parker, Hershel. *Flawed Texts and Verbal Icons : Literary Authority in American fiction*. Evanston: Northwestern UP, 1984.
Payne, William Morton. "Recent Fiction," *The Dial* 15, no. 176 (October 1893): 227-28.
Peiss, Kathy. *Cheap Amusements: Working Women and Leisure in Turn-of-the-Century New York*. Philadelphia: Temple UP, 1986.
Peters, Julian. "The Love Song of J. Alfred Prufrock by T.S. Eliot." Accessed, August 31, 2021.

https://julianpeterscomics.com/page-1-the-love-song-of-j-alfred-prufrock-by-t-s-eliot/
Pizer, Donald. *Realism and Naturalism in Nineteenth-Century American Literature*. New York: Russell & Russell, 1976.
Plunz, Richard. *A History of Housing in New York City: Dwelling Type and Social Changes in the American Metropolis*. New York: Columbia UP, 1990.
Poe, Edgar Allan. *The Works of Edgar Allan Poe*, vol. IX, edited by Edmund Clarence Stedman and George Edward Woodberry. New York: Scribner's Sons, 1914.
Pound, Ezra. *Personæ: Collected Shorter Poems of Ezra Pound*. London: Faber and Faber, 1952.
Puffer, Ethel D. *The Psychology of Beauty*. Boston: Houghton, 1905.
Rabinovitz, Lauren. *Electric Dreamland: Amusement Parks, Movies, and American Modernity*. New York: Columbia UP, 2012.
---. *For the Love of Pleasure: Women, Movies, and Culture in Turn-of-the-century Chicago*. New Brunswick: Rutgers UP, 1998.
Reid, Darren R. "The Clown Suicides: The Death and Cinematic Afterlife of Marceline Orbes and Francis "Slivers" Oakley, New York's Superstar Clowns, in Charlie Chaplin's *Limelight*." *Studies in American Humor* 3, no. 2 (2017): 157-77.
Report of the Fire Department of the City of New York. 1885.
Richards, Ellen Swallow. *Sanitation in Daily Life*. Boston: Whitcomb and Barrows, 1910.
Riess, Steven A. *Sport in Industrial America: 1850-1920*. Hoboken: Wiley-Blackwell, 2013.
Riis, Jacob. *How the Other Half Lives: Studies among the Tenements of New York*. New York: C. Scribner, 1890.
Robert, Clarke. *Ellen Swallow: The Woman Who Founded Ecology*. Chicago: Follette, 1973.
Rowson, Martin. *The Waste Land*. New York: Penguin, 1990.
Rubenstein, J. J. *Making and Selling Cars: Innovation and Change in the U.S. Automobile Industry*. Baltimore: Johns Hopkins UP, 2001.
Ruotolo, Cristina L. *Sounding Real: Musicality and American Fiction at the Turn of the Twentieth Century*. Tuscaloosa: U of Alabama P, 2013.
Rydell, Robert W. *All the World's Fair: Visions of Empire at American International Exposition, 1876-1916*. Chicago: U of Chicago P, 1984.
Sally, Lynn Kathleen. *Fighting the Flames: The Spectacular Performance of Fire at Coney Island*. London: Routledge, 2006.
Sandburg, Carl. *Chicago Poems*. New York: Henry Holt and Company, 1916.
---. *Smoke and Steel*. New York: Harcourt, 1920.

The San Francisco Call. December 5, 1909.

Schleier, Merrill. *The Skyscraper in American Art: 1890-1931*. Michigan: Da Capo Press, 1986.

Schlichting, Kara Murphy. *New York Recentered: Building the Metropolis from the Shore*. Chicago: U of Chicago P, 2019.

Schuyler, Montgomery. *American Architecture and Other Writings*. Cambridge: Harvard UP, 1961.

Schweighauser, Philipp. *The Noises of American Literature 1890-1985: Toward a History of Literary Acoustics*. Gainesville: UP of Florida, 2006.

Scofield, Martin. "Theatricality, Melodrama and Irony in Stephen Crane's Short Fiction." in *Journal of the Short Story in English* 51, (Autumn 2008): 1-7

Scribner III, Charles. "Celestial Eyes: From Metamorphosis to Masterpiece." *The Princeton University Library Chronicle* 53, no. 2 (Winter 1992): 141-55.

Scully, Vincent. *American Architecture and Urbanism*. New York: Praeger, 1969.

Seiters, Dan. "On Imagery and Symbolism in *The Great Gatsby*." In *The Great Gatsby: Bloom's Guides*, edited by Harold Bloom, 81-85. New York: Chelsea House, 2006.

Seldes, Gilbert. *The Seven Lively Arts*. Mineola: Dover Books, 2001.

Seltzer, Mark. *Bodies and Machines*. New York: Routledge, 1992.

Singer, Ben. "Modernity, Hyperstimulus, and the Rise of Popular Sensationalism." In *Cinema and the Invention of Modern Life*, edited by Leo Charney and Vanessa R. Schwartz, 72-99. Berkeley: U of California P, 1995.

Sklar, Robert. *Movie-Made America: A Cultural History of American Movies*. New York: Vintage Books, 1994.

Solomon, Eric. "*Maggie* and the Parody of Popular Fiction." In *Stephen Crane, Maggie: A Girl of the Streets*, edited by Thomas A. Gullason, 116-20. New York: W. W. Norton, 1979.

Street, Julian. *Welcome to Our City*. New York: John Lane, 1913.

Sullivan, Louis. *The Autobiography of an Idea*. New York: Dover, 1956.

---. *Louis Sullivan: The Public Papers*, edited by Robert Twombly. Chicago: U of Chicago P, 1988.

---. *A System of Architectural Ornament*. New York: Rizzoli, 1990.

Sumner, William Graham. "Sociology." *Princeton Review* 2 (1881): 303-23.

Szuberla, Guy. “Making the Sublime Mechanical: Henry Blake Fuller's Chicago.” *American Studies* 14, no. 1 (Spring 1973): 83-93.

Themed Entertainment Association (TEA). “TEA/AECOM 2022 Theme Index and Museum Index: The Global Attractions Attendance Report.” 2023, Accessed, January 4, 2024. https://aecom.com/wp-content/uploads/documents/reports/AECOM-Theme-Index-2022.pdf.

Thomas, Bob. *Walt Disney: An American Original*. New York: Simon and Schuster, 1976.

Trachtenberg, Alan. *The Incorporation of America: Culture and Society in the Gilded Age*. New York: Hill and Wang, 1982.

---. *Lincoln's Smile and Other Enigmas*. New York: Hill and Wang, 2008.

Trotter, David. “T. S. Eliot and Cinema.” *Modernism/modernity* 13, no. 2 (2006): 237-265.

Twombly, Robert. “Small Blessings: The Burnham Library's Louis H. Sullivan Collection.” *Art Institute of Chicago Museum Studies* 13, no. 2 (1988): 146-57.

Unger, Leonard. *T. S. Eliot*. Minneapolis: U of Minnesota P, 1961.

The United States Census Bureau. *Historical Statics of the United States, 1789-1945.*

Vendler, Helen. *Coming of Age as a Poet: Milton, Keats, Eliot, Plath*. Cambridge: Harvard UP, 2003.

Violette, Zachary J. *The Decorated Tenement: How Immigrant Builders and Architects Transformed the Slum in the Gilded Age.* Minneapolis: U of Minnesota P, 2019.

Weinstein, Stephen F. “The Nickel Empire: Coney Island and the Creation of Urban Seaside Resorts in the United States.” Ph.D. diss., Columbia University, 1984.

Wertheim, Stanley and Paul Sorrentino, eds. *The Correspondence of Stephen Crane* 1. New York: Columbia UP, 1988.

Westgate, J. Chris. *Staging the Slums, Slumming the Stage: Class, Poverty, Ethnicity, and Sexuality in American Theatre, 1890-1916.* Toronto: U of Toronto P, 2014.

Wharton, Edith. *The House of Mirth*. New York: Modern Library, 1999.

“White City's Big Feature.” *Billboard*. May 12, 1906.

Whitman, Walt. Walt Whitman, “Clam-Bake at Coney Island.” In *A Coney Island Reader: Through Dizzy Gates of Illusion*, edited by Louis J. Parascandola and John Parascandola, 51-53. New York: Columbia UP, 2015.

---. *Leaves of Grass and Other Writings*. New York: W. W. Norton & Company, 2002.

Wienen, Mark Van. “Taming the Socialist: Carl Sandburg’s Chicago Poems and Its Critics.” *American Literature* 63, no. 1 (March 1991): 89-103.
Wingate, Charles F. “The Moral Side of the Tenement-House Problem.” *Catholic World* 41, no. 242 (May 1885): 160-64.
Wolcott, Victoria W. *Race, Riots, and Roller Coasters: The Segregated Recreation in America*. Philadelphia: U of Pennsylvania P, 2012.
Wolff, Adolf. *Songs, Sighs, and Curses*. Ridgefield: Glebe, 1913.
Young, Paul. “Telling Descriptions: Frank Norris’s Kinetoscopic Naturalism and the Future of the Novel, 1899.” *Modernim / Modernity* 14 (2007): 645-68.
Zayani, Mohamed. “A Rhythmanalytical Approach to the Problematic of Everydayness in Sister Carrie.” In *Reading the Symptom: Frank Norris, Theodore Dreiser, and the Dynamics of Capitalism*. New York: Peter Lang, 1999.
Zunz, Olivier. *Making America Corporate, 1870-1920*. Chicago: U of Chicago P, 1990.

飯野友幸「シンコペートするシェイクスピア――T・S・エリオットの初期詩篇における「黒人」音楽」明治学院大学言語文化研究所『言語文化』二三号、二〇〇六年、五〇―六一頁。

池田栄一「プルーフロックの図像学――あるいは憂鬱なピエロの恋歌」『ポッサムに贈る13のトリビュート――T・S・エリオット論集』池田栄一・佐藤亨・田口哲也・野谷啓二編、英潮社、二〇〇四年、一九一―二一四頁。

一ノ瀬和夫、外岡尚美編著『境界を越えるアメリカ演劇――オールタナティヴな演劇の理解』ミネルヴァ書房、二〇〇一年。

伊藤亜紗『ヴァレリー――芸術と身体の哲学』講談社学術文庫、二〇二一年。

伊藤俊治『機械美術論――もうひとつの20世紀美術史』岩波書店、一九九一年。

ヴァレリー、ポール「時間」（佐々木明訳）『ヴァレリー全集　カイエ篇4――身体と身体・精神・外界　感性　記憶　時間』佐藤正彰・寺田透ほか編訳、筑摩書房、一九八〇年。

江本弘『歴史の建設――アメリカ近代建築論壇とラスキン受容』東京大学出版会、二〇一九年。

大井浩二『ホワイト・シティの幻影――シカゴ万国博覧会とアメリカ的想像力』研究社出版、一九九三年。

大和田俊之『アメリカ音楽史――ミンストレル・ショウ、ブルースからヒップホップまで』講談社、二〇一一年。

折島正司『機械の停止――アメリカ自然主義小説の運動／時間／知覚』松柏社、二〇〇〇年。

クラーゲス、ルートヴィヒ『リズムの本質』杉浦實訳、みすず書房、二〇一七年。

河野哲也『間合い――生態学的現象学の探究』東京大学出版会、二〇二二年。

里内克巳『多文化アメリカの萌芽――19～20世紀転換期文学における人種・性・階級』彩流社、二〇一七年。

椎橋武史、小林克弘「「動的平衡」概念に着目したルイス・サリヴァンの建築思想の考察」『日本建築学会計画系論文集』七二巻六一二号、日本建築学会、二〇〇七年、一六九―七五頁。

――「ルイス・サリヴァンの建築造形に見られる「動的平衡」――その2　対比的構造」『日本建築学会計画系論文集』七三巻、六二八号、二〇〇八年、一三八七―九三頁。

シヴェルブシュ、W『光と影のドラマトゥルギー――20世紀における電気照明の登場』小川さくえ訳、法政大学出版局、一九九七年。

柴田元幸『アメリカン・ナルシス――メルヴィルからミルハウザーまで』東京大学出版会、二〇〇五年。

ジンメル、ゲオルグ「大都市と精神生活」松本康訳『近代アーバニズム』松本康編訳、日本評論社、二〇一一年、一―二〇頁。

ゾラ、エミール「実験小説論」『世界文学大系41 ゾラ』平岡昇訳、筑摩書房、一九五九年。

丹治愛『神を殺した男――ダーウィン革命と世紀末』講談社、一九九四年。

塚田幸光「ボディビル世紀末――ユージン・サンドウと帝国の「身体」」『メディアと帝国――19世紀末アメリカ文化学』塚田幸光編、小鳥遊書房、二〇二一年。

出口菜摘「映画的世界の見方と表し方」『モダンにしてアンチモダン――T・S・エリオットの肖像』高柳俊一、佐藤亨、野谷啓二、山口均編、研究社、二〇一〇年、三一―一七頁。

トマソー、ジャン＝マリ『メロドラマ――フランスの大衆文化』中條忍訳、晶文社、一九九九年。

永井荷風『あめりか物語』福武書店、一九八三年。

中村秀之『瓦礫の天使たち――ベンヤミンから〈映画〉の見果てぬ夢へ』せりか書房、二〇一〇年。

難波阿丹「映像「情動」論――顔なしの亡霊を召喚する」『「情動」論への招待――感情と情動のフロンティア』柿並良佑・難波阿丹編著、勁草書房、二〇二四年。

長谷正人『映画というテクノロジー経験』青弓社、二〇一〇年。

長谷川一『アトラクションの日常――踊る機械と身体』河出書房新社、二〇〇九年。

バフチン、ミハイル「美的活動における作者と主人公」（佐々木寛訳）『ミハイル・バフチン全著作　第一巻』伊藤一郎・佐々木寛訳、水声社、一九九九年。

ビュヒァー、カール『労働とリズム』高山洋吉訳、第一出版、一九四四年。

平石貴樹『アメリカ文学史』松柏社、二〇一〇年。

福岡伸一『新版　動的平衡——生命はなぜそこに宿るのか』小学館新書、二〇一七年。

藤田尚志『ベルクソン——反時代的哲学』勁草書房、二〇二二年。

ベルクソン、アンリ『時間と自由』平井啓之訳、白水社、二〇〇九年。

——『創造的進化』竹内信夫訳、白水社、二〇一三年。

ベルナルト、アンドレアス『金持ちは、なぜ高いところに住むのか——近代都市はエレベーターが作った』井上周平・井上みどり訳、柏書房、二〇一六年。

ベンヤミン、ヴァルター「複製技術時代の芸術作品」浅井健二郎訳『ベンヤミン・コレクション　一』浅井健二郎編訳、ちくま学芸文庫、一九九五年。

——『パサージュ論』第三巻、今村仁司・三島憲一ほか訳、岩波現代文庫、二〇〇三年。

村上靖彦『交わらないリズム——出会いとすれ違いの現象学』青土社、二〇二一年。

山口恵里子『椅子と身体——ヨーロッパにおける「坐」の様式』ミネルヴァ書房、二〇〇六年。

山崎正和『リズムの哲学ノート』中央公論社、二〇一八年。

吉見俊哉『博覧会の政治学——まなざしの近代』中央公論社、一九九二年。

ルフェーヴル、アンリ『都市への権利』森本和夫訳、ちくま学芸文庫、二〇一一年。

あとがき

二〇世紀後半以降、現在にいたるまで、アメリカ文学はくり返し作中に遊園地を描いている。ジョン・バース「びっくりハウスの迷子」（John Barth, "Lost in the Funhouse," 1968）や、その一種のアダプテーションであるデイヴィッド・フォスター・ウォレス「帝国は西に進路を取る」（David Foster Wallace, "Westward the Course of Empire Takes Its Way," 1989）といったポストモダン文学の系譜では、複雑なメタフィクションを組み立てるための道具として遊園地が選ばれた。E・L・ドクトロウ『ダニエル書』（E. L. Doctorow, *The Book of Daniel*, 1971）やリチャード・パワーズ『囚人のジレンマ』（Richard Powers, *Prisoner's Dilemma*, 1988）ではさらに、ディズニーの想像力を取り込みながらアメリカの歴史や偽史が提示される。一方、スティーヴン・ミルハウザー（Steven Millhauser）の「イン・ザ・ペニーアーケード」（"In the Penny Arcade," 1984）や「パラダイス・パーク」（"Paradise Park," 1993）では、遊園地の虚構性が精緻な幻想の領域へと拡張していく。

一九九〇年代以降になると、メタフィクション、歴史、幻想などの枠組みを利用しつつ、遊園地を通して社会の規範を問い返す物語が多くなる。スーザン＝ロリ・パークス（Suzan-Lori Parks）の戯曲『アメリカ・プレイ』（*The America Play*, 1994）やナナ・クワメ・アジェイ＝ブレニヤー「ジマーランド」（Nana Kwame Adjei-Brenyah, "Zimmer Land," 2018）では人種や暴力をめぐる問題、ローリー・ムーア『カエル病院を運営するのはだれ?』（Lorrie Moore, *Who Will Run the Frog Hospital?*, 1994）やカレン・ラッセル『スワンプランディア!』（Karen Russell, *Swamplandia!*,

2011）ではジェンダーや家族をめぐる主題が、遊園地を舞台に展開する。そして、経営の傾いた遊園地で働く冴えない労働者たちを何度も主人公に据えつづけているジョージ・ソーンダーズ（George Saunders）は、現在のところ最新の短編集『解放の日』（*Liberation Day*, 2022）に収められた「グール」（"Ghoul"）で、外部もなければ来園者もいない（しかしキャストたちはそのことに気づかずに働きつづける）、冗談のようでも悪夢のようでもある地下テーマパークを物語に登場させた――監視と告発と隠蔽がうずまき、真実の不確かさに翻弄されながら誰もが感情労働に勤しむ遊園地は、現代社会の奇妙に捻れた縮図となっている。

こうした作品を読むうちに、そこに登場するテーマパークや遊園地が多くの場合、すでに寂れていたり、懐古する対象であったり、非現実的に歪んだ空間になっていることに気づいた。だとしたら、「もともと」の遊園地は一体どこに／どのように存在していたのだろうか。そのような疑問が、本書の舞台を二〇世紀転換期の「遊園地の時代」に設定するきっかけとなった。遊園地が生まれ、合衆国中に広まり、現在の社会とは異なるかたちで文化的な意義をもった時代である。本書で詳しく論じているとおり、遊園地は世紀転換期に産業都市の未来を指し示す娯楽空間となり、そして第一次世界大戦後にその役割を終えた。だから、ディズニーランド以降の現代の遊園地の歴史は、「失われた遊園地」を再構築する地点から始まるのである。その意味で本書の内容は、テーマパーク化した現代社会あるいは現代文学について考えるための、準備作業のようなものとなっている。

右に挙げた作品にまで議論をつなげられればよかったのだが、都市のモダニティを扱う本書の枠組みにはうまく当てはめきれなかったため、未練がましい予告にとどめつつ、遊園地の想像力の行く末はひとまず本書を読まれた方に自由に空想していただけたら幸いである。

＊

本書は、二〇二一年に東京大学に提出した博士論文に加筆修正を施したものである。事前審査を含めて審査をしてくださった、柳原孝敦、阿部賢一、柴田元幸、舌津智之、藤井光、沼野充義の各先生にお礼申し上げる。博士論文執筆中や審査に際して先生方からいただいた数々の貴重なご指摘やご助言がなければ、本書が完成することはありえなかった。本当にありがとうございました。また、博士課程に入ってから博士論文の提出までに長い時間がかかってしまったため、柴田先生、沼野先生、柳原先生のお三方には交代で指導教員になっていただいた。先生方にはいい迷惑だったかもしれないが、私は図々しくも三倍得した気分でいる。辛抱づよく待ってくださった先生方にあらためて感謝をお伝えしたい。

修士課程以来、現代文芸論研究室という、多様な専門分野と研究手法をもつ教員・学生が集まる場に所属していたことで、文学研究の豊かさを変わらず信じてこられたように思う。みなさんの研究から受けたたくさんの刺激と、留学や海外出張のお土産として集まってくるたくさんのお菓子と、読書会やイベントを通じて交わされたたくさんの文学談義（やただのおしゃべり）によって、本書の目に見えない土台は形成されている。正直にいえば、大学院に入って以降の不安定な生活・研究環境においては辛いこともそれなりにあったが、現代文芸論研究室ののびのびとした空気はいつでも救いとなった。研究室の先生方、スタッフのみなさま、（元）所属学生のみなさま、どうもありがとうございました。

さらに遡って文学部三年の頃に、柴田元幸先生のアメリカ文学と翻訳の授業に出ていなければ、自分が文学研究者を志すなど思いも寄らなかったはずである。（自分なりに）必死に書いたレポートや訳文が、毎回真っ赤になって返ってくるのはこわくもあり、しかしそれ以上に嬉しかった。柴田先生のコメントがいつでもフェアで教育的だったからである。次こそもっと出来のよいレポートを見てもらいたいという気持ちだけで、気づけば大学院まで進んでいた。

そしてその気持ちは、どうにか大学で教壇に立ったりするようになった今もまったく変わらず、やはりおそるおそるレポートを提出するときの心持ちではあるが、本書を柴田先生に真っ先にお渡ししたい。

お名前を一人ひとり挙げることはかなわないが、本書を構成する各章の内容を練るなかで、これまでに多くの先生方や先輩方にお世話になってきた。授業、研究会、学会などの場でかけていただいた言葉が、ふとしたときに思い出され、停滞していた研究が進みだすという経験は一度や二度ではない。いただいた学恩に少しずつでも報いられるように、今後も自分なりのリズムで研究に向き合っていきたいと思っている。

本書は小鳥遊書房の高梨治さんに編集を担当していただいた。突然送りつけた企画に対して、すぐに「ぜひ出しましょう」とお返事をくださったことがとても嬉しかった。その後もきめ細かな編集作業を進めつつ、随所であたたかく励ましてくださった。最初の研究書を、高梨さんに担当してもらえたことは何よりの幸運である。

なお、本書の刊行にあたっては和洋女子大学の研究成果刊行補助制度による助成を受けた。また、本書の研究の一部は、フルブライト奨学金（日米教育委員会）、サントリー文化財団「若手研究者のためのチャレンジ研究助成」によって支援いただいた。記して感謝申し上げる。

私にとってのスーパースターである同期の高橋知之くんと、本書の執筆中もいつもそばで励ましてくれた鈴木愛美さんに、特別な感謝を。最後に、両親と姉にも、どうもありがとう。

二〇二四年二月　　坪野圭介

現在のコニーアイランド（2024年3月著者撮影）。

索引

主な人名、事項を五十音順に示した。
作品は作家ごとにまとめてある。

人名・作品等

【カ行】

【サ行】

【タ行】

【ナ行】

【ハ行】

【マ行】

【ヤ行】

【ラ行】

事項

【ア行】

【カ行】

【サ行】

【タ行】

【マ行】

【ヤ行】

【ラ行】

【ワ行】

【著者】

坪野圭介

（つぼの　けいすけ）

1984年生まれ。東京大学大学院人文社会系研究科博士課程修了。博士（文学）。現在、和洋女子大学国際学部助教（2024年4月より准教授）。専門はアメリカ文学・文化。共著に、*Finisterre II: Revisiting the Last Place on Earth*（Waxmann, 2024）。訳書に、ホイト・ロング『数の値打ち——グローバル情報化時代に日本文学を読む』（共訳、フィルムアート社、2023年）、パトリシア・ハイスミス『サスペンス小説の書き方——パトリシア・ハイスミスの創作講座』（フィルムアート社、2022年）、エミリー・アプター『翻訳地帯——新しい人文学の批評パラダイムにむけて』（共訳、慶應義塾大学出版会、2018）、ベン・ブラット『数字が明かす小説の秘密——スティーヴン・キング、J・K・ローリングからナボコフまで』（DU BOOKS、2018年）、デイヴィッド・シールズ＆シェーン・サレルノ『サリンジャー』（共訳、KADOKAWA、2015年）など。

遊園地《ゆうえんち》と都市《とし》文学《ぶんがく》

アメリカン・メトロポリスのモダニティ

2024年3月29日　第1刷発行

【著者】
坪野圭介

発行者：高梨 治
発行所：株式会社**小鳥遊《たかなし》書房**
〒102-0071　東京都千代田区富士見1-7-6-5F
電話 03 (6265) 4910（代表）／FAX　03 (6265) 4902
https://www.tkns-shobou.co.jp
info@tkns-shobou.co.jp

装幀　宮原雄太（ミヤハラデザイン）
印刷・製本　モリモト印刷株式会社

ISBN978-4-86780-040-9　C0098